상실의 시간들

제19회
한겨레문학상
수상작

상실의 시간들

최지월 장편소설

한겨레출판

차
례
....

상 실 의
시 간 들

49일

    나는 살아 있다. 날짜가 다 찬 달력을 넘기다 말고, 나는 새삼스럽게 그리 생각했다. 나는 살아 있다고. 사십구일이 지났는데, 여직 아무런 이상도 없이 잘 살아 있다. 갑자기 근거도 없이 심한 자책감이 일었다. 전화벨이 울렸는데, 아버지가 받았다. 장 권사님, 하고 아버지가 친근하게 수화기 저편을 향해 말을 걸었다. 이어서 네, 네, 하고 싱겁게 응대하더니 끝내는 허허 웃었다. 고맙습니다, 하는 말을 보탰다. 무슨 고마운 일이 있다는 걸까.

    "엄마 친구들이 오늘이 사십구재였다고, 납골원에 다녀온 모양이네."

    사십구재라니?

    불교 신자들은 사람이 죽은 뒤 다른 몸을 받아 윤회 환생하는 데 사십구일이 걸린다고 믿는다. 새 몸을 받기까지 구천을 떠돌 영가(靈駕)가

배고프지 말라고 7일에 한 번씩 상을 차려서 바친다. 일곱 날의 일곱 번째, 그렇게 49일째에 제사상을 받으면 그 어떤 영가라도 다음 몸을 받아 새롭게 태어난다. 사십구일은 완전한 사망의 날이자 부활과 재생의 날로, 새 삶이 시작되는 날이다. 불교 신자들은 탈상을 사십구재에 맞춰서 한다.

그렇지만 엄마랑 장 권사는 교회 친구였다. 엄마는 10년도 전부터 권사였다. 가톨릭과 개신교의 어떤 종파든 기독교는 윤회를 인정하지 않는다. 사람은 그 사람으로 태어나, 그 사람인 채로 죽는다. 그 사람인 채로 심판을 받고, 그 사람인 채로 부활을 기다린다. 영혼은 불멸하는 실체다. 기독교인이 죽었는데 환생 기념일인 사십구재를 챙기면서 내생의 복을 비는 건, 고양이와 돌고래의 교미가 성공했다며 당나귀가 태어나리라 기대하는 일이나 비슷하다. 가족 중에 나만이 불교 신자지만, 엄마 생전의 신앙을 존중해서 사십구재에 대해 말하지 않았다. 그런 걸 남이 기념하다니, 아버지는 그게 또 고맙다니, 웃기는 일이다. 뺨이 간지러워서 손으로 문질렀다. 물기가 묻어났다. 웃긴다고 생각했는데, 왜 눈물이 날까. 나는 눈을 꾹 눌렀다. 손을 떼자 오른쪽 눈꺼풀이 제멋대로 경련을 일으켰다.

아버지가 갑자기 생각난 것처럼 말했다.

"옛날 시골에서는 상식(上食)이라고, 장례 치르고 나서 아침저녁으로 3년간 밥을 차려주는 풍습이 있었어. 죽은 사람도 먹어야 한다는 거지. 전통대로 하면, 그렇게 해야지 되는 거야."

아버지가 말하는 건 유교식 민간 풍습이다. 그런 믿음 속에선 혼령이 되어서도 사람은 살아서와 별로 다르지 않다. 죽어서도 먹어야 한다. 상식을 받아먹을 뿐만 아니라, 저승에 간 뒤에도 정기적으로 가족들을 방문한다. 자신이 죽은 날을 비롯해서 추석과 설날, 백중, 한식과 대보름처럼 잔치가 벌어지는 날엔 이승으로 돌아와 산 사람들과 어울려 먹고 마신다. 이런 방식으로 죽은 자를 살아 있게 하기 위해선, 죽음 이후에도 끊임없이 먹여야 한다.

아버지와 엄마는 43년을 함께 살았다. 엄마는 프로 주부였다. 엄마가 곁에 있으면 아버지는 절대 스스로 끼니를 챙겨 먹지 않았다. 엄마는 집을 비우는 날이면, 데우기만 해도 차려 먹을 수 있도록 밥이며 반찬을 전부 챙겨놓고 나서야 했다. 엄마 장례를 치른 뒤 49일이 지났지만, 아직도 아버지는 자기 밥을 스스로 챙기지 못한다. 아침저녁으로 죽은 엄마에게 밥상을 내고 치우는 일을 아버지가 할 수 있을 턱이 없다.

"그러면 아버지가 앞으로 3년 동안 매일 상식 올려보든가!"

거실을 가로질러 방에 돌아와 문을 쾅 닫을 때, 벽에 걸린 영정 사진이 조금 흔들렸다. 오른쪽 눈꺼풀에서 시작된 경련이 뺨까지 번졌다.

여섯 갈래 윤회의 길을 돌아 끝없이 진행되는 생(生), 무한한 길이를 자랑하는 천국과 지옥, 염라대왕을 비롯한 시왕(十王)이 지키는 정의로운 저승, 바리공주가 이끌어준다는 머나먼 서천의 꽃밭과 북두칠성이 영원한 수명을 부여해준다는 하늘나라……. 저승을 다녀오고, 천국과 지옥을 기록하고, 사후 세계를 증언하는 이야기들을 나는 1만 가지쯤은 알고 있다. 무수한 성자와 철학자들이 선언한다. 사람은 죽는 것처럼 보여도, 실은 죽지 않는다고. 불멸이 있다고.

49일 전에 엄마가 죽었다. 심장마비. 향년 65세.

50일

....

전화가 온 것은 아침 9시 전후였다. 새벽 4시를 넘어서 잠들었기 때문에 전화벨이 울렸을 때 얼른 받지 못했다.

"엄마가 죽었어."

은희가 귀머거리라도 상대하는 것처럼 고함을 질러댔다. 검은 옷을 입어야겠다, 전화를 끊은 뒤 유일하게 머릿속에 떠오른 생각이었다.

이날은 비가 많이 왔다.

원주로 가는 도중에 엄마 교회 친구로부터 병원 응급실로 오라는 문자를 받았다. 어째서 영안실이나 빈소가 아닌지 궁금하지 않았다. 머릿속에 안개가 낀 것처럼 멍했다.

아버지는 응급실 앞 대기실 문간에 뻣뻣이 선 채로, 막 도착한 은희는 그런 아버지를 얼싸안은 채로 통곡하고 있었다. 아버지와 은희 주위에는 사람들이 무리 지어 있었다. 아버지의 친구들 서넛, 엄마의 교회 친구들 두엇, 잘 모르겠지만 어쩐지 관계자로 보이는 몇 사람들이 나를 쳐다봤다. 울어야 하는 걸까. 의례적인 미소라도 지으면서 인사를 해야 하는 걸까. 어떻게 행동해야 좋을지 알 수 없어 나는 그저 서 있었다. 얼마쯤 지나자 은희가 울음을 좀 그쳤다. 아버지는 대기실로 들어갔다. 나도 그 뒤를 따라갔다. 아버지 옆에 앉았다.

"자고 일어나보니까 그렇게……. 밤에 그랬나 봐. 그때 벌써 한 서너 시간 지난 것 같았어. 119에 전화했더니 경찰에 연락하라고 해서, 경찰이 와서 보고 병원으로 보내더라."

나는 엄마가 어디에 있는지 묻지 않았다. 이미 11시경이었다. 아버지가 엄마를 어딘가 적절한 장소에 제대로 안치했으리라고 막연하게 믿었다. 죽은 사람이 마땅히 누려야 할 안식과 평안을 추구할 수 있는 깨끗한 장소 어딘가에 엄마가 있을 것이었다. 좀 있으면 누군가 안내해주겠지. 한참 만에 아버지가 중얼거렸다.

"아이구, 이 병원은 왜 이리 일 처리가 느리냐. 사람을 몇 시간이나 기다리게 하는 거야?"

그 말을 듣고서야 나는 뭔가 이상하다는 걸 눈치챘다. 아버지도 기다리고 있었다. 대체 뭘? 엄마는 어디에 있는 거지? 어느샌가 은희도 보이지 않았다. 나는 밖으로 나왔다. 대기실 앞엔 응급실로 통하는 문이 있었다. 안내 데스크 겸 원무과를 지나치자 곧바로 은희가 보였다.

은희는 눈을 크게 홉뜬 채 엄마 옆에 서 있었다. 눈물이 뺨으로 줄줄 흘러내려 턱에 맺혔다가 뚝뚝 아래로 떨어져 내렸다. 고장 났거나 안 쓰는 의료기기들을 모아놓은 듯한 구석진 자리였지만, 컴퓨터가 설치된 책상도 두 개 있어서 간호사나 의사들이 들락거렸다. 엄마는 그런 장소에 시트 한 장 덮지 않은 채, 잠옷 차림으로 누워 있었다. 미간을 잔뜩 찡그린 채였고, 눈은 꽉 감겨 있었다. 아랫입술을 깨물고 있었다. 심장이 아플 때, 엄마는 고통을 참으려고 가끔 그런 표정을 지었다. 한 손은 가슴을 움켜쥐고, 다른 한 손은 머리 위로 뻗어 있었다. 목에서 턱까지 푸르스름한 시반(屍斑)이 올라와 있었다.

심장이 턱 소리를 내며 떨어져 내렸다. 머릿속에서 번개가 쳤다.

엄마가 죽었다.

그 사실이 비로소 가슴에 꽂혔다. 왈칵, 눈에서 눈물이 쏟아져 나왔다. 내가 소리 내서 울기 시작하자, 근처에서 분주하게 움직이던 간호사들이 슬금슬금 자리를 떠났다. 그중 한 명이 이동식 가림막을 가져다가 우리가 있는 공간을 격리했다. 내 울음소리에 은희도 고개를 돌려 나를 쳐다봤다. 그러더니 어디선가 시트를 가져다가 엄마를 덮었다.

"사망진단서 어떻게 됐나 물어보고 올게."

은희가 자리를 비운 사이에 스물몇 살쯤 되어 보이는 간호사가 와서 물었다.

"환자분 성함이랑 연세가 어떻게 되세요?"

왜 환자라고 부를까. 나는 잠깐 엄마를 쳐다봤다. 엄마는 어쩌면 죽지 않았고, 그저 많이 아픈 건지도 모른다는 생각이 들었다. 나는 엄마, 하고 불렀다. 엄마, 엄마, 일어나, 일어나봐. 간호사가 저기요, 하고 조심스레 나를 부르고 다시 물었다. 환자분 성함이요? 나는 화가 났다. 왜 재촉을 해댈까. 내가 말하지 않아도 엄마가 대답할 수 있을 텐데. 아프다고 해도 이름쯤은 말할 수 있지 않을까. 나는 엄마 팔을 잡았다. 팔이 대리석처럼 차고 단단했다. 싸늘한 한기가 손바닥에 찡하니 울렸다. 내가 입을 다물자 간호사가 미친 사람이라도 보는 듯한 눈으로 똑같은 걸 다시 물었다. 나는 더듬더듬 엄마 이름과 나이를 말했다. 간호사가 그걸 태그에 받아 적고 엄마 발치에 붙인 뒤에 재빨리 사라졌다. 왜 엄마가 응급실 구석에 이런 모양새로 방치되어 있는 거지? 사망진단서는 어째서 발급되지 않은 거지? 아무것도 이해가 되지 않았다.

내가 이 상황을 이해한 것은 장례가 끝난 뒤였다.

뇌와 심장을 비롯한 주요 장기의 완전한 정지, 호흡의 정지, 신체 기능의 정지는 삶의 종말이자 죽음의 시작이다. 적절한 자격을 가진 의사가 신체의 죽음을 선고하는 문서를 작성하면, 장례 절차가 시작된다. 몸을 닦아 치장한 뒤에 관에 넣어져 묻히거나 태워진다. 이 과정에서 평소에 친분이 있던 사람들에게 사망 소식이 전파되어 인지된다. 한 달 이내에 동사무소에 사망신고서를 제출해서 호적을 닫는다.

통신사에 연락해서 핸드폰을 해지하고, 은행과 보험사에 연락해서 계좌를 폐쇄한다. 그런 절차들을 통해서 사회 속에서 활동했던 정신, 인격, 신분을 말소당해야 죽음이 완성된다. 사람의 죽음은 신체의 기능 정지라는 자연의 현실과 사회적 인격의 소멸 사이를 가로지르는 일련의 사건이다. 죽은 사람에겐 정지한 몸의 현실에 맞춰 정신을 조정할 힘이 없으니, 다른 사람이 그걸 해줘야 한다.

누군가 죽은 사람을 죽여야 한다.

엄마의 시신을 보고, 아버지는 경찰에 전화했다. 경찰은 현장에서 사건성을 발견하지 못했기 때문에 병원으로 보냈다. 아직 사망진단서가 없었던 엄마는 몸의 죽음과 사회적 사망 사이에 놓인 채, 일단 응급실로 들어갔다. 아버지는 응급실 앞 대기실에서 '그 누군가'를 기다렸다.

의사가 서명한 사망진단서가 없으니 엄마는 아직 환자였지만, 실제론 시신이니 손쓸 수 없는 상태였다. 응급실의 행정직원들에게 보호자가 보이지 않는 시신은 돈을 지불할 수 없는 짐짝이고, 응급실로 들어온 환자들에겐 불길한 미래, 의료진들에겐 의료기술의 종합적 실패와 무기력이다. 그러니 구석에 밀쳐뒀던 거다. 우리가 사망진단서를 떼고, 그곳 장례식장의 이용객/소비자가 된 뒤에야 엄마는 제대로 대우받기 시작했다.

엄마를 영안실로 옮길 거라고 아버지에게 말하러 대기실로 갔다. 아버지 옆에 모르는 여자가 있었다. 어깨에 네모진 견장이 달린 감색 정장을 입은 여자는 재향군인상조회에서 나온 장례 의전관이라고 자신을 소개했다. 의전관은 아버지에게 뭔가를 말하는 도중이었다.

"상조는 보험하고 달라요. 일단 보험금 받아서 처리하고 장례 이후에도 계속 부으시는 게 아니고요, 완료된 계약 총액을 다 지불하시고 낸 만큼 서비스받는 건데, 아직 약정된 기간을 못 채우셨잖아요. 지금까지 부으신 건 이 정돈데요, 남은 금액, 요기 보이시죠. 200을 당장 털어 주셔야 절차를 시작할 수 있다니까요. 가입할 때 설명 들으셨잖아요?"

의전관은 숫자들이 빼곡하게 적힌 서류 한 장을 내밀어 보여줬다. 아버지가 말했다.

"아니, 그걸 뭘 지금 다 달라고 해? 이게 기간이 남았는데…… 우선 하고, 나중에 다달이 약정된 금액을 부으면 될 거 아냐?"

내가 나섰다.

"돈이라면 낼 수 있어요. 카드 안 되면, 현금은 은행 다녀와서 바로 드릴게요."

의전관의 표정이 풀렸다.

"그리고 음…… 아버님이 나중에 국립묘지 가신다면서요? 어머님도 그때 같이 가셔야 해서 화장하셔야 된다고. 맞죠?"

나는 고개를 끄덕였다.

"근데 화장도 하시려면 시간 예약을 해야 되거든요. 잘못하면 발인

하고도 화장터 이용을 제때 못 해서 기다려야 돼요. 지금 당장 예약을 해야 되는데, 그건 상조에 포함 안 된 거라서요. 따로 계산을 하셔야 하는데, 현금으로 준비해주셔야 되고요. 일단 제가 예약을 걸어둘 테니까, 아, 근데 어머님 주민번호가 어떻게 되나요? 화장터 예약할 때 필요한데⋯⋯."

의전관이 아버지를 쳐다봤다. 아버지가 대답했다.

"모르겠는데."

집에서 서류 같은 걸 작성하는 건 전부 아버지 일이었다. 엄마 주민번호를 아버지가 모를 리 없었다. 하지만 아버지는 더는 말하기 싫다는 듯이 입을 꽉 다물고 고개를 돌려버렸다. 의전관이 나를 쳐다봤다. 자동으로 머릿속에 몇 개인가 숫자가 떠올랐는데, 말하고 보니 그게 맞는 번호일까 의심스러웠다. 의전관이 내 이름과 전화번호를 물어봤다. 머릿속이 깜깜해졌다. 이름⋯⋯ 전화번호⋯⋯ 뭐더라? 뭐였지? 얼굴에 열이 올랐다. 핸드폰을 꺼냈지만, 내 핸드폰엔 내 이름이 없었다. 아버지 핸드폰을 열어서 내 전화번호를 확인했다.

영안실까지 엄마를 옮길 앰뷸런스에 탔을 때, 운전기사가 요금 6만원을 요구했다. 현금도 되고 카드로도 지불할 수 있다는 말에 나도 은희도 지갑을 꺼냈다. 나 혼자였다면, 6만 원이 아니라 60이나 600만 원이라도 냈을지 모르겠다. 나는 이날 내내 최면에라도 걸린 것처럼 누구의 지시에나 따랐다. 아버지가 불끈 성을 냈다.

"지갑 넣어! 돈 낼 필요 없어. 안 내도 돼."

상조와 얘기가 안 끝났으니 나중에 계산을 하면 된다는 거였다. 얘기가 안 끝난 거였던가? 운전기사는 뭔가 할 말이 더 있는 듯했지만, 아버지의 기세에 눌려서 조용해졌다.

영안실은 추웠다. 검은 양복 차림의 건장한 남자가 둘 있었다. 머리 위로 올라간 엄마의 한쪽 팔은 그 사람들이 힘껏 당겨서야 비로소 아래로 내려왔다.

우리가 영안실에 간 사이에 의전관은 먼저 장례식장에 가 빈소를 세팅하겠다고 했는데, 도착해보니 장소가 너무 비좁았다. 이미 도착한 문상객들은 장소가 마땅치 않아 복도에서 웅성거리고 있었다. 다른 장소는 없냐고 물었다. 넓은 곳은 비싸요, 의전관이 곤란한 얼굴로 말했다. 아버지는 여기로 충분하다고 강경하게 되풀이했다.

"오긴 누가 와. 아무도 안 와. 아무도 없어. 여기면 돼."

그야 우리 집이 재벌은 아니지만, 그렇다고 엄마한테 제대로 된 빈소도 못 세워줄 정도는 아니었다. 제단이 절반쯤 차려지고 있었지만, 아무래도 안 될 것 같아서 좀 더 넓은 곳으로 옮겼다. 의전관은 새 빈소에 도착하자 상조 약정서를 다시 보여줬다.

상조 적립액의 대개는 의전관과 염하는 사람의 인건비였다. 그 외에는 그냥 자질구레한 소품이나 소소한 서비스 이용대금에 지나지 않았다. 이를테면 부고 알림, 제단에 사용될 향과 초, 위패, 관, 관 덮개,

근조 화환, 운구용 리무진을 제공하는 정도였다. 상복 대여비, 유골함 비용, 화장터 이용료, 빈소 이용료, 조문객들을 위한 숙소 이용료, 납골원 이용료, 식대, 식당 도우미 인건비 등등은 포함되어 있지 않아서 따로 계산해야 할 거라고 했다.

의전관의 설명을 듣는데, 문상객들의 숫자는 더 불어났다. 어쨌든 음료수라도 내놔야 하지 않느냐며, 장례식장 아래층에 편의점이 있다고 누군가 내게 말했다. 거기서 음료수를 사라기에 전화를 걸었다. 편의점 직원이 술도 필요한지 물었다. 술이 필요한가? 필요하다면, 어떤 종류로 몇 병이나 필요할까? 적당히 가져다주세요, 그렇게 말하고 나는 전화를 끊었다. 저녁에는 몇 사람이나 식사를 하게 될 것인가? 내일은 몇 명이 올 것인가? 그런 질문들은 우주의 기원을 설명하라는 요구만큼이나 난해했다. 조문객들에게 낼 식사를 갈비탕과 우거짓국 백반 중에서 고를 수 있었다. 반찬은 세트로 팔았다. 전이 포함된 것은 가격이 비쌌다. 떡이나 과일에도 종류별로 가격표가 있었다. 빈소에 몇 켤레의 슬리퍼를 놔야 하는지, 그런 사소한 일도 다 결정해야 했다.

전부, 당장.

방금 죽은 엄마를 보고 왔다. 그런데 다음 순간, 갈비탕이나 우거짓국 중에 뭐가 더 맛있을지, 바람떡과 송편 중에 어떤 게 보관이 용이하고 잘 쉬지 않을지 가격 대비 만족도로 비교 선택하라는 요구를 받는 현실은, 현실이라기엔 지나치게 기괴했다.

그렇지 않아도 별로 돌아가지 않던 머리가 작동을 멈췄다. 멍하니 앉아서 쏟아지는 질문들을 듣고만 있는데, 아버지가 온갖 것에 대해서 반대하기 시작했다. 빈소는 제일 작은 곳으로 충분했는데, 왜 여기로 왔느냐. 영정 사진을 장식할 꽃 따윈 필요 없다, 그게 돈이 얼만데. 수의든 유골함이든 제일 싼 걸로 충분하다. 위패도 기본으로 됐고, 운구용 리무진도 두 대가 뭔 필요냐. 지금 이런 돈을 다 내야 하냐. 이게 얼마고, 저건 얼마냐. 아버지는 할 수만 있다면 비용을 이유로 장례식 전체를 취소할 기세였다. 은희가 벌컥 화를 냈다.

　"아버지, 지금 돈이 문제야? 다 필요해서 하는 일이잖아! 저리 가서 가만 좀 계셔!"

　은희는 새로운 상조 약정서를 원했다. 식사는 일단 100인분으로 시작한 뒤에 상황을 봐서 내일은 더 추가하든지 하고, 유골함은 카탈로그부터 보고 싶고, 식당에서 일해줄 헬퍼를 두 사람 더 수배해주고……. 그러는 사이에 엄마가 다니던 교회에서 근조 화환이 왔다. 교인들이 무리 지어 빈소 앞을 기웃거렸다.

　"언니가 저기 가서 인사 좀 해."

　나는 자리에서 일어섰다. 엄마는 25년 정도 감리교회를 다녔다. 여선교회와 봉사회에 속한 권사였다. 나도 어려서는 그 교회에 다녔다. 입구에 서자, 어깨와 목의 근육이 인사를 구성하는 동작들을 기억해서 자동으로 재연하고 입술이 제멋대로 움직였다. 다들 나를 알았다.

내가 누군지를 안다기보다는 엄마 딸이란 걸 알았다.

"이게 무슨 일이라니?"

"어쩌다 이렇게 된 거야?"

"왜 그런 거야?"

"언제 그랬어?"

나는 대답했다. 심장마비로 돌아가셨고 밤중에 갑자기 일을 당하셨다, 아버지는 다른 방에서 주무셨기 때문에 아침이 되도록 모르셨다고. 그러면 되물었다.

"아니, 심장이 언제부터 안 좋았어?"

"전혀 몰랐어? 병원엔 왜 안 갔어?"

"쭉 건강해 보였는데, 어디가 그렇게 나빴던 거야?"

당혹, 공포, 불안…… 뭣보다 생생한 분노. 전부 화가 나 있었다. 돌연 나쁘고 흉한 일이 생겼으니 사태를 해명하고 책임자를 색출해 처벌하라고 시위라도 하고 싶은 듯 험악한 분위기였다. 거기다 책임자 색출의 방향은 꽤나 엉뚱한 곳을 향했다.

"언제 마지막으로 통화했니?"

"엄마하고 언제 마지막으로 봤니?"

"어제 뭘 했다니?"

살해 현장에서 단서를 끌어내는 수사관들처럼, 아줌마들은 엄마의 최후 순간을 밝혀서 재구성하는 데 열을 올렸다. 주 용의자가 나였다.

유교식 장례 예법에서 유족에게 고인이 사망하던 당시의 정황을 세세하게 캐묻는 것은 무례한 일이었다. 어떻게 죽었고, 왜 죽었는지를 말로 계속 되새기게 하는 것은 안 그래도 상심한 유족을 괴롭히는 일밖엔 되지 않으니까. 조선은 끝장난 지 백 년이 넘었다. 아무도 그런 예의를 지키지 않았다.

"어머니하고는 어젯밤 10시 안 돼서 통화했어요. 저녁에 찜질방 다녀오셨다고, 주말에 반찬 만들어서 보내줄 테니 뭐 먹고 싶은지 생각해보라고, 그런 얘기하고. 내일 통화하자, 그렇게 인사한 게 마지막이에요."

"어머니하고 얼굴을 본 건 2주쯤 전에 스카이프 하면서요. 머리 새로 한 거 보여주려고 영상으로 통화했어요."

나는 목소리도 높이지 않고, 얼굴도 찡그리지 않은 채 대답했다. 눈이 계속 따끔거렸지만, 울지 않았다. 눈앞에 있는 사람들이 전부 낯선 사람들이었다. 나는 열 살 이후로 낯선 사람 앞에서 울어본 적이 없다. 아줌마들은 어딘지 모르게 성에 차지 않는 듯한 불만스러운 표정들을 지었다. 어쩌면 아줌마들은 뭔가 다른 반응을 기대했던 것도 같다. 내가 잘못했다. 엄마는 한없는 희생과 사랑으로 날 키웠는데 제대로 보답하지 못했다든가 하는 한탄을 하면서 울고불고 나뒹굴면, 아줌마들은 그렇게 후회할 걸 왜 생전에 더 잘하지 않았냐고 대답하고, 엄마는 천국에 갔을 것이며, 산 사람은 살아야 한다는 상투적인 말 같은 걸로 나를 구해주고 싶었던 것도 같다. 아줌마들은 내 대답에 반은 안심하고, 반은 실망한 얼굴로 떨어져 나갔다. 아줌마들의 다음번 심문 대상은 아버지였다. 어째서 같은 방에서 자지 않았나, 왜 밤에 아픈 것을 몰랐나, 노인이 되면 더 같이 자야 한다, 그래야 밤중에 무슨 일이 생겨도 금방 알 수 있지 않나, 그런 질문들이 십자포화처럼 두두두 쏟아졌다.

엄마와 아버지는 어느 때부턴가 다른 방에서 잤다. 두 사람은 잠드는 시간도, 잠들기 전까지 보는 텔레비전 프로그램도, 깨는 시간도 달랐다. 아버지는 코를 심하게 골았다. 엄마는 새벽기도를 가는 날에는 새벽 4시에도 일어났다. 두 사람이 각방을 쓴 건 별로 이상한 일도 아니었다. 서로에게서 한순간도 손을 떼지 못하는 20대도 아니고, 임신하려고 배란일 맞춰서 작업하는 30대도 아니다. 뭣보다 그런 건 부부의 사생활이다. 남이 간섭하거나 품평할 일은 아니라는 것이 프라이버시를 중요시하며 사는 21세기 시민으로서의 내 상식이라면, 엄마와 아버지의 성생활이나 부부 관계에 대해서 구체적으로 듣거나 말하거나 생각하고 싶지 않다는 것은 자식으로서의 내 감정이었다. 나는 아줌마들이 무례하다고 생각했지만, 마음 한편으로는 궁금하기도 했다. 정말 아버지는 뭘 하고 있었던 걸까? 나는 귀를 기울였다.

그럴 줄 몰랐지, 아버지가 대답했다.

"전날만 해도 찜방도 가고 잘 놀았어. 그렇게 건강하고 활발하던 사람이 졸지에……."

아버지는 마치 엄마의 심장이 안 좋았다는 사실을 전혀 몰랐던 사람처럼 말했다.

"병원 다니면서 약은 좀 타 먹었지만, 나이 들면 몸이 옛날 같지는 않으니까 그런 거고."

아버지에 의하면, 엄마는 흠잡을 데 없이 건강하다가 아무런 이유도 없이 죽었다. 어째서 저런 말을 하는 걸까, 나는 의아했다. 엄마는 오랫동안 심장이 안 좋았다. 엄마도 아버지만큼이나 식이요법이 필요했다. 스트레스와 과로를 줄여야 했다. 아버지가 일상 속에서 엄마를 돌봤어야 하지 않나? 어째서 그런 상황을 인식조차 못 했던 것처럼 말하고 있는 걸까? 그렇지만 그런 원망을 길게 하지는 않았다. 무엇이든 오래 생각할 수 있는 상태가 아니었다. 인사를 몇 번인가 더 반복하고 있자니 머릿속이 뿌옇게 흐려졌다. 누군가 손을 잡는 바람에 화들짝 놀랐다.

"지금은 놀라서 그렇지, 좀 지나면 울음도 나고 곡도 터질 것이다. 내가 겪어봐서 알거든."

아는 얼굴이었다. 엄마 교회 친구 중 좀 친했던 아줌마였다. 내가 대입 시험을 볼 때, 엿을 사가지고 우리 집에 온 적이 있었다. 얇은 색동 종이로 포장된 엿에는 '합격 기원'이라고 쓰인 흰 띠가 둘려 있었다. 아줌마가 돌아간 뒤에 엄마는 동네 슈퍼에서 파는, 먹지도 못할 싸구려 엿이라고 흉을 봤다. 과연 그 엿은 이도 들어가지 못할 정도로

깡깡해서 쓰레기통으로 들어갔다. 엄마와 그 아줌마가 친해진 것은 내가 서울로 올라온 뒤, 교회 신도들끼리 하는 계 모임을 같이하면서였다. 재밌는 일 좀 있었어? 하고 전화로 물어보면, 가끔 이 아줌마 이름이 튀어나왔다. 양정숙이가, 양정숙이네 애들은, 양 권사가 이사를 했는데…… 엄마와 이 아줌마 사이에 뭐가 있었든, 이 아줌마와 나 사이에는 20년 전에 받은 싸구려 엿 한 덩어리가 놓여 있었다. 생판 남이었다. 아, 네에, 하고 나는 느릿하게 대답했다. 목소리가 평이하게 흘러나오는 게 이상했다. 붙잡힌 손을 빼내지 않으려고 꽤 애를 써야 했다. 양씨 아줌마가 나를 위아래로 훑어보고 약간 목소리를 높여서 말했다.

"근데 석희야, 양말도 안 신고 맨발이네. 뭐든 신어야 하지 않냐?"

나는 아래를 내려다봤다. 꽃무늬 여름 치마 끝자락에 발가락이 보였다. 공연히 치마 주름을 만지다가 두꺼운 겨울 셔츠를 입은 걸 깨달았다. 세수도 못 했으니 얼굴은 엉망일 거였다. 머리는 새 둥지마냥 뒤숭숭했다. 엄마는 평생 내 외모에 대한 품평을 그치지 않았다. 치마가 길지 않니? 바지가 너무 붙는다. 블라우스가 지저분하다. 너무 말랐다. 왜 그렇게 뚱뚱해졌니? 파마를 해라. 화장도 안 하고 밖에 나서지 마라. 머리를 빗어라. 좀 더 여자답게 입지 못하겠니? 엄마가 살아 있었다면 절대 이런 꼴로 엄마 친구들 앞에 나서게 하지 않았을 터였다.

51일

....

날이 밝았다. 나는 자리에서 일어났다. 아버지 식사 시간이었다.

아버지는 하루에 세 번 정해진 시간에 밥을 먹는다. 세 끼니 외에 아침과 점심 사이, 점심과 저녁 사이에는 간식을 챙겨 먹는다. 등산 갈 때는 도시락이 필요하다. 아버지는 30년 가까이 2형 당뇨가 있었고, 몇 년 전부터는 만성신부전과 고혈압이 생겼다. 특히나 만성신부전은 큰 문제로, 아버지는 투석을 하느냐, 마느냐의 갈림길에 서 있다.

투석을 최대한 미루기 위해서 아버지는 강도 높은 식이요법을 하고 있다. 소식은 기본이다. 나트륨 섭취를 제한하기 위해서 소금이나 간장으로 간을 한 음식도 최대한 자제한다. 당뇨가 있으니 단것도 주의해야 한다. 기생충이나 바이러스 감염에 노출될 경우 치명적이니 회를 비롯한 날것이 금지된다. 뇌혈관 질환을 촉진할 수 있는 유제품의 섭취도 줄여야 한다. 칼륨의 과도한 섭취는 심부전으로 이어질 수 있어서 야채와 잡곡을 피해야 하고 과일도 되도록 먹지 말아야 한다. 신장에서 제때 걸러주지 못하는 각종 건강보조식품들도 일절 끊어야 한다. 마음껏 먹을 수 있는 음식이 없지만, 너무 안 먹어서 영양실조로 이어지는 것도 위험하다. 골고루 잘 먹어야 한다.

먹어야 하고 먹지 말아야 한다는 모순 속에서, 밥 먹는 일이 전쟁이다.

아버지는 음식을 만들 줄 모른다. 청소나 빨래도 못 하고(안 하고), 생활에 필요한 물건을 적당한 가격에 고르는 법을 알지 못하니 장보기도 할 수 없고, 다림질도 못 하고, 장롱에 있는 옷이나 이불을 계절별로 정리하는 일도 해보지 않았고, 세탁기도 쓸 줄 모른다. 아버지는 일상생활을 유지하기 위해서 필요한 그 어떤 일도 제대로 할 줄 아는 게 없다. 엄마가 없는 지금, 누군가 아버지에게 그런 일들을 가르쳐줘야 했다. 결혼해서 호주 캔버라로 이민한 소희 언니는, 장례식이 끝난 뒤 며칠 더 머물렀지만 돌아갔다. 제약 회사에 근무하는 은희도 장례식 날짜를 포함해서 거의 열흘이나 휴가를 끌어 썼으니, 직장으로 돌아가야 했다. 한편 나는 연애소설을 쓴다. 자유업에 비혼, 아이도 없기 때문에 시간이 있다. 탈상까지 100일 동안, 아버지가 엄마 없는 생활에 적응할 수 있도록 돕는 일이 나한테 떨어졌다.

어젯밤에 당근과 파프리카를 썰어 물에 담가뒀었다. 열 배의 물에 두 시간 이상 담가둬야 대다수 영양분들과 함께 칼륨도 빠져나간다.

물에 불어 물러진 야채들을 볶고, 닭 가슴살 조금과 버섯을 추가한 다음에 카레 가루를 푼다. 감자는 넣을 수 없어 파인애플을 넣었다. 카레향에 파인애플의 새콤한 맛이 섞인 저칼로리, 저염 카레. 요즘 아버지의 주된 밥반찬이다. 냉장고에서 마늘과 무 초절임, 오이 절임을 꺼냈다. 닭고기에 볶은 양파를 버무린 것을 내놓고, 달걀도 꺼냈다. 흰자만 프라이팬에 구웠다. 아버지 반찬에 국이나 김치는 없다. 아무리 싱겁게 해도 국물에 간을 하면 나트륨 섭취량을 초과하게 되고, 김치는 야채에다 소금을 절이는 게 요리의 시작이라서 안 된다.

"밥 차리는구나."

아버지가 슬렁슬렁 걸어 나와 주변을 맴돌다, 냉장고 문을 열었다. 우유를 따라 마시고, 아버지는 홍삼 진액을 꺼냈다. 어느새 집었는지 티스푼으로 한 수저 듬뿍 떠냈다.

"아버지! 그거 먹지 말라니까. 의사도 먹지 말랬잖아."

아버지가 인상을 쓰면서 목소리를 높였다.

"이 정도는 괜찮아. 전보다 덜 먹고 있어. 이걸 먹어야 겨울에도 감기 안 걸리고……."

"먹지 말라니까!"

미처 뺏을 틈도 없이 아버지가 티스푼을 입에 넣었다.

"내가 한번 감기가 오면 지독하게 오래가. 홍삼을 먹어야 몸이 따뜻해져서 감기에 덜 걸리고, 기침도 안 한다고."

30

아버지와 나는 이 대화를 이미 수십 번 반복했다. 처음엔 '드시면 안 돼요, 왜냐하면……'으로 시작해서 식이요법에 관한 긴 대화가 있었다. 그게 '드시지 마세요'가 되었다가 '먹지 마. 먹지 말라니까!' 하는 고함으로 바뀌었다. 여기서 더 얘기를 하려면 소리치는 것을 넘어, 진짜로 악을 써야 한다. 나중에 아버지가 보지 않을 때 홍삼 병을 치워야겠다.

아버지가 식탁에 앉았다. 나는 반찬 몇 가지를 더 꺼냈다. 깻잎과 총각김치, 고구마순 무침. 이건 내 반찬이다. 엄마 친구들이 줬다. 아버지가 신장 때문에 저염식을 하셔야 해요, 라고 말했더니 싱겁게 만들었다며 가져왔지만, 소금만이 아니라 야채에 포함된 칼륨도 문제라 아버지에게 줄 순 없었다.

아버지가 고구마순에 젓가락을 가져갔다.

"어떤가 맛 좀 보자."

아버지는 내가 못 먹게 할까 봐 허겁지겁 반찬을 입으로 가져갔다. 그러느라 후드득 흘리고, 흘린 걸 왼손으로 급하게 주워서 입에다 쓸어 넣는다. 총각김치를 집는다.

"아버지, 그건 드시지 마세요."

미간을 찌푸린 채 아버지는 총각김치를 볼 가득히 밀어 넣고 두 번에 씹어서 삼켰다.

"이거 조금은 괜찮어. 어떻게 하나도 안 먹니? 평생 김치를 먹어왔는데.”

그야 아버지 기분을 모르는 바는 아니다. 수십만 원짜리 값비싸고 희귀한 요리가 금지되는 게 아니니까. 김치다, 김치. 한국 사람은 다들 먹는 김치. 평생 먹어왔던 김치. 김치가 없는 밥상도 밥상이냐고 묻는다면, 한숨으로 답할 따름이다. 하지만 김치와 목숨 중에 뭐가 중하냐고 하면, 목숨이다. 나는 반찬 그릇을 치웠다. 아버지가 스스로 먹는 것을 자제할 수 없다면, 음식을 치우는 수밖에 없다. 내가 탕탕거리며 요란하게 반찬을 치우자, 아버지는 모른 척하고 자기 반찬을 먹는 데 열중했다. 아버지가 무 초절임을 집다가 바닥에 떨어뜨렸다. 그걸 주워 먹는다.

“떨어진 거 먹지 말라니까! 더럽다고!”

아버지가 날 노려봤다. 젓가락을 쥔 손가락에 힘이 들어간 게 보였다.

“안 더럽다. 뭐가 더러워. 여기 좀 떨어진 걸 가지고. 눈으로 봐라, 여기 흙이 있나 뭐가 있나. 하나도 더럽지 않아. 음식 귀한 줄을 알아야지. 너는 배고파본 적이 없어서 그래. 군대에선 음식 남기는 일 같은 건 생각도 못 해. 내가 처음 군대에 갔을 때만 해도, 밥을 남기는 병사가 있다 그러면 짬밥 통에 남은 밥을 강제로 다 먹였어. 중간에 울면서 잘못했다고 빌어도 소용없어. 정신 상태를 확 뜯어고치는 거지. 왜냐? 음식이 그만큼 귀하기 때문이야.”

또다. 아버지의 군대 시절 이야기는 자신이 불리한 입장이라고 느껴질 때면 반드시라고 해도 좋을 정도로 시작된다. 아버지는 33년간 군인이었다. 퇴직한 지 20년 가까이 되었지만 아직도 자신이 군인이라고 생각한다. 아버지에겐 군대가 진리다.

"카레에 들어 있는 파인애플이 너무 커. 간도 없어서 이게 유일한 맛인데, 이걸 좀 여러 번 씹을 수 있게 해줘야지. 담엔 좀 작게 잘라라."

언젠가 엄마가 친구들과 부산을 거쳐 일본에 다녀왔다. 어땠냐고 물었더니, 엄마가 말했다.

"과일을 원도 없이 먹었네. 진짜 끝내줬다."

무슨 여행 소감이 그러냐고, 가서 뭘 봤느냐고 또 물었는데, 엄마는 과일 먹은 얘기만 했다.

엄마는 이런 아버지하고 살았다. 아버지가 먹을 수 없는 건 엄마도 참았다.

식이요법에 맞는 음식은 맛이 없다. 요리를 해주고 맛없다는 불평을 듣는다. 먹고 싶어 하는 걸 못 먹게 하면, 화내고 저항한다. 그렇다고 좋아하는 음식, 맛있다는 음식을 실컷 먹도록 내버려둘 수도 없다. 그건 눈앞에서 독을 먹는 걸 방치하는 거나 진배없으니까. 그런 상황이 한 끼나 두 끼, 하루 이틀에 끝나지 않는다. 식이요법은 되풀이되는 일상이다. 당뇨로 시작된 식이요법은 그치는 일 없이 강화되어 신부전에 이르러 극심해졌다.

파인애플 크기에 대한 불평을 끝으로 아버지는 더는 말없이 밥 먹는 데 열중했다. 아버지는 무서운 속도로 음식을 집어삼켰다. 내가 밥을 먹거나 말거나 상관하지 않았다. 군대의 식사는 최소한의 시간에 최대치의 음식을 섭취하는 걸 목표로 하니까.

아버지가 자리에서 일어났다. 쪼르르 물 내리는 소리에 이어 물컵을 탕 하고 싱크대 위에 내려놓는 소리가 등 뒤에서 났다. 츳츳츳, 혀로 이 사이에 낀 음식물 빼는 소리를 내면서 아버지는 거실로 가서 텔레비전을 켰다. 아버지가 목을 길게 뺀 채 화면에 시선을 고정했다. 식탁 위에는 아버지의 빈 식기들과 겨우 한 수저를 떠먹은 내 밥그릇이 남았다. 장례식 후에 식기세척기를 들여놨다. 식기들을 넣고 작동만 시키면 되는데, 아버지는 식탁에서 식기세척기까지 그릇을 옮기는 일조차 하지 않는다.

이제 아버지에게 왜 홍삼을 먹어선 안 되는지, 왜 매 끼니마다 소금과 야채 섭취량을 줄여야 하는지, 상했거나 더러울 가능성이 있는 음식은 왜 먹어선 안 되는지 설명해야 한다. 아버지에게 신부전에 관한 책을 사주고, 식이요법에 관한 자료도 뽑아주고, 설명도 여러 번 했지만, 또 해야 한다. 악을 쓰지 않고 말이다. 아니면 악이라도 써가면서. 엄마가 죽었어도, 엄마가 죽거나 말거나, 아버지는 오래오래 건강하고 행복하게 살아야 하니까. 그런가? 나는 그런 걸 바라고 있는 걸까? 턱관절이 찡하니 울렸다. 최근 이를 악무는 습관이 생겼다.

방으로 가서 옷을 챙겨 입고 나오자, 아버지가 놀란 눈으로 쳐다봤다.

"어딜 가냐?"

나는 대꾸하지 않고 집을 뛰쳐나왔다.

내가 세 살 때, 우리 가족은 원주로 이사했다. 이사 오던 날, 엄마는 분주했다. 아버지는 근무 중이라 없었다. 소희 언니는 장난감을 정리한다고 수선을 부렸고, 갓난쟁이 은희는 엄마 등에 업혀서 자고 있었다. 나는 심심했다. 엄마에게 말하지 않고 대문을 나섰다. 타박타박 한참이나 걸었다. 얼마쯤 지나자 골목이 사라지고 큰길이 나왔다. 차들이 쌩하니 옆을 달려갔다. 올려다보면 낯선 건물들이 즐비했다. 신기해서 재밌던 기분은 배가 고프고 다리가 아파오면서 사라졌다. 길바닥에 철퍽 주저앉았다. 까마득하게 높은 하늘도 무섭고, 가로수는 기괴하고, 모르는 어른들의 흘끔거리는 시선도 싫었다. 나는 울기 시작했다. 눈물도 없이 목구멍으로 애애애애앵 사이렌 소리를 내면서, 숨이 꼴딱 넘어갈 듯이 울어댔다. 얼마쯤 지나서 누군가 나를 안아 올리고 집이 어디냐고, 왜 울고 있느냐고 물었다. 남자였는데, 카키색 옷을 입고 있었다. 군모와 군화. 그건 집에서 늘 보는 친숙한 옷이었다. 아버지의 제복. 울음을 그치고 걸어온 방향을 가리켰는데, 손가락 끝에 엄마가 무시무시하게 일그러진 얼굴로 뛰어오는 게 보였다. 혼나겠다 싶어 나는 또다시 울음을 터뜨렸다. 이것이 내 생애 최초의 기억이다.

그 뒤로 16년을 원주에서 살고, 열아홉 살에 대학 진학을 위해 서울로 떠났다. 20년 전 일이다.

무작정 걷다가 멀리 육중한 롯데마트 건물의 꼭짓점이 보이는 사거리에서 멈춰 섰다. 주점과 커피숍, 공원, 다시 주점. 영화관과 쇼핑센터가 있는 멀티플렉스로 이르는 골목길들에 즐비하게 늘어선 상점들이 전부 생소했다. 내가 여길 떠났을 때, 이 거리는 아직 존재하지 않았다. 고향이라고 생각했던 원주는 어느새 낯선 길들, 모르는 사람들로 가득한 타향으로 변했다. 여기서 길을 잃어도 나를 찾으러 뛰어올 엄마가 없다.

엄마가 심부전 진단을 받은 것은 10년쯤 전의 일이다. 숨이 자주 가쁘고, 이유 없이 심장이 심하게 두근거렸다. 때때로 찾아드는 격심한 가슴 통증도 수상했다.

처음에 엄마는 동네 내과에 갔다. 의사는 엄마에게 위장약을 처방하고, 가슴이며 어깨가 뻐근하다는 말에 파스를 바르라고 했다. 종합병원에 가야 하나 물었지만, 그럴 필요까지 없다며 진료의뢰서를 써주지 않았다. 통증은 왔다가도 지나갔기 때문에, 엄마는 한동안 그런 상태로 지냈다. 소화기를 전공한 그 내과의사의 관점에서 엄마가 소화기 관련 질환을 지녔다는 건 철회할 수 없는 전문적 식견이었다. 엄마는 그 의사가 '좋은 사람'이며 '믿을 수 있는 의사'라고 했다. 시간이 지나도 아무런 차도가 없자 몇 차례나 다른 병원을 가라고 종용하던 은희가 엄마를 설득해서, 서울에 있는 심장내과에서 진료를 받게 했다. 심전도 검사를 하고, 심장 초음파 사진도 찍었다. 아무 병도 아닌데 무단히 큰돈을 들이는 거 아니냐는 엄마의 걱정이 무색하게, 확실한 심부전이었다. 심장 기능이 30퍼센트 정도밖에 남지 않은 상태였다. 엄마는 한동안 서울에 있는 병원을 다녔지만, 버스를 타고 두 시간씩 오가야 하는 번거로움 때문에 원주에 있는 종합병원으로 옮겼다. 그 뒤로는 아버지가 엄마와 같이 병원에 갔다고 들었다. 아버지는 의사와의 상담에 끼진 않고, 대기실에서 기다렸다가 돌아오기를 반복하는 단순한 동행을 거듭했다.

엄마를 담당했던 의사는 여럿이었다. 처음엔 이름을 챙겨 들었지만, 연수를 간다든가 개업을 한다든가 하는 일로 몇 번인가 바뀌어 나중엔 누군지 알 수 없는 사람이 됐다. 의사마다 치료법이 달랐다. 한 달에 한 번, 세 달에 한 번, 병원을 가는 기간도 일정하지 않았다. 엄마는 몇 번인가 임상용 약을 처방받기도 하고, 정확히 그 용도나 결과를 이해하지 못하던 검사들을 받았다. 올봄에 제주도로 가족 여행을 갔을 때, 엄마는 의사가 이런 컨디션으로 이렇게 활발하게 지내는 사람은 없다고 했다며, 앞으로 6개월에 한 번씩만 오랬다고 자랑하듯 말했다. 원래 나쁜 심장이 세월이 지나면 더 나빠지는 게 당연하지, 거꾸로라니 이상했다. 치료를 포기한 것과 비슷하지 않나 싶었는데, 엄마는 의사가 괜찮다면 괜찮은 거라며 더는 얘기하고 싶어 하지 않았다.

장례식이 끝난 후에 서랍장에서 두 달 뒤로 예정된 진료예약증을 찾았다. 병원 원무과에 가서 예약을 취소하고 12,320원을 환불받았다. 어느 날 문득 예약을 취소하고 오지 않게 된 환자 한 사람의 존재를 그 의사가 알아채기는 했을까? 사람의 심장을 치료하는 의사는 치과의사나 성형외과의사와는 다른 사명감이 있어야 하지 않나? 치료를 하다가 한 번쯤은 가족들과 함께 오라고 해서, 수술을 해보라든가 뭔가 다른 옵션을 줄 수 있지 않았을까? 이랬다면, 저랬다면…… 그런 가정법이야말로 광기의 근원이다. 결정적 운명이 존재하지 않는다는 인식, 누군가의 선택과 행동에 생사의 경계를 갈라놓는 자유와 힘이 있으리라는 생각이야말로 무한한 분노의 원천이 된다. 얼굴도 모르는 엄마의 마지막 심장내과의사에게 원한을 품어봐야 엄마가 돌아오는 것도 아니라서, 나는 그런 생각을 애써 접었다.

사실 현실은 더 복잡하다. 엄마 심장이 나빠진 건 그 의사 탓은 아니니까.

엄마의 심장이 나빠진 건 폐경과 더불어 닥쳐온 갱년기 즈음해서였다. 난자와 에스트로겐이 바닥난 여성의 신체는 급격한 변화를 겪는다. 엄마는 하루에도 몇 번씩 이유를 알 수 없는 열 때문에 얼굴이 빨갛게 달아올랐다. 전에 없는 심한 발한(發汗) 증상 때문에도 고생했다.

피부가 얇아지고, 발뒤꿈치가 갈라지고, 방광염을 앓았다. 빈혈도 심해졌다. 고혈압이 생겼고, 체중이 불었다. 시력도 떨어졌다. 엄마는 뚜렷한 이유 없이도 우울해했고, 감정 기복이 심해졌다.

엄마의 갱년기는 아버지의 퇴직과 소희 언니의 결혼 이민, 실직과 취업을 반복하는 내 불안정한 생활, 은희의 박사 진학 같은 사건들과 더불어 왔다.

퇴직한 아버지는 집안일을 자신의 새로운 업무로 만들려고 했다. 오래 유지했던 직위와 존경을 잃는다는 공포와 박탈감을 느꼈을 아버지는 집에서까지 자신의 위상이 격하되는 걸 참지 않으려고 했다. 결혼한 이후로 아버지의 월급은 전부 엄마가 받아서 관리했었는데, 아버지는 경제권을 회수했다. 평생 살림을 해왔건만, 엄마는 갑자기 콩나물이나 두부 한 모를 사는 데도 아버지 결재가 필요하게 되었다. 가구를 배치하고 비품을 관리하는 것도 엄마의 판단에 맡겨져 있었지만, 아버지는 달력이며 액자 따위를 어디에 걸 것인가와 같은 사소한 문제까지 전부 간섭하기 시작했다. 그건 통제력이나 권위, 영역에 관련된 문제였기 때문에, 아버지는 생활에 편리한 동선으로 배치한 가구의 위치가 지닌 합리성이나 장식용 사물들의 통일감 따위를 전부 무시했다. 엄마가 해놓은 건 다 틀렸으니, 아버지 주장에 따라 바꿔야 한다고 했다. 이건 이렇게 하고, 저건 거기에 두지 마라. 군 복무 33년 동안 아버지는 교도관으로, 헌병으로, 파견부대 수사대장으로 언제나

지시를 내리는 중간관리자였다. 아버지 생각에 자신은 명령하고, 엄마는 복종하는 게 당연했다. 그러면서도 아버지는 요리, 청소, 설거지, 빨래 같은 가사 노동은 전혀 거들지 않았다. 그것은 여자의 일이었다.

아버지가 퇴직한 직후 1년간, 엄마와 아버지는 전에 없이 자주, 그리고 격렬하게 다퉜다. 아버지는 끝끝내 가사 노동을 하진 않았지만, 집 안의 물건들은 깨진 바가지 하나도 엄마가 허가하기 전에는 옮길 수 없다는 데 동의했다. 엄마는 전보다 더 열심히 교회 활동을 하게 되었고, 아버지는 등산을 시작했다. 산악회를 직접 조직하기도 했다. 예전과는 달리 삐걱거리는 가정에서의 불편한 시간을 피해서, 아버지는 일처럼 등산을 다녔다. 등산에도 비용이 소모된다. 엄마에게도 어느 수준의 헌금과 교인들과의 모임 같은 데 쓸 회비가 필요했다. 아버지는 퇴직금을 일시불로 수령하지 않고 종신연금 형태로 받았다. 고정 수입원이 된 연금은 현직 시절 본봉의 70퍼센트 정도밖엔 되지 않고, 보너스가 사라진 금액이었다. 무이자라고는 해도 우리들 학자금 때문에 낸 빚도 갚아야 했다. 소희 언니도, 나도, 은희도 그때는 경제적으로 안정되지 못한 참이어서 엄마에게 생활비를 보태줄 수 없었다. 수입은 줄었지만, 지출은 늘어났다.

군대는 특수한 조직이라서 거기서 배운 지식이나 기술은 일상에 적용할 수 없고, 적용할 수 있다고 해도 체력이 받쳐줘야 한다. 아버지는 체력으로 뭔가를 하기엔 나이가 들어서, 재취업을 하자면 자영업이나 단순 노무직, 아니면 수위라든가 아파트 경비처럼, 군대에서 아버지가 누리던 존경을 받을 수 없는 일에 국한될 수밖에 없었다. 아버지는 체면을 구기는 그런 일은 아무리 가족을 위해서라도 할 수 없다고 결심했다. 이즈음부터 엄마가 감자떡을 만들어 팔기 시작했다. 그걸로 부족한 생활비며 자식들 결혼 자금, 학비 같은 것들을 충당했다.

떡을 만드는 일은 고된 노동이었다. 의지가 되던 젊은 남편은 사라지고, 병시중 들 일만 남은 까다롭고 늙은 남편이 귀환했다. 큰딸은 결혼 이민으로 호주로 가버렸다. 엄마는 꼬부랑 영어를 쓰는 낯선 타국살이를 이해할 수 없어서 딸이 겪는 어려움을 해결해줄 수도, 도와줄 수도 없었다. 자랑스러운 막내딸인 은희는 긴 공부 끝에 박사가 되었는데, 분자생물학에 대해서 엄마는 하나도 몰랐다. 내 커리어는 분주한 이직과 실패를 거듭했지만, 거기에 대해서도 엄마가 할 수 있는 일은 없었다. 엄마에게 자식들의 삶은 낯선 타자의 그것이나 작동 원리를 알 수 없는 사물로 변했다. 엄마의 인생을 구성했던 모든 좋은 것들이 해체되었다. 평생 선량하게, 잘 살아보려고 기를 쓰고 노력했지만, 엄마는 통제할 수 없이 쇠락하는 몸으로 무력감과 고독을 겪어야 했다. 노인이 되면서 누구나 그러하듯이. 엄마가 수시로 가슴이 뛰거나 숨이 차고, 피로하거나 우울하다고 느끼기 시작한 시점은 그렇게 감당하기 어려운 변화의 한가운데였다. 엄마가 자신의 악화된 컨디션을 몸의 병이 아니라 스트레스로 인한 마음의 상태일 거라고 지레짐

작한 채 방치했던 것도 이상한 일은 아니다. 실제로 그런 스트레스들이 엄마의 심장을 망가뜨렸던 것일지도 모르겠다.

심부전 진단을 받은 후에 엄마는 외할아버지가 심장을 부여잡고 논한복판에서 돌연히 쓰러져 죽은 일에 대해 얘기한 적이 있다. 외숙 한분도 엄마와 같은 병을 앓고 있다. 그러니 엄마의 심장병은 어느 정도는 유전자 차원에서 예정된 운명이었던 건지도 모르겠다. 이 모든 걸합하고 그날 밤의 불운을 더해야 엄마의 죽음이 된다.

아주 오래전에 처음으로 컬러텔레비전을 샀던 날, 엄마는 새 텔레비전을 닦고 또 닦았다.

"아이고, 신통한 것. 어쩜 이렇게 신통방통한가. 참 좋은 세상이야, 좋은 세상."

감탄하고 또 감탄하며, 콧노래를 부르는 엄마의 눈이 빛났다. 엄마의 감탄에 동조해서 나도 새 텔레비전이 근사하게 느껴졌다. 그런 물건이 사고 팔리는 이 세상은 멋진 장소였다. 엄마에게 세계는 경이롭고, 인생은 살아갈 만한 것이었다. 엄마는 한 번도 엄숙한 얼굴로 인생의 가치에 대해서, 세계의 존재 의미에 대해서 말하지 않았다. 감탄으로 충분했다. 근사하고 멋진 것을 보면, 아무도 '왜'라고 묻지 않는다. 아름다운 건, 아름답다는 사실만으로 해답이다.

장례가 끝난 후에 집에 갔더니, 텔레비전이 벽걸이형으로 바뀌어 있었다. 텔레비전에 맞춰서 엄마는 거실 서랍장도 바꿨다. 둥근 모서리에 작은 꽃무늬가 새겨진 연한 갈색 서랍장은 우아했다. 아버지가 말하길, 엄마는 그 서랍장을 발견하고 사흘을 내리 가구점에 들락거리며 흥정을 해서 15퍼센트 할인을 받았다고 했다. 텔레비전도 서랍장도 반짝반짝 윤이 났다. 분명 엄마가 무수히 닦아댔던 거다. 그 장면이 눈에 선했다. 아무리 나이가 들어도, 엄마에게 세상은 여전히 빛나는 물건들이 나날이 등장하는 근사한 곳이었다. 엄마는 오래오래 살고 싶어 했다. 엄마가 누린 65년이 짧아서 서러운 것은 그래서다.

52일

나는 아버지의 눈을 근심하고 있다. 아버지는 아직도 운전을 한다. 당뇨를 오래 앓아서 당뇨성 망막증이 생겼을 수도 있고, 노화에 따른 백내장이나 녹내장도 우려할 일이다. 나는 아버지가 안과에 가서 의사 말을 들은 뒤에 적당한 시기를 봐서 운전을 그만둬야 한다고 생각한다. 의사가 말하지 않아도, 아버지가 당장 운전을 그만뒀으면 싶다.

"눈에는 이상 없다니까. 아무 불편도 없이 다 보여. 잘 보이고. 그런데 왜 병원을 가냐?"

"아버지, 나이를 생각해보셔. 아버지는 당뇨도 오래 있었잖아. 솔직히 말해봐. 안 보이는 게 있을 거 아나? 가서 시력검사도 하고, 백내장이나 그런 거 없는지 확인도……."

"아, 가봤다니까. 전에 안과에 갔는데, 그때 의사가 눈에 좋은 거라면서 무슨 비타민 같은 걸 엄청 비싸게 팔아먹더라. 아무 효과도 없는 거."

"그게 언젠데?"

아버지가 잠시 주저하다가 대답했다.

"퇴직하고 바로 가봤지."

"아이구, 그럼 백 년은 됐구먼! 그게 가본 거야?"

"그 후에도 등산 다니다가 눈 다치거나 하면 한 번씩 가봤어. 그럴 때 있어. 산에 올라가다가 나뭇가지가 눈을 탁 치거나 하면, 눈이 충혈되지. 그럴 때는 안과에 가서……."

"내 말으은! 그런 동네 병원 말고 종합병원, 장비 좋은 데 가서 안압 검사나 시신경 검사, 그런 걸 하자는 거야. 망막 사진 좀 찍어보고, 녹내장이나 백내장이 있나 없나, 그런 걸 알아봐야지. 아버지, 녹내장이 오면 시야가 좁아져요. 그런데 그게 아주 깜깜하게 안 보이는 게 아니라 주변을 못 살피게 되는 거라 본인은 못 느낀다고. 운전하다가……."

"내 운전이 어디가 어때서? 니가 나를 아주 힘없는 노인네로 보는데, 내가 운전을 오래 했지만 큰 사고 한 번 없었어. 전국에 안 다닌 곳이 없지. 예전에는 저기 인제에서 부산까지 하루 만에 다녀온 적도 있고, 열여섯 시간을 꼬박 자지도 않고 운전한 적도……."

"아버지! 그런 옛날 일은 천년 전이야! 아버지 전생이라고."

껄끄러운 침묵이 내려앉았다.

"니가 아버지를 걱정하는 마음은 알겠는데, 내가 알아서 잘하고 있어. 나도 다 들었어. 당뇨가 있으면 피가 끈적해지기 때문에, 눈에 있는 작은 혈관에 피가 뭉쳐서 터지고 그럴 수 있다는 거지? 그야 조심하고 있지. 눈에 이상 있으면 병원 갈 거야. 그치만 지금은 말짱해. 아무렇지 않은데 생돈을 왜 쓰냐?"

나는 적당한 말을 찾았다. 아버지가 언제 죽어도 아무도 이상하게 생각지 않을 정도로 늙고 크게 병들었는데 장님까지 되면 그나마 유지하고 있는 노후의 평안이 박살 날 거라는 말을 빼고, 한 줌의 품위와 독립성이 보장되는 노후를 보내기 위해선, 설사 그게 운전을 포기하는 일이 된다고 해도 예방적인 의료조치를 취해야 한다는 의미를 전달할 수 있는 표현.

없다.

아버지는 늙었다는 말을 듣기 싫어한다. 병들었다는 말도 듣기 싫어한다.

"내가 아직 싱싱해. 펄펄하다고."

아버지는 학대받는 피해자의 분노가 어린 눈으로 나를 노려봤다.

"내가 옛날부터 병원은 물론이고, 주사 맞는 것도 싫어했어. 군에 있을 때도 아주 졸병일 때야 예방주사 같은 거 맞으라고 하면 할 수 없이 맞았지만, 하사관 된 다음부터는 다른 데 근무 있다 그러고 자리

피해버렸어. 허, 그때는 참 건강해서 먹었다 하면 뭐든 실컷 먹었지. 내가 체격이 보통 사람보다 퉁퉁하니 좋았거든. 특히나 술을 엄청나게 마셔가지고……."

젊은 시절 얘기를 줄줄 늘어놓으면서 아버지의 표정이 풀어졌다. 눈에 생기가 돌았다.

"나는 말이다, 사는 한은 끝까지 당당하게 살다 갈 거야. 남한테 절대 약한 모습 보이지 않고, 얕보이지 않고, 씩씩하게, 건강하게. 그치? 사람이 그렇게 살아야지? 혼자됐다고 저 사람 불쌍하네, 다 죽게 생겼네, 처량하네, 그딴 식으로 보이면 안 되겠지? 그치?"

"아버지는 남들이 아버지를 어떻게 생각하는지만 그렇게 중요한가? 엄마보다 아버지 체면이 더 중요해? 아내가 죽었는데, 남편이 마냥 씩씩하고 당당하기만 해서, 아무 일도 없는 것처럼 멀쩡하게 보이면, 엄마는 남들한테 뭐가 돼? 그 사람은 남편한테도 눈물 한 방울 흘릴 가치가 없는 사람이었다, 죽으나 사나 아무도 아무렇게도 생각 안 하는 사람이었다, 그러지 않겠어? 그리구 아버지, 아내가 죽었는데 남편이 슬퍼 보이지도 않는 건 씩씩한 게 아니고 비정한 거야. 식구가 죽었는데 어떻게 마냥 씩씩하고 당당할 수 있나? 슬픈 일이 있을 땐 슬퍼해야 사람다운 사람이지."

아버지가 아랫입술로 윗입술을 덮었다가 입술을 삐죽하니 내밀었다. 얼굴의 주름들이 파도처럼 안으로 몰렸다가 펴졌다. 난처할 때 아버지가 곧잘 짓는 저 표정은 부리를 가진 새의 형상과 비슷하다. 예전에 관상을 다룬 어떤 책에선가 그렇게 생긴 얼굴은 말년이 고독할 상이라고 읽은 적이 있다. 노인이 되면 누구나 볼살이 빠지고 치아도 줄어든다. 홀쭉하니 들어간 뺨과 오므라진 입술은 뾰족한 턱을 만들어 새처럼 보이게 한다. 노인이 되면 누구나 고독한 얼굴이 된다.

"아버지, 사람이 건강하게 살자고 원해서 건강할 수 있으면, 세상에 환자는 아무도 없겠지? 살고 싶다고 원해서 전부 살 수 있으면, 죽는 사람도 아무도 없지. 그게 마음대로 안 되니까, 다들 아프고 죽고 그러잖아. 세상에 좋아서 아프고, 자기 발로 걸어서 무덤 들어가는 사람은 없어요. 안 그래? 죽기 전에 한 번은 누워야 되고, 죽을 만큼 아파야 되고, 무덤에는 다른 사람이 들여보내줘야 되고 그렇잖아. 그거는 피할 수 없는 건데, 거기까지 가는 과정을 어떻게 할 것이냐. 가능하면 독립성을 유지하면서 품위 있게 살기 위해서는……."

나는 입을 다물었다. 아버지 고개가 문득 떨어졌기 때문이다. 아버지는 이렇게 돌연히 깜빡 졸 때가 있다. 슬그머니 잠이 드는 게 아니라, 아무런 전조도 없이 의식이 뚝 끊어지는 것처럼 보인다. 아버지 어깨가 옹송그러졌다. 내버려두면 삼십 분쯤은 잘 터였다. 나는 시계를 확인했다. 엄마한테 갈 시간이었다.

"아버지!"

아버지가 퍼뜩 눈을 떴다.

"엄마한테 가야지. 40분에는 출발이야. 꽃집에 2시까지 간다고 전화해놨어."

"어어. 그래, 꽃집. 들러 가려구? 꽃바구니 예약했어?"

"갈 때마다 사 가잖아. 뭘 새삼스럽게."

아버지가 헛기침을 했다.

"근데…… 꽃이 비싸니까. 그렇게 번번이 할 필요가 있나 해서."

나는 아버지 말을 못 들은 척하고 일어섰다.

꽃바구니는 한 번 만드는 데 4만 원이 든다. 평생 이럴 수는 없지만, 탈상까지 100일은 엄마를 시들지 않은 꽃으로 장식해주고 싶어서 부지런히 다니고 있다. 이 꽃 값을 아버지는 한 번도 내지 않았다. 아버지더러 내라고 한 적도 없다. 그런데도 아버지는 낭비라는 불평을 거듭한다.

꽃만이 아니었다. 상조회에 추가로 완납해야 할 돈 내기를 거부했던 것을 시작으로, 아버지는 내내 오로지 비용만이 문제인 것처럼, 돈을 내지 않는다면 장례식도 없던 일이고, 그러니 엄마의 죽음도 무효화되는 것처럼 행동했다. 빈소와 식당 이용료, 입관과 발인 예배를 준비하면서 들어간 비용, 화장터 이용과 납골함의 봉안 비용에도 아버지는 전혀 관여하지 않았다. 장례 후에 엄마 사진들을 넣을 액자며 영정과 위패를 놓을 제단용 콘솔을 샀지만, 그런 과정에도 아버지는 곁눈도 주지 않았다.

아버지는 엄마 물건을 치우라는 명령은 계속해댔지만, 정작 자신은 엄마 방에 들어오는 건 고사하고 엄마 방 쪽으로 시선도 돌리지 못한다.

아버지 머릿속에는 아내를 죽인 것은 알 수 없는 불운과 병이고, 죽은 아내를 병원에 데려온 것은 경찰과 병원 앰뷸런스고, 관에 넣은 것은 자식이요, 화장(火葬)은 군인 가족에게 내려진 국가의 명령이고, 예배를 통해 하나님이 있다는 먼 천국으로 보낸 것은 목사와 교인들이라는 식으로 정리되어 있는 것도 같다. 아버지는 엄마의 죽음을 인식하는 어떤 과정에도 관계하지 않고, 비용도 지불하지 않고, 아무러한 감정적인 반응도 보이지 않는 것으로 그 일을 비켜 간 것처럼 대처하고 있다. 그러니 죽은 엄마에게 바치는 꽃은 벌어지지도 않은 일에 뿌리는 헛돈이다. 아버지는 나하고 같이 납골원엔 간다. 자신이 아내의 죽음을 이해하는 합리적인 어른인 척 가장하고 있는데, 실제로는 납골원에 간다는 상황의 진짜 의미를 이해하지 못하고 있는 거다. 장례에 참석만 했지, 전혀 장례를 치르지 않은 아버지. 아버지는 아직도 엄마 얘기가 나오면 살아 있는 사람 얘기하듯 현재형으로 말한다. 현관을 나서면서 아버지가 말했다.

"엄마가 꽃 싫어해. 쓸모도 없고 먹지도 못하는 게, 금방 시들어서 치우기나 성가시다고."

엄마는 그날 교회에서 하는 100일 새벽기도 모임에 나갔어야 했다. 장 권사가 왜 교회에 안 왔느냐고 엄마에게 전화를 걸었는데, 아버지가 엄마 시신 옆에서 전화를 받았다. 그렇게 해서 장 권사는 나나 은희보다 먼저 엄마의 죽음을 알고, 교인들에게 그 소식을 전했다.

병원에 도착했을 때 아버지는 대기실에서 상조회에 전화를 걸었다. 상조회 의전관은 전화를 받은 즉시 와서 남은 대금을 주면 바로 절차를 시작하겠다고 했지만, 아버지가 한 푼도 낼 수 없다고 막무가내로 버텨서 설득하다가 잠시 비켜 있고, 다시 설득하기를 반복했다. 아버지는 돈을 주진 않았지만, 서비스는 이용했다. 아버지 핸드폰 연락처에 기록된 사람들에게 부고를 알리는 일만은 의전관이 미리 처리했다. 내가 상복도 갖춰 입지 못하고 문상객들을 맞게 된 것은 그런 사정 때문이었는데, 시간이 지나자 문상객들은 엄마가 어쩌다 이렇게 되었냐는 질문 대신에 아버지를 어떡할 거냐는 질문을 하기 시작했다.

"뭣보다 아버지 식사가 큰일이네. 어떡한다니?"

"앞으로 아버지 밥이며 반찬은 어떻게 하니?"

"아버지 혼자 사실 수 있을까? 건강은 괜찮으시니?"

아버지 밥에 대한 질문은 때때로 자신도 부모를 어쩔 수 없이 요양원에 모셨다는 말로 이어지기도 했고, 아버지를 서울로 모시고 갈 거냐는 질문으로 변질되기도 했다.

"엄마 없으니 느그 아배, 밥도 못 챙겨 먹고 금방 죽어삐리겠다. 니
가 잘해야 한다."

촌수도 잘 모르겠는 외가 쪽 친지 한 분이 내 손을 붙들고 말했다.

저녁 무렵에 아버지 쪽 친척들이 해남에서 화물차와 승합차를 타고
대거 몰려오면서, 아버지 밥에 대한 이야기는 더 본격적인 화제가 되
었다. 아버지에겐 동생이 다섯 있는데, 한 작은아버지가 엄마 영정 앞
에서 데굴데굴 구르며 울부짖었다.

"아이고, 형수님. 형수님 가면 형님은 어떻게 산다요! 아이고, 형님
이 죽었어야 하는데. 형님이 먼저 죽었어야 하는데. 형수님이 먼저 가
면, 아이고, 아이고. 형님은 어떻게 살까?"

그건 엄마의 죽음에 대한 애도가 아니었다. 아버지 형제들은 아무
도 엄마의 죽음을 서러워하지 않았다. 애처로운 사람은 곤란에 빠진
아버지고, 손해를 본 아버지였다.

이래도 되는 걸까? 이게 정상인 걸까?

엄마는 목숨을 잃었다. 남편을, 자식을, 친척들을, 친구들을, 고향
산천을, 평생을 살아온 원주를, 집을, 기억을, 감각을, 욕망을, 시간
을……, 엄마는 생을 통째로 잃어버렸다. 엄마의 장례식에서는 엄마
에 대한 얘기를 해야 하지 않나?

그즈음 아버지가 한 조문객을 가리키며 낮은 목소리로 말했다.

"저 사람은 퇴직한 교사야. 상처한 지 11년이야. 정정해. 예전하고 똑같이 하구 다녀."

아버지는 조문객들이 뜸해지는 순간이 오면 묻지도 않았는데, 자신이 아는 홀아비란 홀아비는 전부 주워섬겼다. 김 아무개는 혼자서 6년째 살고 있고 등산도 잘한다고. 정 모 씨는 3년 넘게 잘 지내고 있으며, 이××는 8년째라고. 아버지가 아는 홀아비들은 아무도 요양원 같은 곳엔 가지 않았다. 아내를 잃고도 사는 데 하등의 지장도 없다.

"사람이 적응하기 때문에 다 살아가게끔 되어 있어."

아버지는 이렇게도 말했다.

"내가 예전에 결혼하기 전엔 혼자서도 잘 살았어. 밥도 다 해 먹고 다녔지. 나 밥 잘 지어. 선수였어, 선수."

밤이 되어 문상객들이 대개 돌아가고, 머무는 친척들만 남았다. 나보다 몇 살씩 적은 사촌 동생들은 죄다 남자로, 그중 하나는 직업군인 지망생이기도 했다. 아버지는 군대 얘기를 했다. 사촌 동생들은 네, 네, 하고 잘도 맞장구를 쳐댔다. 그 애들은 엄마하고 몇 번 만난 일도 없었다. 그러니 빈소에서 엄마를 추억하거나 그리워하거나 슬퍼할 이유도 별로 없었다. 빈소가 아니라 명절날 잔치 자리에서, 아버지가 친척들에게 둘러싸여 한담을 나누며 즐거워하는 장면과도 비슷했다. 자정을 넘기자 사촌 동생들이 자러 갔다. 빈소엔 은희와 나와 아버지만 남았다. 은희는 사방이 조용해지자 또 울기 시작했다. 아버지는 은희를 외면한 채 나에게 말을 걸었다. 부조금을 잘 지켜야 한다거나, 엄마 보험을 해약해야 되는데 얼마나 받을 수 있겠냐는 등의 얘기였다. 나는 병원에서 처음 아버지를 봤을 때를 떠올렸다. 은희가 아버지를 얼싸안고 울고 있었지만, 아버지는 인상만 심하게 찡그렸을 뿐 대꾸하지 않고 있었다. 나는 이후로 몇 번인가 반복하게 될 요구를 이날 처음 했다.

"아버지, 은희 좀 위로해주세요. 막내에다, 자식 셋 중에서 쟤가 엄마한테 제일 예쁜 딸이었잖아."

아버지가 잠시 입을 다물었다가 대답했다.

"너는 내 심정 모른다. 내가 지금 그런 얘기를 할 수가 없어. 목이 메어서 말이 안 나와. 누구 위로할 힘이 없어. 너희도 슬프니 어쩌니 하겠지만, 나도 내 부모 장례 다 치러봤어도 이런 경우는 없었어. 이 기막힌 심정 몰라. 너는 몰라."

아버지는 언짢은 표정을 지었다.

"그래도 나는 씩씩하게 살 거야. 아무 걱정 마라. 내가 다 잘할 거야. 잘 살 수 있어."

아버지는 나한테서도 멀찍이 떨어졌다.

빈소가 세워진 뒤에 아버지는 제일 먼저 의전관이 가져온 검은 양복으로 갈아입었다. 머리도 잘 빗은 채였다. 지쳐 보이긴 했지만, 사람들과 악수하고 인사말을 나누는 아버지의 목소리는 점잖았다. 돈 내지 말라고 할 때를 빼고는 화도 내지 않았다. 아버지는 완벽하게 이성적으로, 정상으로 보였다. 침착했다. 빈소가 아니고 엄마가 죽은 날이 아니었다면, 흠잡을 데 없는 처신이었다. 하지만 그날 그 장소에서 그런 태도는 미친 사람처럼 울고불고 소리쳐가며 바닥에 나뒹구는 것보다 훨씬 더 비정상이었다. 나는 아버지가 제정신인지 의심했다. 하지만 알 수 없었다. 43년을 함께 살았던 배우자가 죽었을 때, 사람은 어떤 반응을 보여야 정상인가?

아무도 나에게 엄마가 죽었으니 밥을 못 챙겨 먹어 죽겠구나, 같은 말은 하지 않았다. 은희도 그런 말은 듣지 않았다. 그런 말을 들은 것은 아버지뿐이었다. 아버지와 내가 같을 순 없었다. 나에게 엄마가 떠나보낸 과거이고 탈피해버린 유년기였다면, 아버지에게 아내는 청장년 시절의 자신이었다. 아버지는 오래전에 부모를 잃었고, 33년을 몸담은 직장에서도 은퇴했다. 자식들은 독립해서 더는 부양할 필요가 없었다. 누군가의 아들도 아니고, 군인도 아니고, 가장의 역할도 끝난 아버지는 아내를 잃어 남편도 아니게 되었다. 아버지에게 엄마의 죽음은 닥쳐온 자기 자신의 소멸, 죽음의 서장이었다.

무서운 걸까? 그래서 거부, 부정, 도피…… 그렇게 반응하게 되는 걸까?

엄마는 새벽에 죽었다. 하루도 지나지 않았다. 나도 엄마의 죽음이 꿈인 양 믿기지 않았다. 아버지가 엄마의 죽음을 받아들일 만한 시간이 없었다. 시간이 지나면 아버지도 서서히 엄마가 죽었다는 사실을 받아들이고 애도하리라 생각했다.

그로부터 50일 하고도 이틀이 지났건만, 아버지는 그때와 하나도 달라지지 않았다.

53일
....

43년 전 늦봄. 스물세 살이던 엄마는 스물아홉의 아버지와 맞선을 봤다.

"읍내에 땅 부자에다 한약방 하는 집 아들하고, 이웃 마을 사는 니 아버지하고 선을 동시에 봤는데……, 니 아버지가 키도 훤칠하고, 얼굴도 훨씬 잘생겼더라고. 딱 보자마자 마음이 확 쏠리는 거야. 이 사람이다, 하는 믿음도 가고. 그래서 시집가기로 했지."

무슨 얘기 끝이었을까. 엄마가 결혼을 결심한 경위를 그렇게 설명했다.

"신랑은 잘생긴 남자를 골라야겠다고 마음먹고 있었어. 그래야 예쁜 애를 낳지."

결혼이 결정되었을 때, 엄마보다 열다섯 살 위의 오빠였던 둘째 외

숙은 막냇동생네 시댁이 담벼락도 없이 울타리 하나로 바람이나 가리
는 초가인 걸 보고 온 동네를 굴러다니며 동생 못 주겠다고 울고불고
난동을 부렸다. 시아버지는 병석에 누워 있고, 시누이에 시동생들이
줄줄이 딸린 집의 장남. 아버지에겐 번듯한 집도, 이렇다 할 저축도 없
었다. 결혼은 했으나 아버지는 엄마를 바로 데려갈 수 없었다. 식만 올
리고, 아버지는 근무지였던 부산으로 혼자 갔다. 엄마는 남편도 없이
시댁에서 지냈다. 시아버지 병 수발을 들고, 아직 어린 시동생들을 업
어주고 씻겨주고 밥 차려 먹이고, 시어머니에게 이런저런 쪼임을 당
하는 시집살이를 반년쯤 한 뒤 엄마는 야반도주라도 하듯이 보따리를
싸서 아버지를 찾아 나섰다.

엄마는 부엌도 없는 단칸방에서 신접살림을 시작했다.

1년 후에 소희 언니가 태어났고, 2년 후에 내가 태어났다. 다시 2년
후에 은희가 태어났다.

소희 언니가 다섯 살, 내가 세 살, 은희는 아직 갓난쟁이일 적에 아
버지가 강원도 원주에 배치되었다. 지금도 원주에서 부산이든 해남이
든 가려면 고속버스로 다섯 시간이 넘게 걸리니, 당시에는 아침에 떠
나면 쉬지 않고 달려서 밤늦게나 도착할 수 있거나 자칫하면 하루를
넘겨서 가야 하는 먼 길이었다. 집에 전화가 놓인 것은 내가 중학생이
되면서였다. 그렇게 거리가 멀어 친척들과 교류가 거의 없었다. 열아
홉 살까지 아버지와 엄마, 언니와 은희만이 내 가족이었다. 나는 부모

와 자녀만으로 구성된 채 도시를 살아가는 핵가족의 일원이었다.

　　🌿

　　원주엔 구석기시대부터 사람이 살았던 흔적이 남아 있고, 이곳의 지명은 한반도에 남아 있는 역사 문헌들 속에 다양한 변천을 거치며 등장한다. 신라 때는 소경, 고려 시대에는 도호부가 설치되었다. 조선 시대에는 강원감영이 있었다. 구한말, 원주는 일본 제국주의에 반대하는 의병 활동의 거점이기도 했다. 1950년에 시작되어 3년을 끈 한국전쟁이 끝난 뒤엔 주한 미군 사령부가 배치되었다.

　　50년대 원주 인구는 2만 명 정도였지만, 우리 가족이 이사 왔던 70년대엔 12만을 헤아렸다. 군대와 더불어 군인들이 오고, 군인 가족들이 왔다. 도로들이 놓이고 집들이 세워지고 정거장들이 생겨나고 학교와 극장, 상점들이 늘어섰다. 병원이 증축되고, 온갖 종파의 교회들도 저마다 자리를 잡았다. 내가 어릴 때, 원주의 중간을 가로지르는 도로는 미군이 군사작전을 할 때 명명한 대로 A도로, B도로 하고 불렸다. 버스 정류장 중에는 '군인 극장 앞'이 있었다. 휴일이면 외박 나온 카키색 군복 차림의 남자들이 시내에서 몰려다녔다. 극장에선 〈플래툰〉과 〈람보〉, 007 시리즈가 인기리에 상영되었고, 사람들은 어깨에 뽕이 잔뜩 들어간 밀리터리룩을 입고 다녔다. 학생들의 옷은 군복보다 더 군복처럼 보이는, 검고 흰 정장풍의 제복이었다. 내 고향 원주는 군사도시였다.

　　　　　　　　　　　🍃

　아마도 아홉 살에, 처음으로 학교에서 이승복에 대해 배웠다.

　1959년에 강원도 평창에서 태어나 68년 아홉 살 나이에 죽은 이승복은 짧은 생애를 살아가던 와중에 삼척 바닷가를 통해 침투한 북한 무장 공비에게 습격당했다. 형이 살아남고 어머니가 죽고 아버지가 크게 다쳤는데, 이승복은 "공산당이 싫어요"라고 말했다가 대검으로 입이 찢겨 죽었다고 한다. 당시 〈조선일보〉가 이 끔찍한 살인 사건의 정황을 보도해서, 전 국민의 공포와 분노를 불러일으켰다. 이승복 기념관이 건립되고, 국민학교마다 동상도 세워졌다. 이승복의 용감한 최후는 교과서에도 등장해서 대한민국 어린이의 귀감이 되었다.

　이승복 얘기를 해준 뒤에 선생님이 아버지가 군인이나 경찰인 사람은 손 들어보라고 했다. 나는 앞에서 두 번째 줄에 앉아 있었다. 팔을 번쩍 치켜든 채로 선생님의 벌겋게 충혈된 눈과 시선이 마주쳤다. 선생님 목에는 핏줄이 퍼렇게 불끈 서 있었다. 입 가장자리엔 하얗게 침거품이 고였다. 선생님이 교탁을 손바닥으로 탕 내리치고, 팔을 휘저으며 손가락질했다. 집게손가락이 내 이마를 찌를 것처럼 가까웠다.

　"북한에서 공산당이 쳐내려오면 여기 지금 손 든 애들, 얘들이 제일 먼저 죽어. 전쟁 나면 빨갱이들이 군경 가족 먼저 죽여버려. 알겠어?

너희들, 애네들 아버지에게 감사하고, 손 든 사람들은 아버지가 얼마나 힘든 일을 하고 계시는지 알아야 해."

그날 밤에 대검으로 입이 찢기는 꿈을 꿨다. 나는 이후로 종종 전쟁터에서 살해당하거나, 아무것도 남지 않은 폐허나 불바다에서 아버지나 엄마가 죽었다는 소식을 듣는 악몽을 꾸었다.

76년 휴전선의 판문점 공동경비구역에서는 도끼만행사건이 있었다. 북한군의 쇠망치와 도끼로 미군 두 명이 살해당했다. 내 유년기엔 대검과 도끼 같은 전근대의 무기들이 언어의 형태로 무수하게 복제되어 사람들 사이를 배회했다. 이런 무기들은 다루는 사람에게 장기간의 훈련과 우월한 신체적 조건을 요구한다. 힘과 근력이 있어야 다룰 수 있는 오래된 무기들은 압도적으로 남성적이지만, 살상력은 제한적이다. 공포의 크기와는 별개로 이승복의 집에 나타난 무장군인들은 일가족 네 명을 상대했다. 판문점 도끼만행사건에서 죽은 건 두 명의 미군이었다. 전면전이 벌어지면 적은 훨씬 더 많은 숫자를 죽일 수 있겠지만, 거기엔 순서가 있었다. 적과 물리적으로, 지리적으로 가까울수록 더 위험했다. 전선의 병사들은 후방의 민간인보다, 병사가 될 수 있는 남자들은 여자들보다 더 위험했다. 이승복의 비극을 반복하지 않기 위해선 강한 어른이 필요했다. 남자, 어른, 병사는 여자와 아이, 민간인보다 더 높은 존재였다. 사람은 평등하지 않았다.

나는 어려서 사람 사이에 서열이 있는 건 하늘에 해가 있는 것처럼 자연스러운 일이라고 굳게 믿었다. 아버지는 나보다 모든 면에서 중요했다.

아버지는 명절이나 휴일에도 교대근무나 비상대기에 걸려 있었다. 집에 있을 때는 힘든 근무에서 벗어났으니 쉬어야 했다. 기억 속 아버지는 곤하게 자거나 밥을 먹거나 텔레비전을 틀어두고 아랫목에 길게 누워 야구나 바둑, 뉴스를 끊임없이 봤다. 나는 아버지로부터 학교는 어땠니, 친구는 사귀었니, 배우는 게 어렵진 않니, 선생님은 어떤 분이시니…… 등등의 질문을 받아본 적이 없다. 아버지는 중요한 사람이니까, 언제나 나보다 더 중요한 관심사가 있었다. 가령 공산당에 맞서 목숨을 걸고 국가를 수호한다든지, 오늘 야구 경기에서 어느 팀이 이기는지 알아봐야 한다든지. 나는 아버지에게 불만이 없었지만, 딱히 애정을 가졌던 것도 아니다. 애착을 갖기에는 보는 시간이 너무 적었다.

열두 살이 되던 해에 아버지가 강원도에서도 더 전방에 가까운 인제로 발령받았을 때, 아버지만 다른 곳에서 살게 되었다고 들으면서 전혀 서운하지 않았다. 아버지가 집에 없다면 저녁 시간에 지루한 뉴스 대신에 만화를 볼 수 있을 거였다. 엄마의 반응은 달랐다. 엄마는 너무나 안타까워했다. 엄마는 우리 때문에 아버지 혼자 멀리 간다고 했다. 원주는 고등학교도 여러 개고 대학도 있어서 우리가 공부하기 좋지만, 아버지가 가는 국경 근처는 산골이라 교육 환경이 나쁘다고. 엄마 말에 의하면, 아버지는 우리 장래를 생각해서 희생하는 거고, 엄마는 우리를 돌봐야 해서 떨어지고 싶지 않은 아버지와 생이별을 하는 중이었다. 엄마의 반응을 보고 나는 아버지의 부재를 비극으로 받아들여야 한다는 사실을 알았다. 그래서 그런 척했다. 하지만,

"아버지가 너희를 위해서 멀리서 고생하고 있는데, 넌 그렇게밖에 못 해?"

"자꾸 이런 식으로 행동하면 아버지한테 다 말해버린다."

내 행동이 뭔가 마땅치 않아 혼낼 때마다 엄마는 그런 말을 되풀이했다. 아버지는 같이 살 때도 고함을 치거나 때리는 일이 없었다. 그건 '오늘 어떻게 지냈니?' 하고 묻지 않는 것과 같은 맥락에서 나온 무관심이었다. 먹여주고, 입혀주고, 보살펴주고, 화를 내고, 칭찬하는 일을 전부 엄마가 했다. 그런데도 엄마가 아버지에게 말하겠다고 무시무시한 기세로 화를 내면, 절대로 아버지에게 내 행실을 들켜선 안 된다는 생각이 들고 마는 거였다. 엄마는 가끔 화를 내기 시작한 본래 이유와 상관없이 이런 말을 덧붙였다.

"가족이 뿔뿔이 흩어져 살아야 하니, 이게 무슨 사람 사는 꼴이니."

그런 말을 들으면 엄마가 나한테 화가 난 건지, 아버지가 없다는 사실에 화가 난 건지 구분할 수 없었다. 나는 아버지가 돌아오길 원하게 되었다. 당시 엄마는 아직 교회에 다니지 않았지만, 나는 다녔다. 내가 아버지의 귀환을 기도한다고 하자, 교회 성경반 선생님이 착하다고 칭찬해주고는 이렇게 말했다.

"사람한테 벌어지는 일은 전부 하나님 뜻대로 이루어지는 거니까 니가 열심히 기도하면 아버지를 다시 원주로 보내주실 거야. 시련을 주시는 하나님은 극복하는 방법도 주시거든. 하나님은 신비로운 방법으로 역사하시니까 당장은 잘 몰라도 지나고 보면, 아 그래서 그랬구나, 하면서 이해하는 날이 와. 기도가 중요해. 간절히 바라는 일은 꼭 이루어주시니까. 너만 하지 말고, 엄마한테도 전도해서 같이 기도하면 효과가 있을 거야. 어쩌면 하나님이 바라시는 건 그런 걸지도 몰라. 온 가족이 신앙으로 뭉치게끔, 교회에 나올 계기를 주시는 거지."

나는 하루 세 번 밥을 먹기 전에 아버지를 돌려보내주세요, 하고 몇 년이나 지치지도 않고 기도했다. 내 기도는 무용지물로, 아버지는 돌아오지 않았다. 아버지가 떠나야 했던 원인과 돌아오지 못하는 까닭에 대해 보다 현실적인 설명을 중학생이 되어 사회 시간에 들었다.

교통의 허브인 원주에는 군기지만이 아니라, 의료와 교육 시설도 집중되어 있었다. 강원도는 1953년 정전 이후 반세기 동안 산업 구조에서도 심한 변동을 겪었다. 산이 많은 강원도의 주된 산업은 광산업이었는데 광업도시들은 석탄 매장량의 고갈로 쇠락했다. 강원도 각지로부터 떠나온 광부들이 원주로 몰려왔다. 인구가 불어나고, 더불어 아파트와 상가도 늘어났다. 평화가 지속되면서, 원주는 군사도시보다 교육과 의료, 소비도시로서 더욱 성장했다.

칠판에 강원도만 파랗게 표시된 한반도 지도를 걸어놓고 이런 정황을 설명한 뒤에 사회 선생님이 말했다.

"이런 경향은 앞으로 점점 심화될 거예요. 원주가 발전하는 과정에 있으니까 군부대는 점점 외곽으로 빠져나갈 수밖에 없죠. 역사가 우리를 바른 방향으로 이끌어가고 있으니까. 또 우리도 바른 방향으로 갈 수 있도록 노력을 해야 하고."

선생님 말에 의하면, 남한과 북한이 통일을 해서 강원도 내 휴전선이 사라지면 원주에도 군대가 주둔하지 않는 미래가 있었다. 원주는 군사도시라는 삭막한 이름을 벗어버리고, 문화도시로 거듭나게 될 거라고 했다.

"여러분은 아직 어리고 해서 아무 생각 없이 다니니까 잘 모르겠지만, 알고 보면 시내에 왔다 갔다 하는 군인들이 조금씩 줄어들고 있어요. 군부대가 점점 국경 근처로 물러나서 주둔하는 군의 규모가 줄어들고 있기 때문에……."

나는 아버지가 군인을 관두기 전엔 집에 돌아오지 못하리란 걸 그날 이해했다. 군대가 외곽으로 빠져나가서 아버지가 전방으로 간 거라면, 그건 사회 변화에 따른 이동이었다. 아버지가 귀환하지 못하는 까닭은 내가 기도할 때 성의껏 하지 못해서라거나, 하늘에 살아 있다고 주장되는 초월적이고 신성한 존재가 엄마더러 교회에 나와서 자길 숭배하라고 내린 시련이 아니었다.

이런 설명을 듣던 시기는 1987년, 나는 열여섯 살이었다.

그해 6월 29일, 박정희로부터 시작된 군부독재의 마지막 인물, 노태우 대통령이 국민적인 열망을 수용해 민주화를 위한 직선제 개헌을 하겠다는 내용의 성명을 발표했다. 발표가 있던 날, 학교는 오전 수업밖에 하지 않았다. 시내에는 공짜 술이나 식사를 제공한다는 가게들이 넘쳐났다. 거리는 어깨동무를 한 채로 노래를 부르는 시민들과 대학생들에 의해 점령당했다. 버스가 운행할 수 없어, 도로 한가운데 멈췄다. 나는 열광하는 군중에게 이리저리 치이면서 집까지 걸어서 돌아갔다. 역사의 심판이다. 민주 세력의 승리다. 함성들이 거리에 소용돌이쳤다. 나는 그게 뭔지 정확하게는 몰랐다. 수업을 급작스럽게 빨리 마친 대신 숙제가 몇 배로 나와서, 오늘은 집에 가면 그거 하느라 죽어나겠구나, 그런 생각을 했었다.

　최근에 나는 아버지가 자신의 전근에 대해서 완전히 다른 얘기를 하는 것을 들었다.

　"군대도 다 사람 사는 데니까, 뭐라고 해야 하나, 연줄…… 그런 게 있어야 해. 좋은 보직에 남고 승진도 빨리하려면, 윗사람들 집에 부지런히 다니면서 철마다 인사도 챙기고 그래야 했거든. 줄을 서야 되는 거지. 근데 나는 그런 걸 안 했어. 그건 부정이고 잘못이다, 내가 딱 이런 원칙을 갖고 있었거든. 젊었으니까, 세상을 깨끗하게만 생각한 거지. 내가 내 일 성실하게 하면 되지, 그렇게 생각했는데, 그런 걸 사람들이 앞에선 옳다고 해도 뒤로는 싫어해. 윗사람들 눈에 그런 게 별로 탐탁지가 않은 거야. 저거는 때 돼도 뭐 하나 갖다주지도 않는 놈이고, 내 사람이 아니다, 그런 거지. 그러다 전방에 자리 나니까 그냥 나를 보낸 거야."

아버지는 이렇게도 말했다.

"안 변했어. 변한 것처럼 보이기는 하지. 왜냐, 요새는 교통이 좋아져서 병사들이 외출이나 외박을 나가면 저 멀리 서울까지 가버리니까. 원주 시내에서 놀지를 않아서 눈에는 안 띄거든. 군사령부가 아직 있고, 나간 부대가 있고 새로 들어온 부대도 있는데, 그게 시내 중심가가 아니라 원주 시내 근접한 외곽에, 횡성이나 그런 데로 오니까 얼른 안 보이는 것뿐이지. 군대가 없어질 순 없어. 북한이 지금도 계속 도발하고 있잖아."

아버지에게 사람의 운명은 초월적으로 존재하는 신의 의지에 달려 있거나 역사라는 추상어로 요약되는 사회 발전의 법칙에 지배되는 것이 아니라, 오래된 관습과 불문율에 기반한 봉건적 조직 속에서 크고 작은 권력을 가진 사람들의 욕망에 따라 결단되는 무엇이다.

우리는 어디를 향해 가고 있었던 걸까? 가고 있긴 한 걸까?

어려서는 세상이 어딘가로 향해 가고 있다고 생각했다. 그것도 일직선 상승일로로 발전한다고 믿었다.

원주에서 엄마는 아홉 가구가 세 들어 사는 다세대 한옥 주택의 부엌이 딸린 단칸 셋방에 정착했다. 화장실이 공용이라, 아침마다 줄을 서서 화장실에 갔다. 마당엔 펌프가 있었다. 겨울에 세수를 하려면 펌프로 물을 퍼서 끓여야 했다. 그 집에서 엄마는 방 두 개짜리 독채 전세로 옮겼다가, 집을 살 수 있었다. 엄마가 가진 최초의 집은 시에서 오래된 한옥 주택을 대량으로 구입해서 개조한 뒤에 저렴한 가격으로 보급한 시영 주택이었다. 대문은 녹색 페인트칠이 된 철제였고, 지붕은 기와였다. 안채 옆에는 독립된 사랑채가 있었고, 마당에는 포도나무와 사철나무, 라일락이 있었다. 화장실은 재래식으로 분리되어 있었다. 나무로 된 마루는 걸을 때마다 삐걱거리는 소리가 났고, 부엌에는 아궁이가 있었다. 나는 이 집에서 중학교를 다녔다. 고등학생이 되었을 때, 열일곱 평짜리 아파트로 이사했다. 아파트에는 연탄 세 장이 들어가는 보일러가 설치되어 있었고, 5층짜리 건물이라 엘리베이터는 없었다. 화장실은 수세식이었다. 온수가 나왔기 때문에 겨울에 세수하거나 머리를 감기 위해서 물을 끓이지 않아도 되었다. 집이 변화하면서, 엄마는 주방의 식기들을 더 고급스럽게 바꾸고 식탁과 텔레비전, 냉장고의 크기를 늘렸다. 아버지는 차를 바꾸고 삼각대가 달린 카메라를 샀다. 아버지 월급은 해마다 올랐고, 직급도 올랐다.

세상이 어딘가로 나아가는데, 그것이 '발전'으로서 올바른 방향이라는 직관은, 역사라든가 신 같은 추상의 관념이 아니라 일상을 구성하는 물건들의 질이 나날이 좋아지는 데서 왔다.

엄마와 아버지가 마지막으로 이사한 것은 내가 대학에 들어간 뒤의 일이었다. 아버지가 퇴직하기 2년 전, 평생의 저축을 다 털어 집을 샀다. 새로 지은 15층 아파트엔 엘리베이터가 있었다. 중앙난방이어서 이전 아파트에서처럼 연탄을 갈기 위해 새벽에 일어나야 하는 일은 없어졌다. 기차역과 버스터미널, 병원과 교회가 전부 차로 오 분에서 십 분 이내의 거리에 있고, 대규모 단지의 한가운데라 편의시설도 잘 구비된 곳이었다. 엄마는 이 아파트에서 죽었다. 역사가 사회를 어디로 밀고 가든, 혹은 엄마가 믿었던 하나님의 신비한 의지가 있어서 인류를 어디로 이끌고 있든, 엄마는 그게 어딘지 알지 못할 것이고 거기로 가지 못한다.

54일
....

"위패를 다시 만들려고."

소희 언니는 잠깐 침묵했다가 왜냐고 물었다.

"지금 있는 위패는 상조에서 급하게 만든 거잖아. 의전관이 교회에서 엄마 직분이 뭐였냐고 묻더니만, 위패에다가 권사라고 썼지. 권사, 그거 달랑 하나만. 교회에서 많이들 오고 예배도 보고 해서 장례가 교회장처럼 돼버리긴 했지만, 엄마는 우리 엄마인 게 먼저 아냐? 엄마가 권사로 나서 권사로 살다가 죽은 것도 아닌데……. 문구도 제대로 좀 쓰고 싶어."

언니가 고개를 끄덕였다.

"그래. 하고 싶으면 해."

울컥, 짜증이 치밀었다.

"하고 싶어서 하는 게 아니라니까! 좋고 싫고 그런 문제가 아니라고. 그렇게 말하지 마."

"좋고 싫은 게 아니면? 그럼 뭔데? 하고 싶으면 하라고. 반대도 안 하는데 왜 신경질이야?"

말끝마다 '좋으면' '하고 싶으면'이라는 단서를 붙이는 건 언니의 입버릇이다. 가치관이기도 하다. 좋아하는 일에 열정을 갖고 어려움을 돌파해서 그 결과로 뭔가를 이루어내는, 그런 거. 언니에게는 자기에게 쏟아진 어렵거나 싫은 일도 해치우면서 좋아하는 일로 바꾸는 에너지가 있다. 주어지는 일에는 그게 뭐든 열정을 갖고 덤벼든다. 그런 기질이라, 바다를 건너가 말도 기후도 역사도 풍습도 다른 땅에서 생겨나는 갖가지 어려움을 전부 극복한 뒤에 교육학 석사 학위도 받고, 교사가 되어 집이며 차도 사고, 번듯하게 자리 잡고 살고 있다. 다른 때 언니가 '좋아서 해야지' 하는 말을 하는 건 아무래도 상관없었는데, 지금은 사정이 다르다. 다른 일이 아니고 엄마의 죽음이다. 장례식을 치르면서 나는 엄마의 사회적인 사망을 완수해야 했다. 이런 일을 선택할 수 있다는 듯이, 기분에 따라서 이렇게도 저렇게도 한다는 듯이 말하기 시작하면, 내가 엄마를 죽게 하고 싶었고, 열정을 갖고 장례식을 치른 것처럼 된다. 나도 엄마 장례 따위 평생 치르고 싶지 않았다. 아버지처럼 말이다. 엄마의 신분과 이름을 삭제하고 폐기하는 절차는 사회가 요구하는 갱신의 절차였다. 죽은 구성원을 삭제하지 않으면, 사회는 미래를 향해갈 수 없다. 우리가 엄마의 죽음을 인정하지 않고 계속 살아 있는 것처럼 놔두면, 제일 먼저 굶어 죽을 사람은 아버지다. 죽은 가족이 있는 사람들이 전부 아버지가 하듯이 도피와 부정 일색으로 행동한다면, 이 사회는 한 세대를 넘기지 못하고 유령들의 무게에 압사해버릴 터다.

정말 산 사람이 살아야 한다면, 죽음을 부정하고 삶을 욕망하기만 하는 걸론 부족하다. 죽음을 수용하고, 애도하고, 상실과 변화를 받아들여야 살아갈 수 있다. 사람은 자연의 섭리 속에 태어나고, 사회의 질서 속에서 인간다운 인간으로 성장한다. 자연의 섭리에 따라 몸이 마치면, 사회의 질서에 따라 그 정신을 쉬게 해야 한다. 나는 미래로 가기 위해서, 살아가기 위해서, 죽은 엄마를 죽여야 했다. 비이성적이고 불합리한 기분이라고 아무리 생각해봐도 돌이킬 수 없는 죄에 가담했다는 끔찍한 기분이 사라지질 않는다.

호주에서 한국은 비행기로만 열 시간 남짓, 이동 시간을 합하면 하루가 꼬박 걸린다. 소희 언니는 장례 이틀째에 빈소에 도착했다. 첫날의 난장판은 물론 정리된 뒤였고, 그다음 일정들도 전부 계획된 뒤였다. 언니는 슬프게 울고, 장례비를 내고, 아버지를 위로하고, 엄마가 다니던 교회에 헌금한 뒤 돌아갔다. 의도한 바는 아니겠지만, 언니도 장례에 참석만 했지 그 과정을 주도하거나 결정하는 걸로, 엄마 정신의 죽음에 직접 관여해서 책임을 지는, 장례를 치러내는 경험은 아니었던 거다. 그래서 그런지 언니에겐 내가 지금 하는 모든 일들이 그저 슬프니까 벌이는 난장굿처럼 보이는 것도 같다. 언니가 물었다.

"아버지는 뭐라는데?"

나는 어깨를 으쓱했다.

"몰라. 말 안 했어. 위패 새로 만든다고 하는데 그거 얼마냐고, 싸게 하라는 소리라도 들어봐. 참을 수 있겠어? 그래서 안 묻고 그냥 하게."

"어쩌겠냐. 아버지야 평생 그런 식으로 아끼는 것만 알고 살아왔는데."

"아버지가 이러는 건 정말은 돈 때문이 아니야. 엄마가 죽었다는 걸 못 받아들여가지고, 아예 그런 일 없는 셈 치려고 저래. 엄마 살아 있을 때처럼 고대로 살려고. 거부반응도 하루 이틀이어야지. 내가 여기서 내내 아버지 살림 맡아줄 수 있는 것도 아닌데, 큰일이야."

언니가 미간을 찌푸렸다.

"너는 생각이 지나쳐. 아버지 그렇게 복잡한 사람 아냐. 엊그젠가 아버지하고 영상통화 하는데, 연금이 다달이 얼마 얼마 나오는데 그걸 이렇게 저렇게 쓴다고 말하면서 저금을 한다는 거야. 뭐 하러 그러냐. 그냥 편하게 쓰라고, 목돈 들어갈 일 있으면 내가 해주겠다고 했더니, 어떻게 그러냐고, 평생 아끼고 저축하면서 살아서 너희들 대학 공부 가르쳤다고……."

"그런 것도 문제라고. 지금 한 푼 두 푼 아껴서 미래를 대비한다, 아버지가 그런 생각할 20대야? 30대야? 아버지 나이를 생각해야지. 아버지는 지금 있는 재산 정리해서 의료비 대책 세워놓고, 장례 준비할 때라고. 속에서 열불이 나. 입만 열면 씩씩하게 살 거다, 혼자서도 아무렇지도 않다……. 엄마가 죽었는데, 아버지는 씩씩해야겠어?"

"그럼 어떡하니. 차라리 씩씩하겠다고 하는 게 낫잖아. 산 사람은 살아야지. 아버지더러 엄마랑 같이 죽으라고 할 꺼니?"

"누가 아버지더러 죽으래. 내가 아버지 죽으라고 해? 그러면 내가 여기서 아버지 병원 가는 거 챙기고, 식이요법 식단 맞춰주고 하겠어? 그게 아니라 엄마가, 43년을 해로한 마누라가 죽었잖아. 제대로 애도를 해줘야 할 거 아냐! 엄마는 뭐냐고. 아버지 병 수발 들고, 아버지 애 낳아주고, 아버지 살림 살아준 엄마는……."

나는 말을 멈췄다. 언니가 울기 시작했던 것이다. 빈소에 도착했을 때 언니는 너무 울어서 눈이 붓다 못해 쌍꺼풀이 다 풀려 있었다. 지금도 왼쪽 쌍꺼풀은 돌아오지 않았다.

"엄마 생각하면 나도 아버지 왜 저러나 싶을 때가 있지만, 그래도 평생 같이 산 사람이 갑자기 없어졌는데 그 속내가 오죽하겠냐. 슬프다고 안 해도 당연히 힘들고 슬프겠지."

언니가 결혼해서 호주로 간 지 15년이 넘었다. 언니의 현실은 그쪽이라 한국은 추억의 땅이다. 언니에게 아버지는 유년의 거대한 위상을 아직 간직한 채다. 한없이 큰 아버지. 언제나 우리보다 더 중요한 아버지. 언니는 현재의 아버지가 늙고 병든 데다 생활을 꾸려갈 능력이 없다는 말을 듣기 싫어한다.

"가족 중에 엄마가 죽어서 안 슬프고, 안 힘든 사람이 어딨니? 그 마음은 다 똑같은 거야. 너도, 나도, 아버지도, 은희도 전부 슬프고 힘들고, 엄마가 없으니까……."

그런가? 우리는 전부 똑같은 슬픔을 안고 있는 걸까? 슬픔이라고 불리는 특정하고 균질한 감정의 덩어리가 우리 모두의 내부에 동일한 양과 질로 심겨 있는 걸까?

장례식을 치르면서 만감이 교차했다. 만감은 정말 만감(萬感)이어서, 몇몇 단어로 요약하거나 정리할 수 없었다. 말은 수없이 변화하는 그 감정들의 표면 사이를 미끄러질 뿐이었다. 달리 표현할 말을 알지 못해서 슬프다고 말하지만, 그저 슬프다고만 하기에는 슬픔이란 단어가 너무나 피상적이고 얄팍하게 느껴진다. 언니가 본격적으로 울기 시작했다. 나는 멍하니 언니가 울음을 그치길 기다렸다.

복합기 주위로 앨범들이 어지럽게 늘어놓여 있다. 오래된 가족사진들은 종이가 낡다 못해 삭고 있어서 이참에 디지털화하고 있다. 앨범 정리를 시작한 것은 장례 직후부터였지만, 엄마 사진을 보면 울게 되기 때문에 진전이 거의 없다. 끝낼 수나 있을지 잘 모르겠다.

엄마 사진으로 가장 오래된 것은 약혼 기념사진. 맞선을 보고 결혼이 결정되자, 양가 부모와 당사자들이 읍내 중국집에서 식사하고 사진을 찍었다. 그게 약혼식이었다. 젊지만, 그래도 엄마다. 이미 스물셋이니까, 얼굴의 골격이 완성되어 있다. 지금의 나보다 한참이나 어린 스물셋의 엄마는 남자의 가치는 키와 얼굴에 있다고 믿었다. 이 시절의 엄마는 자신이 내린 결정이 앞으로 어떤 인생을 살게 할지 전혀 모르고 있었다. 고향으로부터 천 리쯤 떨어진 곳에서 일가친척들과 전부 헤어진 상태로, 군인의 아내로 세 딸을 키우며 사는 일의 힘겨움이나 병들고 늙어가는 고통이나 홀로 맞이할 죽음의 공포에 대해서 하나도 몰랐는데…….

알았어도 똑같은 인생을 선택했을까?

대학생이 된 이후에 엄마 고향엘 갔었다. 보이는 거라곤 야트막한 산자락과 끝없이 이어지는 논밭뿐인 깡촌이었다. 사람들은 전부 농부였다. 외가도 농사를 지었다.

1895년, 고종 32년에 단발령이 내려졌다. 많은 사람들이 강제로 상투를 잘려야 했다. 체두관이라고, 그 일만 하는 관리가 있었다. 외할아버지는 일본 식민 통치가 한창이던 시절 체두관을 피해 집을 떠났다가, 일본의 패전으로 한반도의 식민 통치가 끝난 뒤인 1946년에 돌아왔다. 엄마는 47년에, 새로운 시대에의 희망과 부부의 재결합을 합한 결과물인 복덩이 막내로 태어났다.

여자 형제 중에 국민학교를 나와 한글을 깨칠 수 있었던 것은 엄마뿐이었다. 시골 마을에서 엄마는 마을 사람들 편지를 대신 써주거나 읽어주는 지식인이었다. 국민학교를 마친 엄마는 양장 학원을 다녔다. 그것도 막내의 특권이었다. 글을 깨쳤고 옷을 지을 수 있으며 요리 솜씨도 좋아서, 처녀 시절의 엄마는 일등 신붓감이었다. 그런데 엄마에겐 다른 소원이 있었다. 엄마는 전형적인 한국인답게 가늘고 작은 눈을 가졌는데, 크고 둥근 눈을 갖고 싶었다. 며칠이나 단식투쟁을 해가며, 고쳐주지 않으면 처녀 귀신으로 늙어 죽겠다고 졸라댄 끝에 엄마는 읍내 병원에서 쌍꺼풀 수술을 할 수 있었다. 67년의 일이었다. 64년에 우리나라는 수출 1억 불을 달성했고, 66년에 1인당 국민소득은 131달러였다. 60년대는 그런 시대였다. 보릿고개가 남아 있던 시절에 엄마는 미용 성형 수술을 했다.

엄마의 쌍꺼풀은 우리에게도 내내 흥미진진한 얘깃거리였다.

"밥을 굶어서 얼굴을 바꾼 의지로 공부를 했으면, 엄마는 장관도 됐겠어."

그렇게 말하면 엄마는 이렇게 큰소리치곤 했다.

"내가 시골에서 태어나서 그렇지, 대처에서 나서 고등학교만 나왔으면 가죽 의자 꿰차고 앉아서 방귀 좀 뀌고 살았을 거야."

고등학교까지 나올 수 있었더라면, 엄마의 가치관은 달라졌을까? 얼굴이 좀 못나고 키가 작아도, 부자인 데다 그곳에 생활 터전을 갖고 있었던 다른 맞선 상대를 골랐을까? 그랬다면 엄마는 고향에서 천 리나 떨어진 타향에서 일생을 보내지는 않았을 터다.

결혼 당시 아버지는 엄마보다 여섯 살이 많았고, 군대 생활 8년 차였다. 이렇다 할 재산이 없었다 해도 아버지는 연령과 체력, 사회 경험, 인맥, 교육 면에서 엄마보다 까마득하게 우월했다. 두 사람은 같이 부산과 원주로 옮겨 다녔지만, 아버지에겐 어느 도시에 가든 자신에게 익숙한 규율로 돌아가는 부대가 있었다. 상관과 동료와 부하가 있었다. 아버지는 군대에서 운전과 타자, 각종 무기 조작법, 수사 지침 등등을 교육받았다. 다달이 월급이 나왔다. 아버지에겐 나라를 수호하고 가족을 부양한다는 긍지가 있었다. 반면에 엄마는 아버지를 따라 옮길 때마다 모든 인간관계로부터 단절되어야 했고, 낯선 도시에 새롭게 적응해야 했다. 새로운 걸 배울 수 있는 기회도, 친지들과 연락할 수단도 없었다. 세 아이를 차례로 낳으면서 우리와 더불어 아버지에게 의존해야 했다. 아버지에게 군대가 진리라면, 엄마에겐 아버지가 절대였다.

셋방살이를 벗어나 처음으로 산 집에서 집 정리를 끝낸 뒤에 엄마는 제일 좋은 옷을 꺼내 입고, 우리에게도 한복을 입혔다. 마당에 서서 기념사진을 몇 장이나 찍었다.

아버지에게 기대서 우리를 앞세우고 활짝 웃고 있는 엄마.

나는 오랫동안 엄마를 그런 모습으로 알았다. 아버지가 전방으로 이동한 뒤로 엄마는 음식이며 옷가지를 싸서 매주 아버지를 만나러 가곤 했다. 아버지가 원주로 오는 주말도 있었는데, 그러면 엄마는 잔치라도 벌이는 것처럼 별별 음식을 다 만들었다. 고기와 갖가지 나물에 술을 한 상 가득 차리고, 엄마는 화장도 예쁘게 했다. 아버지가 오면 엄마는 행복해했다. 엄마가 차려준 음식을 잔뜩 먹고 마시는 아버지도 즐거워 보였다. 젊은 시절의 엄마와 아버지는 잉꼬부부였다. 서로에 대해서 전혀 알지 못한 채 단 한 번의 맞선으로 결혼을 결정했는데, 아무 문제 없이 잘되어가다니 어떻게 그럴 수 있을까? 10대 시절에 나는 그게 이상하고, 신기했다. 엄마와 아버지의 결합이 나를 태어나게 했기 때문에, 엄마와 아버지의 관계는 필연이고 자연스러운 질서인 양 여겨지기도 했다.

엄마와 아버지 사이에 있던 건 남녀란 무엇인지 지시하는 사회적 가치관을 이미 내면화한 남녀가 만나 규칙대로 살아간 결과로 생겨난 조화였다. 그에 따르면, 남자는 직업을 가지고 바깥일을 하며 가족을 부양하고, 여자는 집에서 아이를 낳아 기르며 남편 뒷바라지를 하는 것이 이상적이었다.

우리가 세 자매인 것은 그 무렵에 '알맞게 낳아서 훌륭하게 키우자' '딸아들 구별 말고 셋만 낳아 잘 기르자' '덮어놓고 낳다 보면 거지꼴을 못 면한다' '잘 키운 딸 하나 열 아들 안 부럽다'와 같은 구호들로 요약되는 국가정책으로서의 가족계획에 아버지가 적극 호응했기 때문이다. 콘돔과 낙태가 존재하는 시대에 자녀는 계획되고 조절되는 통제의 대상이다. 통제를 권장하고 시행하는 주체는 국가이고, 그 무렵의 국가는 군대로부터 나왔다. 더불어 군인의 경우엔 세 번째 자녀까지만 무이자 학자금 융자를 해준다든가 하는 제도적 장치들도 있었다. 아버지는 시골 농가의 육 남매 중 장남인데도 불구하고 반드시 아들을 낳아야 한다고 고집하지 않았다. 다만 숫자는 셋이었다. 아이의 숫자를 결정한 다음, 엄마와 아버지는 자식들을 대학까지 보내자고 합의했다. 여기까지가 아버지가 육아와 자식 교육에 관련해서 한 일의 전부였다.

엄마는 세 번의 출산을 모두 집에서 했다. 세 번 다, 아버지는 근무하느라 집을 비웠다. 옆집 아주머니가 도와주긴 했다지만, 엄마는 소희 언니를 낳을 때 호되게 고생했기 때문에 내 출산 예정일에 맞춰선 시댁에 연락했다. 친할머니가 왔는데, 나는 예정일에 나오지 않았다. 보름쯤 해산을 기다리던 할머니는 급한 일이 생겼다는 연락을 받고 시골로 돌아갔다. 나는 고 사이에 태어났다. 열네 시간에 걸친 지독한 난산이었다. 내가 태어난 뒤에 할머니가 다시 왔지만, 이제 몸도 풀었으니 일해도 되겠다면서 밥을 차려내라, 국이 맛이 없다, 집이 더럽다, 애 꼴이 저게 뭐냐 하는 등등의 잔소리와 훈수로 엄마 가슴에 평생 잊지 못할 한을 남겼다.

우리를 낳을 무렵, 아직 20대였던 엄마의 육아에 대한 생각은 남자나 결혼에 대한 가치관의 연장선에 있었다.

아이는 귀엽게 생겼는가?

엄마는 몇 번인가 소희 언니를 처음 봤을 때의 감격에 대해서 말했다. 언니는 아버지를 많이 닮아, 코를 중심으로 대칭 비례가 잘 맞고 이목구비가 반듯한 얼굴이다. 엄마에게 세상에 이보다 예쁜 애는 없었다. 열 달이나 되는 임신 기간의 불편과 무시무시한 출산의 고통을 언니는 태어난 순간 다 보상했다. 반면에 나는 엄마의 기대에 전혀 미치지 못했다. 그렇게나 힘겹게 낳은 나는 부숭부숭한 머리카락과 두 개의 앞니, 엄마가 수술까지 단행해가면서 수정했던 가느다란 실눈을 고대로 가지고 태어났다.

"원숭이가 따로 없었지. 처음 봤을 때는 내가 이런 걸 낳았나 싶어서 얼마나 여러 번 씻겼는지 몰라. 말끔해지라고. 예정보다 늦게 났는데도, 몸은 작고 성질은 또 얼마나 까다로운지. 빽빽거리고 울지, 보채지. 너는 날 때부터 이가 있어가지고 젖을 먹이려고 하면, 암팡지게 깨물어서 피를 봤어. 얘가 나중에 커서 사람이 되려나 싶었는데, 이제 다 컸네."

중학교, 고등학교, 대학교 졸업을 하던 날에, 엄마는 번번이 그렇게 말했다.

셋째인 은희는 새벽에 갑작스럽게 진통이 왔다는데, 반 시간도 걸리지 않아 태어났다. 엄마를 고생시키지 않고 태어난 막내는 길쭉한 팔다리와 하얀 피부를 지닌 미인 아기였다. 첫째인 언니 때는 몰라서 힘들었고, 둘째인 나는 재난과 괴로움으로서의 육아였다면, 은희야말로 엄마가 육아의 괴로움과 즐거움을 전부 알고 노련하게 키운 막내였다.

고교생이 된 이후로 엄마는 종종 대학에 합격하면 네 눈도 고쳐주마, 하고 말했다. 그렇지만 대입 고사가 끝난 겨울에 엄마는 나를 데려간 성형외과 대기실에서 안절부절못하다가 의사를 만나기 직전에 돌아 나왔다. 혹시나 잘못되면 어떡하니, 무서워서 안 되겠다. 병원을 나오면서 엄마가 그렇게 말했다. 자기 얼굴은 고칠 수 있었던 용감한 아가씨는, 엄마가 되어선 딸의 얼굴은 바꾸지 못하는 겁쟁이가 되었다. 나는 내 눈을 그때부터 좋아하게 되었다.

엄마는 원래 엄마로 태어나지 않았다. 아버지를 만나 우리를 낳아서 키우느라고 엄마인 엄마가 되었다. 모든 존재엔 역사가 있다. 아무것도 없어 보이는 장소에서 이윽고 생겨나서 변화하고 소멸에 이르는 역사. 소멸한 듯 아무것도 없어 보이는 곳으로부터 새로 시작되는 역사. 그러니 생각하게 되는 것이다. 엄마가 사라진 자리에 남은 것과 시작되는 것에 관해.

빈소를 떠날 줄 모르고 오가던 교회 사람들 중 몇몇이 목사가 올 수 있는 시간에 맞춰서 입관 예배를 올려야 하니, 엄마 시신을 빨리 염해야 한다고 했다. 그렇지만 소희 언니가 도착도 안 했는데, 목사나 교회 사정에 맞춰서 장례 일정을 조정할 수는 없었다. 입관 예배 대신에 고별 예배를 둘째 날 낮 2시경에 보기로 하고, 입관은 언니가 도착한 이후에 가족들끼리 하기로 했다. 발인은 셋째 날 오전 10시로 정해졌다.

전통 장례에서, 사람이 죽으면 수시(收屍)한다. 죽음의 과정에서 흘러나온 배설물을 닦아내고 경직된 팔다리를 주물러 펴는 것으로 몸을 바르게 한 후에 미리 준비했던 수시복이나 고인이 평소에 좋아했던 옷을 입힌다. 머리는 낮은 베개에 올려주고, 손은 배 위에 공수하는 형태로 가지런히 올려놓은 뒤, 삼베나 종이를 꼬아 만든 끈으로 무릎과 정강이를 붙여서 동여매고, 어깨도 동여맨다. 몸을 똑바르게 고정해주는 절차가 끝나면, 턱이 처지지 않도록 삼베나 햇솜을 받쳐준다. 몸은 사망 후 삼십 분이 지나면 부패가 진행되기 때문에, 입과 코와 귀를 전부 막아둔다. 홑이불로 덮어 머리와 다리 부분의 이불을 안으로 말아서 싼다. 수시가 끝난 시신 앞에는 병풍을 치고, 향을 피웠다.

수시가 끝나야 부고를 냈다. 그다음이 염습(殮襲)이다. 수의로 갈아입고 저승 갈 차비를 하는 일, 염은 소렴과 대렴으로 나눈다. 수시복을 수의로 갈아입는 과정이 소렴이고, 입관하는 것이 대렴이다. 예전엔 소렴과 대렴을 같이 하지 않고, 소렴 다음 날 대렴을 했다. 대렴이 끝나야 성복제를 지내면서 상복을 입었다. 전통 장례에서 조문객 접대는 성복 후에 시작했다.

이렇게 천천히 진행되었다면, 장례를 치르는 게 그렇게나 황막한 광기에 휘말린 것처럼 느껴지진 않았을 것도 같다.

첫날 저녁 무렵에 의전관이 상복이라며 검은 한복을 줬다. 그렇게 성복은 해버렸고, 둘째 날 수시부터 대렴까지 한 번에 했다. 의전관이 가족들은 소렴의 중간쯤, 그러니까 엄마가 목욕을 마치고 한지로 만든 속옷을 입은 뒤부터 참관을 시작해서 수의로 몸단장을 마치는 걸 본 뒤에 입관 전 마지막 인사를 하면 된다고 했다. 은희가 자기는 수시부터 하겠다고 했다. 의전관이 꺼림칙한 얼굴로 그건 유족이 볼 만한 게 아니라고 몇 번이나 만류했지만, 상관없다고 고집을 부렸다. 결국 의전관이 같이 작업할 수 있도록 준비해두겠다고 하고서 먼저 내려간 뒤에 은희가 말했다.

"우리한테야 엄마가 엄마지만, 저런 사람들한텐 일거리밖에 더 되겠어? 엄마를 어떻게 대할지 알 수가 없으니까 내가 가서 지켜봐야겠어."

소희 언니 내외가 도착한 것은 은희가 염습실에 간 지 좀 지나서였다. 아버지는 화장실에 간다고 했던가 아무튼 잠깐 자리를 비우고 없었다. 언니는 빈소에 채 들어서지 못하고 입구에서 제단에 놓인 엄마 영정 사진을 보자마자 바닥에 주저앉아 가슴을 치며 곡을 하기 시작했다. 엄마, 엄마, 하고 부르는 서러운 곡소리에 빈소 앞 식당 구석에 모여 앉아 대한민국의 장래가 어쩌니, 호남의 발전이 저쩌니 떠들던

친척들과 예배 후에 돌아가지 않은 교회 사람들, 식당 일을 해주던 도우미 아줌마들이 일제히 뛰어나왔다. 누군가 나에게, 언니에게 청심환을 줘야 하지 않겠느냐고 말했다. 몇몇 아줌마들은 언니를 얼싸안고 같이 울기 시작했다. 한바탕 울고 난 뒤에 언니가 물었다.

"엄마, 어딨어?"

"아, 지금은 입관 준비하려고, 은희가 의전관이랑 같이 씻기고 있을 거야."

"거기가 어디야? 앞장서. 나도 갈래."

엄마는 평생 화장 안 하고 외출하는 일이라곤 없는 사람이었다. 예견할 수 있었다면 엄마는 가장 좋은 옷을 제대로 갖춰 입고, 미장원도 다녀오고, 풀 메이크업을 한 채로 죽음을 맞이했을 것이다. 우리와 마지막 대면을 심장을 쥐어짜는 고통을 간직한 얼굴로, 우그러진 잠옷을 입은 채로 하진 않았을 거다. 나는 은희가 하고 있는 일은 우리가 오기 전에, 경찰이나 앰뷸런스를 부르기 전에, 아니면 지금이라도 아버지가 했어야 한다고 생각했다. 나는 언니가 엄마의 마지막을 엄마다운 모습으로 기억하길 바랐다.

"지금은 안 되니까 좀 기다렸다가……."

"왜 안 되는데!"

언니가 소리를 빽 질렀다. 옆으로 흩어졌던 아줌마들이 슬그머니 다시 모여들었다. 무슨 일이야, 무슨 일이야. 수군수군 말들이 오갔다.

언니가 나를 손가락질했다.

"얘가 엄마를 감추고 안 내놓잖아! 왜 엄마를 못 보게 하는 거야?"

비난의 시선이 사방에서 날아왔다. 언니는 다시 울기 시작했다. 아줌마들이 대체 왜 그러느냐고, 딸이 엄마를 보고 싶다는데 왜 막느냐고, 마치 나는 딸이 아닌 양 물었다.

"어머니가 주무시다 돌아가셨기 때문에 머리나 옷매무새가 단정하지 않으셔서, 입관 전에 준비가 필요해서 그래요."

그 말이 변명처럼 울려서 나는 화가 치밀었다. 가고 싶으면 맘대로 가보라고 하려는 참에 아버지가 빈소로 돌아왔다. 언니가 나를 밀치고 달려가 아버지를 부둥켜안았다. 아이고, 아버지, 우리 아버지 이제 어떡해. 아버지 얼굴이 온통 찡그러졌다. 이번에야말로 아버지가 우는 걸까 생각했지만, 아버지는 울지 않았다. 나는 괜찮아. 아버지는 그렇게 대답했다.

"괜찮긴 뭐가 괜찮어어어."

언니가 울부짖었다.

"이럴 줄 알았으면, 지난 주말에 전화라도 할걸. 이번 주에 해야지, 그러고 미루다가……. 아이고, 아이고, 엄마, 엄마, 아이고. 우리 엄마 어떡해! 담 주가 생일인데, 생일상도 못 받고……."

소동이 그치지 않자, 빈소로 작은아버지 한 명이 들어왔다.

내가 대학생이 된 이후에, 교통편이 좋아지면서 우리 집으로 할아버지 제사를 모셔 왔었다. 그래서 추석이나 설날이면 작은아버지들이 방문하게 되어서 몇 번 마주친 적이 있다. 아주 모른다고는 못 하겠지만, 안다고도 말하기 어려웠다. 작은아버지들은 전부 엇비슷하게 생겼다. 아버지의 얼굴이 조금 더 뚱뚱하면, 조금 더 네모지게 납작하면, 조금 더 길쭉하면, 조금 더 까맣게 그을리면 저렇게 보이겠다 싶은 얼굴들. 보고 있자면 기분이 이상해졌다. 형제들과 있으면 아버지는 유일한 사람이 아니라, 거대한 유전자 실험의 결과들 중 한 사례처럼 보였다. 무리 지은 아버지라고나 할까.

"큰애가 왔냐? 이제사 왔냐? 니 엄마는 위대한 분이셨어야. 얼른 천 배를 해라, 천 배를 해."

언니가 울다 말고 어리둥절한 얼굴이 되었다.

"니들이 엄마 의지를, 뜻을 이어야 해! 천 배를 해라, 천 배를! 너희들 어머니 같으신 훌륭한 분은 세상에 다시 없어. 세상에 둘도 없는 사람이야. 형수님은 평생 틀린 일은 아무것도 안 했어. 너희들도 엄마처럼 살아야지. 그런 다짐을 해!"

작은아버지의 기세가 어찌나 당당한지, 빨간 보자기라도 목에 두르면 슈퍼맨 사이드킥으로 당장 활동을 시작할 수 있을 것 같았다. 언니가 이렇다 할 반응이 없자 작은아버지 얼굴은 점점 일그러지고, 천 배를 하라는 목소리는 더 커졌다.

예전에는 자식을 부모에 비해서 한참이나 어리석고, 도덕적으로 실패한 존재로 규정지었다. 죽은 부모는 조상이 되고, 조상은 신이 된다. 선대와 부모의 삶을 흠잡을 데 없이 완벽하고 신성한 것으로 규정하게 되면, 후손에게 남는 올바른 삶이란 선대의 삶을 복제하는 것밖에는 없다. 자식들에게 선조는 위대했다고 말하고, 선대가 살던 방식 그대로 살도록 강요하는 것은, 자신도 죽어 조상이 되리라 기대하고, 조상신이 된 후에는 조상처럼 살아가는 후손들과 합류해서 미래로 가는, 세대를 넘어 불멸하는 삶의 방식이기도 하다. 효를 중심으로 한 시골의, 전근대의, 전통의 가치관이다. 그렇게 살아가는 게 틀렸다는 말은 아니지만, 언니가 사는 호주는 남반구에 있다. 여기가 여름일 때 거기는 겨울이다. 호주는 변기 물 소용돌이도 반대로 돈다. 사람들은 영어를 쓰고, 온갖 인종이 다양한 역사적 배경을 가지고 뒤섞여 사는 곳이다. 언니는 그곳에서 석사 학위를 받았고, 직장도 가졌고, 가톨릭 신자가 되었다. 그런 언니더러, 한국 땅에서 전업주부로 일생을 살다 간 엄마를 본보기로 삼으랄 순 없다. 거기다 이 작은아버지는 엄마가 우리를 키우는 동안 10원짜리 하나 보탠 바가 없었다. 나는 아버지 팔을 잡아끌고 작게 말했다.

"아버지, 어떻게든 해봐."

"쟤는 엄마 처음 시집왔을 때부터 큰형수, 큰형수 해가면서 엄청 좋아했어. 그래서 저래."

그걸로 이 상황에 대한 설명과 정리가 전부 됐다는 듯이 아버지는

88

입을 다물었다. 작은아버지 말을 마냥 무시할 수도 없고, 언니더러 정말 천 배를 하랄 수도 없는 노릇이었다. 나는 울화를 억지로 누르고 작은아버지에게, 말뜻은 알겠지만 지금 막 도착해서 언니가 피곤하니 천 배는 못 한다고 말하는 걸로 상황을 수습했다.

메일함을 열었더니 제일 위에 은희가 보낸 메일이 있었다. 내용은 링크 몇 개였다. 링크가 연결된 곳은 쇼핑몰이었다. 추석에 차례 음식을 일괄 제작해서 배송해준다는 배너가 요란하게 반짝거리고, 약식 세트와 풀 세트로 나눠서 제기(祭器)를 팔고 있었다.

소희 언니는 추석이 돌아오면 엄마가 생전에 좋아했던 음식을 차리라고 하고, 은희는 전통 제사상을 제대로 차려보자고 하는데, 나는 아직 마음을 정하지 못했다.

대개 뭉뚱그려서 제사라고 하지만, 실은 제사와 차례다. 친족 관계에 있는 망자와 인간이 아닌 신령이나 고혼(孤魂)에게 음식을 대접하는 일.

제사나 차례에 차리는 음식은 살아 있는 사람들의 먹거리와는 이름부터 달라진다. 밥은 메고, 국은 갱이다. 음식을 차리는 행위는 진설이다. 수저는 산 사람이 쓰는 것과는 반대 방향으로 놓는다. 제사를 지내기 전에 혼이 들어오다 걸리는 일이 없도록 집 안의 문을 모두 열어두고 매듭지어진 것들은 전부 풀어둔다, 복숭아는 양기가 성해서 올릴 수 없고, 붉은색은 혼을 놀라게 할 수 있으니 수수팥떡도 금지…… 등등의 까다로운 금기를 덧씌우고, 금기들보다 더 복잡한 절차를 거쳐 차려진 제사 음식은 산 사람이 평소에 먹는 그것과 재료만 겹칠 뿐, 다른 차원의 물건이 된다.

제사나 차례는 모시는 대상이나 지역별 풍습, 집안의 관례에 따라 절차가 다르지만, 핵심은 대체로 비슷하다. 초를 태우는 것으로 혼을 소환한 뒤에, 축문을 읽고, 음식과 향을 대접한다. 제사 음식은 참석자들이 나눠 먹는데 이 음복 절차를 통해서 산 자와 죽은 자가 같은 음식을 공유한다. 조상이나 신령은 위대하고 신비스러운 능력을 지녔다고 가정되지만, 후손이 제사를 지내주지 않으면 이승에 돌아올 수 없기에, 제사상을 받으면 크게 기뻐서 후손에게 복을 내려준다. 생사의 경계를 혼동시키는 이런 의례를 통해서 죽음과 망자는 행운과 복의 근원으로 바뀌어 산 사람들의 일상에 합류한다. 제사에서 가장 중요한 전제는 조상과 신령들이 이승을 갈망한다는 가정이다. 먹고 싶다. 마시고 싶다. 가족을 만나고 싶다. 살던 터전으로 돌아오고 싶다. 그런 것이 죽은 자들의 소원이라는 것이다.

그럴까? 엄마는 돌아오고 싶을까?

입관을 대신한 고별 예배를 시작으로 발인할 때와 화장터에 도착했을 때, 유골함을 봉인할 때 예배를 봤다. 목사는 번번이 엄마가 천국에서 즉시 다시 태어났기에 오늘이 바로 엄마의 두 번째 생일이라고 설교했다. 천국은 병도 고통도 없으며, 생명수가 흐르고, 죽지 않는 나무들이 우거진 아름다운 장소라고 했다. 엄마 친구들은 엄마가 이제 천사가 됐다고들 했다. 내가 알기로 천사는 천사로 태어나지, 사람이 죽었다고 천사가 되는 법은 없다. 그런 말은 사람이 죽으면 조상신으로 변한다는 오래된 토속의 믿음을 기독교의 용어를 입혀서 듣는 것과도 비슷했다. 그렇게 한없이 한국적으로 변형된 천국이라도 천국은 천국. 기독교인은 한번 천국에 가면 지상으로 돌아오지 않는다. 엄마는 권사였는데, 사후에 천국에 갈 거라 믿었는데, 지상의 음식으로 꾀어내도 되는 걸까?

장례를 치른 뒤 돌아온 엄마 생일엔 은희도 원주에 있었다. 엄마가 한 주만이라도 더 살았으면 좋았을걸, 내가 그리 말하자 은희가 대답했다.

"추석에 엄마 좋아하던 갈비 좀 놓고, 다른 것도 제대로 다 갖춰서 제사상을 차리면 되지."

아버지가 말을 가로챘다.

"제사 지낸다고 술이며 고기며 이런 거 저런 거 잔뜩 차려놔도 그런 거 뭐, 난 먹을 수도 없는 것들, 잔뜩 해놔도 별 소용도 없구만."

은희가 말했다.

"그게 아버지 먹으라고 차리는 상이야? 왜 아버지는 자기 생각밖에
안 해?"

아버지가 어색하게 헛기침을 한 뒤 은희에게 말했다.

"은희야, 오느라고 힘들었지? 요새 고생을 해가지고 얼굴이 영 안
좋구나. 우리 뭐 몸보신 되는 거, 고기, 그래, 삼계탕, 그런 거 먹으러
나갈까?"

"아버지는 고기 생각이 나? 내가 지금 삼계탕 먹고 몸보신이 하고
싶겠어?"

아버지가 대꾸하지 않자 은희도 입을 다물었다.

응급실에서 영안실로 엄마 시신을 옮겨야 했을 때, 아버지는 앰뷸
런스 운전기사에게 돈을 주지 못하게 했었다. 장례식이 끝나고 서류
들을 정리하다가 나는 상조회 약정서에 '앰뷸런스 운행' 항목이 깨알
같은 글씨로 쓰여 있는 것을 발견했다. 아버지는 꼼꼼한 성격이라 서
명해야 하는 서류가 있으면 몇 번이고 읽는다. 그러니 분명 상조회 서
류도 읽고 기억해뒀던 거겠지만. 앰뷸런스 기사는 대금을 받으려고
기다렸다. 방금 초상이 난 사람들이니 돈 얘기를 계속하러 오기 껄끄
러웠을 터다. 그렇지만 빈소를 일단 만들었다가 다시 넓은 곳으로 옮
기고, 문상객들이 들이닥치는 혼란 속에서 우리는 모두 그 사람을 잊
었다. 앰뷸런스 기사는 서너 시간을 밖에서 기다리다가 화가 머리끝

까지 치솟은 상태로 빈소로 왔다. 마침 빈소를 나와 식당에 들르려던 은희를 보자마자 앰뷸런스 기사가 고함을 질러댔다.

"왜 사람 돈을 떼먹어! 계산은 똑바로 해야지!"

의전관이 뛰어와 앰뷸런스 기사를 데리고 사라지기까지 은희는 하필이면 그런 날, 고작 몇만 원 때문에 평소 아무한테도 듣는 일이 없는 악담을 들어야 했다. 은희가 분통을 터뜨렸다.

"아버지는 이 판국에 돈 계산이 되나 봐?"

그야 아버지는 구두쇠지만, 이런 태도가 돈 문제일까. 나는 응급실 앞 대기실에서 아버지가 엄마의 주민번호도 모르겠다고 버티던 걸 떠올렸다. 아버지는 기이할 정도로 아무 표정이 없었다. 완전히 텅 빈 얼굴이었다. 죽은 엄마를 응급실에 환자인 양 들여놓고, 아버지는 그런 얼굴로 대기실에서 몇 시간이나 우리를 기다리고만 있었던 거였다.

"아버지는 엄마가 죽은 걸 받아들이지 못하는 것 같아. 죽은 엄마가 무서운가 봐."

은희가 울어서 빨개진 눈을 세모꼴로 치켜떴다.

"그게 무슨 말이야? 무섭긴 뭐가 무서워. 엄마잖아. 아버지가 왜 엄마를 무서워해?"

둘째 날 저녁 의전관이 와서 발인 때 운구 행렬의 여정에 대해서 의논하자고 했다. 그 자리에 엄마 친구들 몇이 함께 있었다. 그중 누군가가 보통 운구차가 화장터로 가기 전에 고인이 생전에 자주 다니던 골목이나 길들을 한 번씩 보고 지나가면 좋다면서, 집에 들렀다 가면 어떻겠냐고 했다. 아버지가 다급하게 고함쳤다.

"거길 그게 왜 온다는 거야!"

운구차는 아파트에는 못 들르고, 교회 앞을 지나 화장터로 가는 걸로 정해졌다. 의전관이 사라진 뒤 한시름 던 얼굴로 아버지는 외할머니 장례 얘기를 꺼냈다.

아버지가 젊었을 적, 엄마와 같이 장례에 참석했다. 시골이라 상여가 나갔다. 시간이 되는 동네 사람들은 전부 장지까지 갔다. 유교 문화라고 해도, 학식이 있고 없고에 따라 풍습은 또 달라졌다. 유학자들의 엄숙하고 경건한 장례 예법과는 달리 시골 민중들의 장례는 슬퍼도 축제였다. 실컷 먹고 마시고, 요란하게 울고, 왁자하게 떠드는 것으로 죽음을 털어냈다. 아버지는 그런 광경을 봤던 모양이었다. 상여꾼들은 상여를 흔들고, 이유 없이 주저앉아 돈을 요구하면서 안 주면 장지로 안 간다고 떼도 쓰고, 낄낄거리며 농담도 했다.

"근데 나는 군대에 있잖아. 군대에서는 졸병이 죽어도 엄숙하게 장례를 치러줘. 군대가 그래. 병사 하나도 중요하다는 정신으로, 질서 정연하게 해야 돼. 나는 훈련이 딱 됐지. 장례를 치르는데 어디서 찧고 까불어? 내가 화를 버럭 내고 똑바로 하라고 한바탕 난리를 쳤었지."

군대의 근사하고 우아한 장례 예법에 대해서 일장 연설을 해댔던 아버지는, 정작 다음 날 발인 때 관을 운구할 사람이 필요하다는 말을 하지 않았다. 나도 남의 장례식에 참석은 해봤지만 너무나 경황이 없고 실제 장례를 주관한 경험은 전무했던지라, 운구할 사람을 미리 정했어야 한다는 사실에 생각이 미치지 못했다. 은희도 그랬고, 의전관조차 아무 말도 하지 않았다. 발인 예배가 끝나고 사람들이 나가는데 관을 옮길 사람이 없어서, 의전관이 나서서 도와달라고 소리를 치는 촌극 아닌 촌극이 벌어졌다. 아버지는 멍한 얼굴로 이런 일은 겪어본 적도 없다는 말만 했다. 화장터에서 관을 내릴 때도 같은 일이 반복되었다.

"애를 셋이나 낳아주고, 병 수발 들어주고, 갖은 고생 다 해가면서 살림해주고…… 엄마가 평생 아버지한테 어떻게 했는데 마지막 가는 길에 이런 대접이야?"

화장터를 나서면서 은희가 울먹거렸을 때, 뭐라 할 말이 없었다.

엄마는 은희가 기르기 쉬운 아이였다고 말하곤 했다. 자라서는 고집이 좀 생겼지만, 어려서는 하나도 까다롭지 않은 순둥이였다고. 그런 말을 들으면 어처구니없어서 실소가 나왔다.

"엄마는 자기 자식을 진짜 모르네. 은희가 대체 언제, 어느 순간에 순둥이였어?"

그러면 엄마는 이렇게 답하는 거였다.

"모르긴 왜 몰라! 다 알지. 너희 셋이 전부 내 배 속에서 나왔어. 나보다 더 너희들을 잘 아는 사람은 없어. 은희만큼 착하고 순한 애는 세상에 없어."

일고여덟 살 무렵 은희에게는 방바닥에 소희 언니나 내 물건이 떨어져 있거나 가끔은 그저 놔두기만 해도 '주웠다'는 이유로 자기 거라고 우겨대며 어딘가에 숨기는 버릇이 생겼다. 언니와 나는 그럴 때마다 재깍재깍 전투 모드에 돌입했다.

요 조그만 도둑이 감히 우리 물건을 훔치다니! 본때를 보여주자!

밀치고, 꼬집고, 할퀴고, 쥐어박고, 따돌리고……. 우리는 정의를 구현하기 위해 할 수 있는 일은 다 했다. 그러면 은희는 엄마에게 쪼르르 달려가 치마꼬리를 붙잡고, 언니들이 괴롭힌다고 일러바치는 거였다. 은희의 입장에서는 우리야말로 나이 좀 많고, 몸집 좀 크다고 뭐든지 자기들이 우선이라고 주장하는 불합리한 깡패였다. 엄마는 분쟁의 대상이 된 물건이 학교에 내야 할 준비물이 아닌 한 대개 은희 편을 들었다.

"귀여운 동생이잖니! 언니가 돼가지고 양보해야지!"

나는 정말이지 억울했다. 은희가 없을 때, 어떤 물건을 언니가 탐내면 엄마는 나더러 동생이니까 양보하고 참으랬으면서.

은희가 집에서 주운 것들 중에 가장 값진 건 엄마의 애정이었다.

언니가 태어나자마자 아무런 노력 없이 엄마와 아버지의 관심을 한 몸에 받는 집안의 스타로 인생을 출발했다면, 은희는 나면서부터 엄마의 애정을 두 언니와 나눠 갖거나 싸워서 쟁취해야 하는 선택을 두고 싸움을 택한 쪽이었다. 은희에겐 경쟁에서 물러서지 않는 투지가 있다. 사랑받고 자란 애들은 자신의 욕구를 주변에서 받아주는 걸 당연시해서 고집스럽고 자신만만하다. 자기주장을 내세우는 게 정당하다는 내적 확신은 스스로 키우는 게 아니고, 부모로부터 받아 간직하는 것이니까. 같은 엄마에게 사랑받고 키워졌다고 해도 언니가 주변의 기대에 순응해서 분발한다면, 은희는 자신의 요구를 먼저 정해서 남에게 관철시키는 더 완강한 성격이다. 나도 고집스럽다는 소리를 듣지만, 엄마의 지원 없이 언니와 은희 사이에서 치이면서 어떻게든 내 몫을 확보하려다 보니 그렇게 되었다. 나는 필요에 따라 그때그때 언니와 편을 먹고 은희를 따돌리거나 은희와 붙어서 언니를 이겼다. 엄마가 그런 일로 뭐라고 하면, 이게 옳으니 저게 틀렸느니, 공평치 않다느니 해가면서 엄마의 행동에 사사건건 시비를 걸고 따져 묻기를 그치지 않았다. 나는 언제나 '내' 편으로 다른 사람의 이익과 내 필요를 본능처럼 분리해낼 수 있었다. 나는 세 살 때부터 뼛속까지 개인주의자였다.

은희가 수시에 참여하겠다고 했을 때, 나도 같이 가겠다고 했었다.

"언니는 못 해. 안 해도 돼. 이런 건 그렇게 여러 사람 보는 게 아냐."

전통 장례에서 염습은 보통 같은 성별이 했다. 남녀유별이 윤리로 정착해 있던 조선 시대에는 그것도 예의를 둘러싼 문제 중 하나였다. 나는 퇴계 이황이 부모 중 누구든 마침내 돌아가시면 따뜻한 물로 몸을 정갈하게 씻기고 옷을 단정하게 갈아입혀서 남들이 흉한 모습을 보지 않게 해야 하며, 이런 때 맨몸을 보는 일에 대해 남녀유별을 가리느니 하면서 아들이 모친을, 딸이 부친을 내버려두는 일은 옳지 않다고 쓴 글을 본 적이 있다. 당시에는, 옛날 사람들은 시체 앞에서도 남녀유별을 따졌구나, 하는 생각과 별걸 다 글로 쓰는구나, 하는 감상밖엔 없었다. 의전관이 하는 염습의 절차에 대한 얘기를 듣다가 응급실에 방치되어 있던 엄마를 떠올리면서, 나는 비로소 그런 글을 써서 남기는 이유를 이해했다. 엄마가 나를 키워주었으니 나도 엄마 마지막 가는 길에 할 도리를 해야겠다는 생각이 들었다.

"왜 못 해. 나도 할 거야."

"안 해도 된다니까."

갈래, 안 돼, 실랑이를 거듭했다. 나는 망설였다. 엄마가 젊은 시절 가장 아끼던 딸이 언니였다면, 말년에 의지하고 사랑했던 딸은 은희였다. 나는 자타 공인으로 엄마의 십자가였다. 은희는 고전 문장 따위는 읽지 않는다. 은희가 수시를 거들겠다고 나선 건 전통이니 예의니 하는 걸 의식적으로 알아서가 아니라, 엄마를 지극히 생각하는 마음에서 저절로 우러나오는 자연스러운 거였다. 하지만 나는 자신의 기분이 어떤지 딱 잘라 말할 수 없었다. 나는 죽은 엄마를 보고 싶지 않았다. 영안실에 안치된 엄마를 떠올리기만 해도 피가 얼어붙는 기분이었다. 그런데 죽은 엄마를 씻기면서 혐오감이나 공포를 느끼지 않을 수 있을까? 속으론 싫으면서 그저 옳은 일이니 해야 한다는 의무감에, 나 자신이 스스로 괜찮은 인간이라는 자기증명 따위를 하려고 수시를 거들게 되면, 그건 도덕적 허영이나 위선이 아닐까? 엄마는 자신의 그런 모습을 나한테 보여줘도 괜찮다고 생각할까? 어느 것 하나 명확하게 결론을 내릴 수 없었다. 결국 나는 은희의 반대에 꺾였다.

언니가 엄마를 내놓으라며, '엄마와 나 사이를 가로막는 너라는 장벽!' 하는 식으로 외쳐대는 모습은 완전 어린애 같았다. 그런 태도에 불끈 치솟았던 내 맹렬한 울화도 어린 시절에 느꼈던 것과 별로 다르지 않았다. 은희가 나더러 수시에 오지 말라고 한 건, 내가 언니를 만류할 때의 마음처럼 엄마의 최후를 단정한 모습으로 보여주고 싶어서일 거라고 짐작했었다. 달리 생각하면, 언니랑 내가 다투는 틈새로 은희는 엄마의 마지막을 더 길게 독점했던 셈이다.

부모의 애정과 관심을 둘러싸고 벌어지는 유년기의 형제간 투쟁 속에서 형성되는 성격은 가끔 유전자가 지시하는 충동들보다 더 강한 인격의 핵이 된다. "나는 원래……"라고 말하게 만드는 정체성은 스스로의 내부에서 솟구친다기보다는 태어나서 처음으로 만난 타인들과의 관계 속에 있다. 어려서 엄마와 형제들은 나보다 더 나였다. 엄마의 선택, 엄마의 가치관, 엄마의 판단, 엄마의 감정들…… 그것에 대한 반응과 결과로써 내가 있다. 내 안에 엄마가 있었다. 이제는 죽은 엄마가 내 창자 속에, 심장에, 뇌 속에 고여 있다. 무섭고, 슬프다.

55일

엄마가 마지막 단장을 하는 모습을 지켜보는 동안에는 눈물이 나지 않았다.

삼베 수의에 한지 꽃신을 신은 엄마는 화장을 했다. 마지막 순간에 닥쳐온 심장의 고통으로 찡그려졌던 미간은 펴졌다. 입술도 미소를 짓는 것처럼 옆으로 당겨진 채 분홍 립스틱으로 칠해졌다. 엄마는 조금 긴장된 표정이었다. 교회 송년 예배라든가 우리들 학교 입학식이나 졸업식처럼 중요한 날, 외출하기 직전이면 엄마는 언제나 그런 표정이었다. 나는 엄마를 엄마다운 엄마로 알아볼 수 있었다. 관 속에는 안개꽃과 들장미가 가득했다. 은희가 수시하면서 미리 준비한 거였다. 엄마는 생전에 다시 태어날 수 있다면 나비가 되어 훨훨 날아다니고 싶다고 몇 번인가 말한 적이 있었다. 은희가 세상 근심 다 버리고 가고 싶은 데로 가라고, 전통 방식으로 몸을 고정하게끔 묶었던 매듭들을 전부 끊었다. 매듭에서 벗어나자, 엄마는 크게 숨을 내쉬는 것처럼 가슴을 폈다. 편안해 보였다. 꽃에 감싸인 엄마 위로 관이 닫혔다.

입관실에서 한 발 밖으로 내디디면서, 나는 통곡했다.

56일
....

오래전에 돌아가신 친할아버지 제사는 시골에서 할머니가 모셨지만, 할머니도 돌아가시자 아버지가 제사를 가져왔다. 아버지가 장남이었으니 당연하다면 당연한 일이었는데, 엄마는 간소하긴 해도 전통 방식대로 상을 차렸다. 거기에 아버지는 성경 낭송과 설교를 붙이고, 찬송가를 부르는 것으로 교회에서 하는 추모회 양식을 덧붙였다. 조상신을 모셨다고 구약의 여호와가 엄마를 향해 우상숭배를 그치라며 불벼락을 내리는 일은 없었고, 자기 앞에서 알아듣지도 못할 예수쟁이들 노래를 부른다고 분노한 할아버지가 무덤에서 돌아와 화내는 일도 없었다. 다만 이때부터 엄마는 가끔 할머니 꿈을 꾸게 되었는데, 그러면 공돈이 생긴다고 했다.

할머니는 며느리와 무보수 하녀가 같은 단어라고 생각하는 옛날 여자였다. 신혼 시절에 엄마한테 시집살이를 호되게 시켰고, 멀리 살아도 때 되면 전화로라도 한 번씩 엄마 속을 긁었다. 말년에는 중풍과 치매가 왔는데, 모셔야 한다는 책임이 아버지도 아니고 맏며느리인 엄마에게 떨어졌다. 여러 말들이 오갔지만, 결국 할머니는 우리 집으론 오지 않았다. 엄마는 그 일로 어지간히 속을 썩고, 죄인이 된 기분이라며 할머니가 돌아가시기 전까지 시동생들 눈치를 봐야 했다. 할머니는 아이들을 여럿 낳아 길렀고, 정신을 놓기 전까지는 가까이 살던 손주들을 돌봤다. 그러니 며느리요, 아내, 어머니로서 덕도 베풀고 선행도 했겠지만, 엄마에게는 그 덕이 전혀 미치지 못했는데도 돌아가시고 나선 행운의 징조가 되었으니 묘한 일이었다.

나는 기독교 예배 양식과 유교 의례, 민간신앙 같은 게 뒤섞인 엄마와 아버지가 지내는 제사에 처음 한두 번을 제외하고는 끼지 않았다. 몇 년인가 지난 후에 작은아버지들이 할아버지와 할머니 묘를 새로 단장하기 위해 산을 사들여 선산으로 만들면서, 제사를 도로 가져갔다. 명절에 상 차리는 번거로운 일을 관두게 된 건데, 엄마는 뜻밖에도 서운해했다.

"다들 형편 안 된다고 할 때 어렵든 어떻든 성의껏 모셨는데, 이제 와서 뺏다니."

언젠가는 이렇게도 말했다.

"내가 최씨 집안 제사만 지내주다가 막상 내 부모 제사는 못 챙기고 인생이 다 갔어."

103

엄마는 사후에 우리가 제사를 지내주길 원했을까?

◆

빈소에서 썼던 위패는 상조회 기본 옵션으로 제공되는 거였다. 길쭉한 직사각형 나무틀에 투명 플라스틱으로 앞면을 대고, 나무와 플라스틱 사이에 종이를 끼워 넣었다. 위패라기보다는 지방(紙榜)의 변형에 가까웠다. 전통의 위패는 인가의 개 짖는 소리도 끊어진 깊은 산속에서 자란 밤나무로, 하늘과 땅의 형상을 본떠 위는 둥글고 밑은 네모지게 만든다. 지역에 따라 위패에 작은 구멍을 뚫는 곳도 있다. 제사에 소환되어 온 혼령이 위패에 깃들어 숨 쉴 수 있도록 하기 위함이다. 위패는 사후의 몸이었다.

한반도에 전해지는 가장 오래된 건국신화 속 고조선을 세운 단군의 아버지는 하늘의 신이었는데, 나무를 타고 지상으로 내려왔다. 사람들은 오랫동안 거대한 나무가 하늘과 땅을 잇는 통로가 되어 지상과 지상이 아닌 다른 장소들, 별세계 하늘나라나 저승을 이어준다고 믿었으니, 나무로 사후의 신체를 만들어 혼을 깃들게 할 수 있다는 믿음도 그리 이상하지 않다.

무수한 나무들 중에서 하필 밤나무가 사후 신체로 적합한 이유가 무엇인지는 확실치 않다. 조선 세종조에 정비가 완결된 상장례 예법에서 《춘추공양전》이나 《논어》에 근거해 밤나무 신주를 썼기 때문이

104

라고도 하고, 밤나무가 결이 곱고 단단해 글자를 쓰기에 적합하기 때문이라고도 한다.

밤나무에는 특별한 전설들이 전해진다. 신라 시절 성인으로 추앙받던 고승 원효가 밤나무 아래에서 태어났다. 탄생의 순간 오색구름이 일대를 뒤덮었다는데, 이건 석가세존이 나무 아래서 출생하던 신화 속 장면의 한반도 버전이다. 석가세존의 탄생을 지켰다던 근심 없는 나무, 무우수(無憂樹)가 이곳의 현실에선 밤나무였다. 밤나무의 밤은 '밥'과 같은 어원을 지녔다. 가을에 열매를 맺는 밤은 온 세상이 얼어붙어 식량을 구하기 어려운 한겨울에 배고픈 짐승과 사람 모두에게 유용한 양식이 되어주었으니, 밤으로 허기를 채우던 사람들이 이런 신화를 만들었던 건지도 모르겠다. 조선 중기의 유학자 율곡 이이에게도 밤나무에 얽힌 전설이 있다. 율곡이 태어날 때 그의 아버지에게 한 승려가 아들이 일곱 살을 넘기지 못하고 호랑이에 물려 죽으리라 예언했다. 어떻게 하면 무서운 운명을 피할 수 있겠느냐고 묻자, 승려는 호랑이가 들이닥치기 전에 밤나무 천 그루를 심으면 된다고 했다. 밤나무 천 그루는 사람의 생명과 등가교환이 가능하다고 믿었으니, 위패를 밤나무로 만들면 완전한 부활은 못 해도 기일이나 축제의 날에 혼백 정도는 너끈히 불러들이리라 믿었던 것일 수도 있겠다. 요즘 위패는 금속이나 크리스털로도 많이들 만든다. 나무로 만들어도 굳이 밤나무를 고집하지 않아서 물푸레나무로도 곧잘 제작된다. 하지만 나는 밤나무로 만들기로 했다.

위패의 몸체를 만들었다면, 그 위에 쓰이는 문구는 몸에 깃든 혼이 된다. 엄마를 전통대로 묘사하자면, 현비유인밀양박씨신위(顯妣孺人蜜梁朴氏神位)라고 해야 한다. 남편이 높은 벼슬은 못 했어도 유교의 경전과 도덕률을 배우고 실행했던 선비이고, 엄마의 아버지가 밀양 박씨였다고 말이다. 남편의 직위와 아버지의 성. 전통의 여자는 그것으로 결정되었다. 지나간 시대엔 그랬다. 지금은 다르니, 나는 엄마의 위패에 적을 문구를 이렇게 결정했다.

귀한 딸로 태어나,

우리들이 사랑하고, 우리들을 사랑했던 엄마.

아버지의 선량한 아내,

감리교회의 존경받는 권사,

많은 친구들에게 좋은 벗이셨습니다.

57일

엄마가 권사라고 들은 의전관이 헌화를 하는 방식으로 제단을 꾸미겠다면서, 영정을 모신 제단 앞에 국화가 담긴 양동이를 놨다. 기독교인들은 우상숭배를 하지 않아서 절하지 않는다지만, 대부분 헌화를 마치면 절을 했다. 영정을 향해서 두 번 절하고 반 배 한 뒤에 상주들을 향해서 다시 한번 절하며 조문의 말을 하는, 통상의 전통 유교풍 예법을 지켰다. 더러 가톨릭 신자들은 헌화한 후에 이마에서 가슴으로, 왼쪽 어깨에서 오른쪽 어깨로 한 번씩 성호를 그으며 "성부와 성자와 성령의 이름으로 아멘" 하고 중얼거리기도 했다. 불교 신자도 있어서, 부처님에게 바치는 절을 할 때처럼 발을 교차해서 모으고 이마를 바닥에 댄 채 엎드려 양 손바닥을 귀 옆에서 위로 들어 올리는 오체투지의 절을 했다. 빈소에서 찾아볼 수 없는 종교는 부두교 정도였을까. 이런저런 신앙이 한꺼번에 공존하는 풍경은 죽음과 관련된 그 절실한 믿음의 동작들이 유일하지도 않고, 절대적인 권위도 갖지 못한다는 사실을 증명할 따름이었다. 공존할 수 없는 믿음, 합치할 수 없도록 부서지고 조각난 의례 절차들을 한자리에 묶어두는 힘은 장례에 관련된 법률에 있었다. 사람이 죽으면 3일 이내에 빈소를 세우고 발인해서 장례를 치러야 한다. 그게 나라의 법이다. 다들 그걸 알고 있어서, 발인 전에 와서 절하고 울고 부조금을 내고 밥을 한 끼 먹고 갔다.

1961년 5월 16일에 쿠데타가 발생했다. 군부가 권력을 잡아 그대로 정부가 되었다. 나라의 온갖 일에 대한 법률이 제정되었는데, 〈매장 및 묘지 등에 관한 법률〉도 포함되어 있었다. 1973년 유신정부가 공표한 〈가정의례에 관한 법률〉에는 허례허식하는 사람은 처벌할 수 있는 강제 조항이 포함됐다. 허례허식의 대표 주자는 장례 예법이었다. 이 법률은 일제강점기였던 1934년에 조선총독부가 공표한 〈가정의례준칙〉에 뿌리를 두고 있다.

조선은 유교 이념을 근간으로 한 왕조였다. 고려조까지 융성했던 불교문화에선 화장도 성행했지만, 유교의 장례 풍습은 달랐다. 사람의 몸, 그것도 부모의 몸을 불태우는 것은 잔혹한 일이라고 여겨서, 매장이 장례의 중심이 되었다. 더구나 풍수지리가 광범위하게 유행했다. 땅은 살아 있었다. 명당이라고 불리는 자리에 묘를 쓰면 지세(地勢)와 합치해서 거대해진 조상의 힘이 후손을 발복(發福)시킨다는 믿음이 널리 퍼졌다. 농경 사회, 대다수의 인구가 농부였던 시절, 땅과 사람이 합해진다는 신앙은 자연스러운 것이었다.

일본이 한반도를 식민지화했던 것은 조선인들의 전통이나 문화를 보존해주기 위해서가 아니라, 제국주의 전쟁을 위한 병참기지로 사용하기 위해서였다. 한반도에는 도로와 철도, 공장들이 들어서야 했다. 산과 들이 깎여 나가고 토막 났다. 명당의 파괴였다. 조선인은 건강하게 살아 움직이는 동안엔 최대한 착취하고, 죽어 쓸모가 없어지면 간편하게 소각하거나 한자리에 매장하라는 게 조선총독부가 공표한 〈가정의례준칙〉의 근본 취지였다. 근대식 화장터와 공동묘지가 생겨났다. 명당의 파괴는 좋은 땅에 눕는 걸로 사후에도 후손의 삶에 기여해서 세상의 일부가 되리라는 희망인 내세의 박탈이기도 했다. 죽어 돌아갈 땅을 빼앗는 이러한 조치는 전통과 관습으로 내려오던 조상의 삶을 이어갈 후손의 재생산을 저지하는 일이기도 했다. 허례허식을 금지한다며 고인과의 관계에 맞춰서 입던 까다로운 전통 상복이 폐기되고, 양복을 입고 완장을 차도록 했다. 오일장 대신 삼일장이 권고되었다. 세 번에 걸쳐서 지내야 하는 우제도 한 번으로 줄였다. 상여와 호창(呼唱)도 금지되었다.

전통 장묘문화 폐지 시도는 거센 저항보다 더한 거대한 무시에 의해서 실패했다. 한반도에 존재하는 장묘 풍습에는 2천 년 역사의 불교 문화와, 부패한 사찰들을 폐기하고 불상들의 목을 쳐가며 새 시대를 열었던 유학자들의 철학과, 기원도 알 수 없을 정도로 오래도록 존재해왔던 민속의 여러 신앙들이 뒤섞여 있다. 그렇게 거대하고 오래된 정신은 외부의 강압으로 제거할 수 없다. 하지만 35년의 일제강점기, 미소 대립에 의한 한반도의 분할, 한국전쟁, 시민혁명, 쿠데타로 이어지는 격동의 역사 속에서 전통의 가치들은 지속적으로 학살되었고, 한번 시작된 근대화는 가속도를 냈다. 서구화된 삶이야말로 미래였다. 〈가정의례에 관한 법률〉이 반복되었을 때, 그것은 외부의 강압이 아니라 내부의 요구로서 작동하기 시작했다.

반공과 경제 성장이 국가의 최우선 과제였다. 국가의 적에 맞서 싸운 호국 영령의 죽음을 제외한 일반인의 죽음에는 별반 가치가 없었다. 상을 당하면 일을 멈춘 채 울며불며 시간을 보낸다. 금방 태우거나 묻을 관이며 수의를 소비하기 위해 수백, 수천만 원이나 하는 비용을 소모하고, 묘가 있는 자리는 개발도 할 수 없다. 공공의 차원에서 상장례는 중환자들이 싫어하는데 병원에서 장례식장을 운영해도 되느냐, 대형 병원의 장례식장이 동네 장의사들에게 어떤 영향을 미치느냐, 인구가 증가해서 땅이 모자란데 화장을 권장해야 되지 않느냐 하는 편의성과 비용 측면에서 주로 논의되었다.

할아버지는 오 형제 중 셋째 아들로 태어났다. 할아버지의 맏형은 징용으로 일본군에 끌려가 돌아오지 못했고, 막냇동생은 한국전쟁 때 실종되어 생사를 모른다. 할아버지와 할머니도 일제강점기에 일본 오사카의 군수공장에서 일했다. 아버지가 네 살, 아버지 바로 아래 동생이 두 살이 될 때까지 할아버지와 할머니는 거기서 살았다. 일본이 패전할 무렵, 할아버지와 할머니는 무슨 이유에선가 일본 경찰에 쫓기는 신세가 되었다. 가산을 모두 버린 채 아이들만 데리고 고향에 돌아왔다. 집성촌 마을이라 인근에 사는 사람들은 모두 같은 성씨였다. 무능한 왕이 말아먹어 나라 없는 백성으로 인생의 대부분을 보냈던 할아버지는 이렇다 할 학식과 종교 없이, 조상을 숭배하고 살았다. 할아버지는 집안에 대대로 전해지던 족보를 재출간하기로 했는데, 그 작업을 하면서 인척인 줄도 몰랐던 여러 사람들과 알게 되었다. 그중 한 사람이 배를 만드는 일을 한다며 사업 자금을 대달라고 해서, 그렇게 했다가 어렵사리 쌓아 올린 재산을 몽땅 잃었다. 할아버지는 울화병을 얻었다. 아버지는 열일곱 살에 고등학교도 마치지 못한 채, 먹는 입이라도 하나 줄이고자 고향을 떠나야 했다. 아버지는 서울로 올라와 인쇄소에 취직해 활자공으로 일했지만, 4·19 시민혁명의 혼란 속에 인쇄소가 문을 닫았다. 실직한 아버지에게 마침 영장이 나왔고 군대에 들어갔다가 그대로 직업군인이 되었다.

할머니 장례가 있다든지, 할아버지 묘를 이장한다든지 하면 드물게 화제가 아버지 고향이나 장례나 죽음에 관한 것으로 흘렀다. 아버지는 국립묘지 얘기를 했다. 아버지가 33년간 국가에 '목숨 걸고 봉사했기 때문에' 국립묘지에 갈 자격이 있고, 엄마도 같이 간다고. 그 무렵 언제쯤엔가, 교회에서는 원주로부터 차로 두 시간가량 걸리는 산에 매장지를 구입했다. 사망한 교인 중에 원하는 사람은 그곳에 묻혔다. 교인 누군가의 장례가 있어서 거길 다녀온 뒤에 엄마가 너무 멀다고 했다. 명절이면 오가기 힘들어서 자식들 고생시키겠다고.

이 정도가 엄마와 장례에 관해서 나눈 얘기의 전부였다. 심부전 진단을 받은 뒤 엄마는 불길하다는 이유로 자신의 장례나 죽음에 대해 얘기하고 싶어 하지 않았다.

엄마의 장례식장에서야 나는 '국립묘지에 간다'는 말이 현실에서 어떻게 구체화되는지를 알았다. 국립묘지에 갈 수 있긴 하지만 당장은 갈 수 없었다. 배우자는 자격을 가진 유공자가 안장된 뒤에야 묻힐 수 있었다. 엄마는 살아서 아버지를 따라 고향 친지와 멀리 떨어진 낯선 곳에서 살아야 했는데, 죽어서도 아버지를 기다려, 고향도 아니고 평생의 터전이었던 원주도 아닌, 추억 하나 없는 땅으로 가야 한다는 거였다. 일이 이렇게 진행된다는 걸 알았더라면, 엄마에게 정말 그걸로 괜찮은지 꼭 물어봤을 텐데.

둘째 날, 고별 예배가 끝난 뒤에 교인 중 누군가가 장지가 어디냐고, 발인할 때 자기도 따라갈 수 있느냐고 물었다. 화장을 할 예정이고, 원주시 인근에 있는 납골원에 모셨다가 장래 국립묘지로 이장할 거라고 대답했다. 엄마가 화장된다는 소식이 한 바퀴 돌자 몇몇 사람이 왜 화장을 하느냐고 물으러 왔다. 어떤 아저씨가 (아마도 장로라던가 그랬는데) 교회 매장지가 있는데 거기다 묻어야지, 왜 화장을 하느냐고 했다. 자식이 돼가지고 엄마를 불태울 셈이냐, 그런 투였다. 화장에 대한 반대는 작은아버지들도 했다. 할아버지와 할머니 묘가 있는 해남 선산에 자리가 충분하니, 엄마를 거기로 모셔 가자는 거였다.

"어머니는 아버지가 돌아가실 때까지 기다려야 해서……."

"정히 그러면 나중에 국립묘지로 갈 때 화장을 하더라도, 지금 당장은 매장할 수 있잖아?"

오래전부터 알고는 있었다. 전통 장례에서 묘가 차지하는 위상은 종교적 성물에 준하는 것으로, 그것이 현세와 미래 자손들의 행불행을 좌우한다고 믿어졌다든가, 일제강점기에 강제로 설치된 화장터에 대한 반감은 반일 감정과 동반해서 격심한 혐오로 이어졌다는 등의 상식들을 나는…… 알고 있었던 걸까? 알고 있었어도, 실은 몰랐던 거다. 나는 불교도라 화장이 나쁘다고는 전혀 생각지 않는다. 매장에 대한 사람들의 집착은 당혹스럽기까지 했다.

나한테서 이렇다 할 답을 끌어내지 못한 사람들은 아버지에게로 갔다. 아버지가 말했다.

"그게 간편하니 그러지요."

누군가 그래도 매장이 좋다고 말하면, 이렇게 길게도 말했다.

"나중에 국립묘지 가야 할 때 다시 옮겨야 하는데, 그때 가서 관 파내고 또 화장 절차 다 밟으려면 골치 아프고. 지금 해두면 그냥 꺼내서 들어 옮기면 되니까."

허례허식을 배격하라.

검소한 장묘문화 조성에 힘쓰자.

아버지는 그런 구호를 반복하는 병사처럼 보였다. 아버지의 대답들은 생각해서 하는 거라기엔 지나치게 빨랐다. 그건 무수히 주입되고, 달달 외우고, 반복한 탓에 머릿속에 자동으로 완성되어 있다가 저절로 재현되는 지식이었다.

시체는 간편하게 운반할 수 있도록 불태워라.

그게 아버지 머릿속 군인 정신이 지시하는, 가족의 죽음에 대처하는 행동의 원칙이었다.

《맹자》의 〈등문공장구(藤文公章句)〉 상편에는, 매사에 검약을 최우선 가치로 삼아 장례마저도 검소해야 한다고 주장하던 묵가의 철학자 이지와 맹자가 논쟁하는 대목이 있다. 태고에 부모가 죽어도 장례를 치르지 않던 시절이 있어서, 시체를 들이나 산에 버렸는데, 뒷날 자식이 가보면 부모의 시신을 여우와 이리가 뜯어 먹고, 벌레가 들끓는 걸 보게 되니, 자식의 이마에 식은땀이 흐르고, 차마 볼 수 없어 눈을 돌릴 수밖에 없었다. 그 이후로 흙으로 덮어 묘를 만들게 되었다는 거다. 장례에서 실용과 이익만을 추구하지 않고 후장(厚葬)하는 예는 그렇게 고인에 대한 친애의 정으로부터 비롯되었다는 얘기였는데, 그렇다면 화장도 매장과 마찬가지 아닐까? 게다가 화장을 하면 훗날 묘가 있는 자리에 들어설 개발계획 같은 걸로 뼈가 으스러지거나 관이 파헤쳐지는 참혹한 일들도 피할 수 있다.

나는 화장이든 매장이든 중요한 건 (살아 있는 우리의 편의가 아니라) 엄마의 사후 평안을 보장할 최선의 방법을 찾는 거라고 생각한다.

"내가 갈 때 같이 가져가야 하니까 화장을 하는 수밖에 없지. 그게 간편해."

어린 시절, 언제나 부재했던 아버지를 두고 엄마는 국가에 대한 충성 말고는 아무것도 생각지 않는 애국자요, 가족을 위해 희생하는 훌륭한 가장이라고 했다. 어떤 일에서건 아버지의 판단이 가족 전체를 위한 최선이었다. 아버지가 엄마의 시신을 두고 편의 운운하는 걸 보면서, 나는 분노를 넘어 슬픔을 느꼈다. 절대적인 도덕의 원천, 완전한 지혜를 가지고 그 어떤 어려운 상황도 헤쳐나갈 수 있도록 가족들의 의지처가 되어주는 아버지는 없었다. 엄마 장례식에서 내 유년기 우상이었던 환상의 아버지도 죽었다.

58일
·········

중학교 2학년 가을, 어느 날 집에 돌아와 숙제를 하고 있는데 엄마가 우리를 안방으로 불렀다. 엄마의 안색은 납빛이었다.

"아버지가 아프다."

그렇게 한마디를 뱉어놓고 엄마는 울음을 터뜨렸다. 큰일이다, 어쩌면 좋을지 모르겠다, 를 반복하면서 엄마 얼굴은 눈물 콧물로 엉망이 되었다. 한참 울던 엄마가 "우리 전부 같이 죽어버릴까"라고 했는데, 그때까지 따라 울던 소희 언니가 벌컥 화를 냈다.

"엄마는! 죽긴 누가 죽는다고 그래. 정신 바짝 차리고 살아야지! 얘네들은 아직 어린데, 얘네한테 죽네 마네, 그런 얘기를 왜 해?"

언니가 은희와 나를 데리고 밖으로 나왔다. 달리 갈 데도 없었다. 마루에 나란히 앉아, 방에서 흘러나오는 엄마 울음소리를 들었다.

마당의 청포도 나무에서 새콤한 향이 번져왔다. 아버지는 당뇨였다.

＊

쌀을 주식으로 하는 데다 하루 세끼를 꼬박 풍족하게 먹을 수 있고 쌀만큼이나 빵이나 과자 종류도 흔해진 지금은 전 인구의 10~20퍼센트 정도가 당뇨이거나 내당성 장애를 앓고 있다고 추정된다. 현재는 병원도 약도 많고 각종 미디어나 무수한 서적에서 대처법을 찾아볼 수 있지만, 40년 전에는 유병률이 전 인구의 1퍼센트에 지나지 않는 드문 질병이었다. 예전에는 검진 수단이 희박했으니 수치가 전부는 아니겠지만, 우리나라 사람들의 의식 속에 당뇨가 병으로 진입한 것은 대략 40년 전쯤인 셈이다. 아버지의 당뇨 발병 시점은 1퍼센트 진단율로부터 십수 년이 지난 뒤로, 당뇨가 치명적인 결과를 가져오는 중병이라는 사실만 일반에 널리 유포되었을 즈음이었다.

우려 어릴 적에 엄마는 가끔 부업을 했다. 목도리를 짠다거나 쇼윈도에 진열하는 용도로 제작되는 모형 구두 같은 걸 만들었다. 집 안을 정리하고, 청소하고, 아이를 돌보고, 재봉틀로 옷을 만들고, 요리도 했다. 그게 엄마가 가진 직업 이력, 생활 기술의 전부였다. 근처엔 의지할 친척도 없었다. 엄마가 하늘이 무너진 걸 목격한 사람처럼 비탄에 젖은 것도 무리는 아니었다.

주말이라든가 드문 휴가에 아버지가 집에 오면, 모든 것이 예전보다 더 아버지 위주로 돌아갔다. 우리는 아버지가 먹을 수 있는 것들로만 차려진 밥상을 받아 아버지 속도에 맞춰 먹으면서, 아버지가 하는 말에는 '예' 이외에 다른 대답은 할 수 없었다. 가족은 하나였다. 우리는 굳게 뭉쳐 아버지의 병을 같이 앓았다. 나는 날마다 죽음과 병에 대해서 혼자 생각하고 불안과 공포를 아무에게도 알리지 않는 환자인 가장이자, 그런 가장에게 기대야 하는 주부의 입장이 되어야 했다. 단 한 순간도 그런 집에서 자라는 어린애였던 적이 없다. 그건 허가되지 않는 일이었다. 아버지의 죽음이 우리 머리 위에서 이래라저래라 명령했는데, 최악은 그게 소리 없는 명령이었다는 데 있다.

"아버지는 건강하니까, 너희가 특별히 걱정할 건 없다. 아버진 아버지 자리에서 최선을 다할 테니까, 너희는 학교에서 공부하는 걸 맡은 바 임무라고 생각하고 열심히 잘해라."

아버지는 자신이 약자나 병자로 보이는 것을 원치 않았다. 그러니까 아버지를 건강한 아버지로 대하면서, 병약한 아버지로 돌봐야 했다. 아버지가 있으면 언제나 스스로 검열해서, 아버지를 언짢게 할 만한 말이나 태도를 삼가야 했다.

엄마도 처음 딱 한 번을 제외하고, 아버지의 병에 대한 직접적인 언급은 하지 않았다. 아버지의 병이나 죽음, 어쩌면 닥쳐올지 모르는 불길하거나 위험한 미래는 거기에 있어도 없었다. 그렇게 해서 아버지의 몸은 국가에 충성하고 봉사하는 고귀하고도 도덕적인 몸이자, 금간 유리병처럼 약한 몸이 되었다. 아버지의 몸은 엄마보다, 우리보다 귀중했다.

59일

·········

"내가 너희들 봐서 요즘 열심히 노력하고 있어. 막 슬퍼만 하고, 아무거나 먹고, 아니면 하나도 안 먹고, 그래서 건강 나빠지면 너희들이 얼마나 걱정하겠니? 태산처럼 걱정하잖아. 그냥 좀 걱정하는 것도 아니고 태산처럼 걱정하니까. 항상 그걸 생각해서 너희들 편하게 해주려고 충분히 조심하고 있고, 너희들 마음도 아는데, 그래도 과하다는 생각이 들 때가 있다는 거야. 응? 반찬을 배달시키느니 뭐니 하는 것도 그렇고. 지금이야 너 있으니까 그릇이 좀 나오지만, 나중에 혼자 먹으면 밥그릇 한두 개 나올 텐데 쓸데없이 식기세척기 들여놓은 것도 그렇고. 청소한다고 사람 쓰겠다는 것도 그렇고……."

스스로 태산이 되어, 자신은 변할 수 없다고 주장하는 아버지. 이미 모든 게 변했다는 걸 모르는 아버지에게, 변해야 한다고 말하기에는

120

오늘 내 상태가 좋지 않았다. 지난 며칠간 몇 번이나 이유 없이 토했다. 몸무게는 8킬로그램 정도나 빠졌는데, 단기간에 이 정도로 체중이 줄어도 되는 건지 모르겠다. 눈도 아프고, 피부 트러블도 심하다. 병원에 가봐야겠다.

"아버지, 나 오늘은 서울 올라갈 거야. 카레도 충분히 해뒀고, 밑반찬도 만들어놨어요. 밥은 아버지가 해가지고 그때그때 드시고, 남으면 냉장고에 보관하셔야 돼. 이번에 올라가면 한 사나흘 정도 걸릴지도 몰라. 그사이에 혹시나……."

아버지가 반색을 하며 내 말을 끊었다.

"그래, 가라. 가야지. 여기는 아무 걱정 할 것 없어. 내가 다 알아서 할 수 있으니까."

62일

....

"이쪽으로 누우세요. 발을 여기다, 팔은 옆에 두세요. 자, 됐네요. 줄이 목으로 넘어갈 때 불편할 수 있는데, 참으세요. 검사 도중에 트림 나옵니다. 침을 질질질 흘리게 될 거예요."

간호사의 말투가 매우 사근사근했기 때문에, 마지막 말은 일부러 비꼬는 것처럼 들렸다. 마우스피스가 입안에 들어와 고정됐다. 카메라가 달린 기다란 관이 목으로 넘어갔다. 그걸 잡아 뽑지 않으려고 나는 손바닥에 힘을 줬다. 푸쉬푸쉬, 소리를 내며 의사는 발로 뭔가를 밟아댔다. 그때마다 줄이 한 뼘씩 안으로 들어왔다. 목구멍을 넘어온 내시경 호스가 위장의 어딘가를 건드리자, 도살장에 끌려온 돼지가 내는 비명 같은 트림이 나왔다. 모니터에 선홍색 위장의 울룩불룩한 틈새로 하얗게 변색된 염증 부위가 보였다. 줄은 잠깐 정체됐다. 트림이 또 나왔다. 병원은 사람이 품위 있게 행동하기 힘든 곳이다. 간호사의 말대로 호스가 빠져나간 뒤에 정말로 침이 질질질 흘렀다.

"위염이에요. 일단 약 처방을 해줄 테니까 잘 챙겨 먹고, 검사 결과 보러 오세요."

처방전을 받아 가방에 구겨 넣었다. 가방에는 이미 이런저런 약들이 가득이었다.

오른쪽 눈동자가 쓰리고 간지러워서 개미집이라도 들어 있는 것 같다고 했더니, 안과 의사가 눈동자에 상처가 났다며 자꾸 비비지 말라는 주의를 주고 안약을 처방했다. 뺨이며 목에 두드러기인지 발진인지 알 수 없는 붉은 반점이 번졌는데, 피부과 의사가 뭣 때문인지는 잘 모르겠다고 하면서도 연고를 내줬다. 혈압, 혈당, 콜레스테롤 수치가 전부 정상치를 한참이나 벗어났다. 하지만 이런 소소한 컨디션 난조는 근심거리도 아니었다. 유방암 검사 결과가 분명치 않아서 초음파 검사를 다시 해야 한다.

외과 의사한테,

"여기 이 흰 부분들이 보이죠? 이게 뭔지 분간이 안 돼요. 엑스레이로는 종양이 있는지 확실하게 알 수가 없네요. 아니, 뭐, 벌써 그렇게 걱정스러운 표정 지을 건 없고요. 확정인 것도 아니니까. 이게 종양이라고 해도 다 악성은 아니고, 언제나 양성일 확률도 있어요."

라는 말을 들었다.

암.

암일까? 지금? 내가?

사람은 죽는다. 엄마도 죽지 않았나. 나도 죽겠지. 그게 지금이 아니란 보장도 없고, 나라고 암에 걸리지 말란 법도 없다. 지금이 아니라도, 암이 아니라도, 언젠가, 길어도 짧아도, 어떤 형태로든 내 삶에도 마지막이 있을 터다. 평균수명이 90세인 시대니까 암이 아니라면, 암이라고 해도 치료를 잘 해낸다면, 나는 최대치로 잡아서 대략 50년쯤 더 살 수 있을지도 모르겠다. 그러면 50번의 봄을 맞이할 수 있겠지. 겨우 50개의 봄. 지구는 45억 살이나 되었는데, 어떤 나무는 천 년도 사는데, 거북이는 만 년도 산다던데, 어째서 사람은 백 년을 제대로 누리기도 어려울까. 살고 싶다. 건강하게, 오래, 행복하게. 참을 수 없이 초조해졌다. 이 짧은 삶을 이런 식으로 우울하게, 슬프게, 죽음과 병에 대한 것만으로 소모해버려도 좋은 걸까? 나에겐 더 다급한 일이 있지 않나? 나 자신을 위해서, 내가 살아 있는 매 순간을 정말로 나로서 살아 있다고 느낄 수 있고 즐길 수 있도록, 있는 그대로의 나 자신으로 후회 없이 살기 위해서 어떤 중대한 결단을 내려야 하는 거 아닐까? 그렇다, 그렇다, 하고 심장에 고인 피들이 수런거렸다. 문득 아버지가 생각났다. 아버지 역시 당뇨라고, 신부전이라고, 고혈압이라고 들을 때마다 이런 기분이 들었던 걸까?

63일

"차례라고 쓸 때 차는, 마시는 차야. 녹차, 할 때 그 차. 그러니까 문자 그대로 하면, 차를 바치는 의례지.《화엄경》에 보면, 대덕에겐 향을 바치고 영가에겐 차를 바치는 것으로 공경하고, 외로운 고혼들에겐 쌀을 줘서 배고픔을 달래준다는 내용이 나와. 제사는 워낙 오래된 풍습이라서, 대부분 불교 의례에 뿌리를 둔다고. 제사상에 맹물을 놓는 것도……."

은희가 한숨을 쉬었다. 영 마땅찮은 표정이었다.

"장례 치르고 처음으로 돌아온 명절에, 엄마한테 남들 다 받는 제사상 좀 차려주자는 게 그렇게 이상한 일인가? 마음으로 하자고. 마음 가는 대로 정성껏 하면 되는 거 아냐?"

이번엔 내가 한숨을 쉬었다.

마음 가는 대로.

아버지 마음은 30년쯤 전으로 돌아가 있다. 거기엔 죽은 아내가 없다. 은희 마음에 있는 죽어서 더 애틋해진 엄마와 아버지의 아내는 평생 만나지 못할 거다. 소희 언니 마음에는 가톨릭의 천국으로 간 엄마가 있다. 내 마음에 있는 애증과 회한의 엄마는 또 다른 엄마다. 마음 가는 대로 각자의 엄마를 찾아가면, 우리 가족은 즉각 헤어져 두 번 다시는 만나지 못하게 될 터다. 이런 일은 역시 마음이 아니라 의지로 정해야 한다.

"엄마가 살아 돌아올 수 있으면 뭔들 못 해주겠냐. 음식이 아니라 그릇에 금은보화를 채워놓으라고 해도 다 채워주지. 그치만 아니잖아. 음식 차려놓고, 그다음엔 어쩔 건데? 제사 음식은 차렸다가 그냥 버리면 안 돼. 그건 신성한 음식이라서 참석한 사람들이 같이 먹어야 돼. 음복 절차는 제사의 핵심이니까. 술에 떡에 고기 차려놓고, 아버지는 어쩔 거니? 먹으라고 할 수도 없고, 먹지 말랄 수도 없는데. 게다가 기억나? 전에 할아버지 제사 지낼 때, 아버지가 성경책 읽고 설교하고 찬송가 부르고 그랬지. 그걸 하게 놔둘 거야? 장례식에선 엄마 생전 믿음을 존중하는 의미에서 예배에 참석했지만, 나는 불교도라고. 넌 종교가 없으니까 그런 것도 아무렇지 않고 그냥 엄마가 좋아했던 거면 다 해주자는 식인데, 나는 입장이 달라. 이건 진짜 중요한 문제야. 제사는 한 번 지내고 끝낼 것도 아니고, 시작하면 평생이야. 평생 설에, 추석에, 엄마 기일에 지내는 의례가 될 테니까 지속 가능한 형태로, 서로 너무 상처 나지 않는 선에서 합당한 절차를 찾자고."

"생각해봐야겠어. 언니가 무슨 말 하는 건지는 알겠어."

테이블 위의 번호 벨이 울렸다. 은희가 자리에서 일어났다. 커피와 함께 습관적으로 주문해버린 허니 브레드가 왔다. 달콤한 향이 번졌다.

"아버지가 만약에 투석을 하게 되면 동정맥루 수술을 해야 하잖아. 그건 외과 수술이니까 꼭 원주에서 안 해도 될 것 같은데. 서울에 솜씨 좋다고 소문난 병원이 몇 군데 있었어. 그치만 의사한테 물어봐야지. 같은 병원에서 연계해서 치료를 받으면 아무래도 협조가 잘되겠지. 투석하기로 정하면, 어쨌든 결정할 일이 많아지니까. 그래서 말인데, 요번에 병원 갈 때는 너도 같이 갔으면 좋겠어. 목요일인데 시간 낼 수 있겠어?"

"목요일은 좀 어렵겠는데. 그러면 병원에 전화해서 나도 같이 갈 수 있는 날짜로 조정해볼게. 언제까지 서울에 있을 거야?"

"내려오면서 엄마한테 꽃 놓고 왔는데, 그게 시들기 전에 가서 바꿔놔야지."

"참, 인력 사무소에서 연락 왔어. 도우미 보내준대."

허니 브레드를 포크로 찢어서 한입 베어 물자 단맛이 입안 전체로 번졌다. 내과에서 들은 혈당 수치가 머릿속에 어른거렸다. 집에 가서 운동을 삼십 분 더 하면 되겠다고 생각했지만, 그래도 꺼려져서 포크를 내려놨다. 내 인생에서 달콤한 것들은 다 끝장났다.

64일

"잘 지냈냐? 통 소식이 없어서 너 죽은 줄 알았어."

요즘은 꼭 필요한 경우가 아니면 전화를 안 받는데, 이름이 아니라 번호가 뜨기에 택배 기사인 줄 알았다. 선식을 주문한 게 왔다고 생각했는데, 지숙이다.

"우리 언제 통화하고 안 했지? 아, 저번에 문자 보낸 거 받았어? 잘 지냈어?"

두 번째로 반복된 잘 지냈느냐는 질문에 나는 겨우 으응, 하고 애매하게 대답했다. 옛 직장 동료인 지숙이는 가끔 안부를 주고받고, 1년에 한두 번 만나곤 하는 친구로, 작년 연말에 만나 술을 마신 게 마지막 만남이었다. 그 뒤에 핸드폰이 망가졌다. 연락처를 대개 복구했는데, 제대로 되지 않은 것도 있다. 지숙이 번호도 거기에 들어 있었던 모양이다.

장례식 첫날, 낮에는 아무런 생각을 할 수 없었고 자정이 다 돼서야 나도 지인들에게 연락을 해야 하지 않나 생각했다. 핸드폰에 몇 통인가 답하지 못한 미스콜과 문자들이 쌓여 있기도 했다. 두 사람에게 전화를 걸어보고, 나는 내 입으로 '어머니가 돌아가셨다'는 말을 하는 게 얼마나 끔찍한지 깨달았다. 문자를 찍어보다가 그건 말로 하는 것보다 더 힘들다는 사실을 알았다. 상조 서비스에 부고 알림도 포함되어 있는 건 그래서일 터다.

열아홉 살에 원주를 떠난 이후, 엄마와 내 삶은 교차하지 않았다. 엄마는 대학 이후에 내가 만난 사람들의 대부분을 몰랐다. 엄마를 모르는 사람들이 전하는 고인의 명복을 빈다거나 좋은 곳으로 가셨길 바란다는 말들은, 나에게 예의를 차리는 말이었다. 다들 진심이겠지만, 아무도 진심은 아니다. 엄마의 죽음을 슬퍼하지 않는 사람에게 조문의 말을 듣는 게 무슨 의미가 있는지 알 수 없었다. 장례식장에 왔던 엄마의 친구들이나 친지들, 아버지 친척들한테서 듣는 조문의 말도 위로가 안 되긴 마찬가지였다. 그 사람들은 나를 모르니까.

빈소를 세우고 부조금을 받고 조문객과 더불어 슬퍼하는 것은 인구의 대다수가 농부이고, 그래서 사람들이 좀처럼 자기가 태어난 고장을 떠나지 않았을 시절의 풍습이다. 모두가 모두를 알고, 태어난 곳에서 대개 평생을 지내다가 죽는다면, 그 누군가의 죽음은 지역 공동체 전체의 상실일 수밖에 없다. 장례식에 쓰일 비용이나 물품을 보태고 받는 일은 상대를 돕고, 동시에 자신을 돕는 일이었다. 지금은 시대가 다르다. 이제 와 생각하면, 왜 꼭 빈소를 세워서 사람들에게 치이고, 안 그래도 참혹한 기분을 더 처참하게 찢어발겼어야 했는지 모르겠다. 장례는 가족끼리 치르고, 친지들은 적당한 시간을 골라, 계획을 잘 세운 다음에 추모회 형식으로 한번 모일 수 있게 했더라면 훨씬 나았을 거란 생각이 든다.

"나는 요 몇 달이 진짜 정신없었어. 마지막 만났을 때, 내가 우리 회사 사장 완전 개새끼라고 했지? 아는 건 하나도 없으면서, 이래라저래라 말로만 세계라도 정복할 기세라니까."

한참 자기 사정을 종알거리다, 지숙이가 또 물었다.

"그나저나 너는 어떻게 지냈냐니까?"

"별로…… 그게, 저기, 두 달 전에 어머니가 돌아가셨거든."

돌아가셨다는 단어가 뜻하지 않게 울먹거리는 소리로 나와서 당황했다. 벌써 두 달이 훌쩍 지났는데, 아직도 말하는 게 어렵다. 헉 소리가 나고 잠시 침묵했다가, 지숙이가 말했다.

"어우, 그랬구나. 어머니 분명 좋은 데 가셨을 거야. 어쩌다 그런 일이 생겼다니?"

"주무시다 심장마비로 돌아가셨어."

"그래, 심장마비. 그거 무섭지. 사는 게 허무하네. 어떻게 그렇게 갑자기……. 어머니 연세가 어떻게 되셨더라?"

"올해 예순다섯."

"아직 한창이셨는데, 너무 안됐다. 너네 아버님도 큰일이시겠구나. 나는 아버님이 더 걱정이네. 근데, 진짜 왜 연락 안 했니? 다른 친구들한테도 전부 연락 안 한 거야?"

마지막 말은 뾰족했다. 지숙이가 우리 엄마의 죽음이 슬플 이유는 없다. 얼굴 한번 보지 못한 사이이니까 애도를 못 해서 서운하진 않았을 거다. 지숙인 그냥 자신이 가진 우정이 하찮다는 게, 자신이 친구라고 생각한 누군가의 중요한 일에 따돌려졌다는 게 싫은 거다.

"아니, 연락해야 하는 사람한테는 다 했어."

어색한 침묵이 한동안 흘렀는데, 어째선지 전화를 끊지 않고 지숙이가 말을 이었다.

"우리 엄마도 이제 칠십이거든. 완전 할머니가 다 됐는데, 아직 쌩쌩해. 그치, 사람 언제 어떻게 될지 모르는 거지. 오늘은 집에 들어가면 엄마한테 잘해줘야겠네."

묻지도 않은 자기네 엄마 근황을 미주알고주알 말하는 지숙이에게 뭐라고 해야 좋을지 알 수 없었다. 그래, 너는 엄마가 살아 있어서 좋겠다? 전화를 끊은 뒤, 지숙이 번호를 수신 거부 연락처로 옮겼다. 사람 만나서 체면 차리고, 일상 얘기든 세상 돌아가는 소식이든 나눠가면서, 어쨌든 인간관계를 유지해두는 일. 잘 살아보려고 버둥거리며 했던 이런저런 수작들이 다 부질없다. 세상일이 전부 다 지푸라기 같다.

지숙이와 같이 다녔던 회사에서, 하루는 휴가에서 돌아온 부장이 말했다.

"이번 휴가엔 정말 세상만사 번거로운 일에서 다 벗어나서 쉬기만 하려고 핸드폰을 꺼놨거든. 어젯밤에 켰더니만, 고등학교 동창 놈이 전화를 해둔 거야. 아버지 돌아가셨다고. 이야, 내 선택이 진짜 탁월했지. 핸드폰 켜놨어봐. 꼼짝없이 거기 가서 3일을 붙들려 있을 뻔했지 뭐야. 아, 진짜 위험했어. 늦게 알았으니까, 부조금 내고 미안하다고 하고 잘 넘겼는데, 알면 또 안 가볼 수 없는 거라. 자네들은 젊어서 모를 거야. 이런 일들이 파도처럼 밀려왔다 가는 거야. 젊어서 내가 자네들처럼 한창 일하고 그럴 때는 주마다 결혼식이며 돌잔치가 밀려왔었어. 어느 시점이 지나니까 사방에서 누가 죽었다면서 장례식이 밀려오지. 애 낳고 아등바등 살다 보면 관에 못질하는 소리 듣는 게 인생이야."

그날 아침에 회사에선 한 신입 사원이 초상을 당한 일로 또 말이 많았다. 정확하게는 그 전주의 금요일에, 11개월 계약직으로 입사한 신입 사원이 부친상을 당했다. 입사한 지 2주도 되지 않은 때였다. 회사는 구조조정 중이라, 근무 조건에 관한 온갖 방침들이 변경되고 있었다. 금요일에 신입은 팀장으로부터 3일간의 휴가를 받아 돌아갔다. 금요일인 당일을 포함해서 주말인 토요일과 일요일을 제외하고, 월요일과 화요일까지를 3일로 계산하면 5일 정도를 쉴 수 있는 셈이었다. 그런데 월요일 아침이던 그날, 과장이 팀장을 불러 야단을 쳤다. 바뀐 회사 규정에 의하면, 1년 이하 계약직 직원들의 상장례에 부여하는 3일간의 휴가는 소식을 듣게 된 후 72시간이라는 거였다. 법으로 규정된 실질적 장례 소요 기간이 3일이니까. 월요일에는 정상 출근했어야 하는데, 상황을 참작해서 오후에 나오면 지각으로 처리해주겠다고 했다. 만약 출근하지 않는다면 결근으로 처리해야 하고, 결근으로 처리한 이상 하루치 임금과 주차수당, 한 달간 결근이 없는 경우에 지급되는 만근수당을 지급할 수 없게 된다고 경고했다. 그걸 다 빼고 남은 월급은 편의점 알바를 뛰는 게 나을 액수였다. 이런 불이익을 감수할지 전화로 물어보고, 출근을 할지 말지 정하라고 했다. 신입은 오후에 퉁퉁 부은 얼굴로 출근했다. 지숙이와 나는 부조금을 모아 줘야 하는지 준다면 얼마씩을 내야 좋을지 의논했지만, 액수를 놓고 얘기는 지지부진해졌다. 신입은 두 시간쯤 울면서 자리를 지키다가 집으로 돌아갔는데, 다시는 출근하지 않았다. 빈자리는 별로 크지 않았다. 다른 사람이 금방 채용되었다.

그때 그 신입 이름이 뭐였을까?

얼굴도, 나이도, 고향도, 학력도, 취미도, 종교도, 아무것도 생각나지 않는다. 다만, 눈물을 끊임없이 닦아내던 손에 꽉 쥐어 있던 구겨진 휴지의 모양새만 새삼스럽게 생생하다. 이게 내가 대학을 졸업하고 대도시의 직장인이 되어 겪은 첫 번째 (타인의) 장례였다.

65일

내가 갈 대학을 고른 것은 엄마였다. 학과를 고른 것도 엄마였다. 지원 학과를 백지로 남겨놓은 원서를 가지고 소희 언니와 함께 상경해서, 막판에 지원율과 합격 예상 점수를 보고 학과를 결정했다. 입시 시즌이 되면, 뉴스는 눈치작전이나 하향 지원 같은 말들로 도배가 되곤 했다. 엄마는 텔레비전에서 다들 그렇게 한다니 대입 지원은 그렇게 하는 거라고 믿었다. 원서를 쓰고 와서 엄마가 말했다.

"소신껏 지원을 못 하고 점수 따라 눈치 보면서 하려니까 좀 창피하더라. 그래도 떨어지면 안 되니까 내가 알아서 잘 써넣었어."

소희 언니는 생애 처음으로 나를 부러워했다. 언니가 원주에 있는 대학에 진학했던 건 성적이 모자라서가 아니었다. 서울로 가고 싶어 했지만 엄마가 '저걸 벌써 떼놓고 내가 살 수가 없을 것 같다'면서 요지부동 서울 유학을 허락하지 않았다. 엄마는 친정 식구들과도 헤어졌고 남편과도 계속 떨어져 살아서, 큰딸마저 집을 그렇게나 빨리 떠난다는 걸 견딜 수 없어 했다. 내가 대학에 들어갈 시기가 왔을 때, 엄마는 이렇게 말했다.

"얼마나 좋니? 대처에서 큰 공부 하는 거 아니냐? 할 수만 있다면, 내가 대학 가고 싶다."

그전까지 서울을 가본 경험이라곤, 학교에서 단체로 갔던 서울랜드가 다였다. 그때 나는 바이킹을 타고 토했다. 거대한 놀이기구가 유발하는 구토. 그런 게 서울, 하면 떠오르는 이미지의 전부였다. 나는 집에서 쫓겨나는 기분이었다.

지방에서 서울의 대학에 들어가려면 경제적 여유가 있어야 한다. 등록금 외에도 주거비, 통신비, 교통비, 식비, 의류비, 도서 구입비 등등이 필요하다. 대학생이란 비싼 신분이다. 피아노나 자동차와 마찬가지다. 보관할 장소와 유지할 비용을 감당할 수 있어야 하므로, 그런 물건들은 소유주의 사회적 계층을 표시할 수 있다. 대학생은 그 부모가 중산층이라는 지표가 된다. 아버지가 학비를 대겠다고 하니, 한없는 감사와 보답에의 다짐만이 내가 느끼거나 표현해야 할 올바른 감정이었다. 불만도 의문도 있을 수 없었다. 아버지가 나를 따로 불러서, 너를 이제 서울로 보내려고 하는데 집안 형편이 이만저만하니 일단 진학하고 나면 용돈은 스스로 벌어야 하고, 다른 대학생들의 허황

된 생각에 물들어 시위를 한다거나 해서 부모를 걱정시켜선 안 된다고 했다.

"아버지는 너를 믿는다. 알겠지?"

"네."

대학에 합격했을 때, 엄마는 정말 기뻐했다. 수십 통의 축하 전화를 받았다. 입학을 전후해선 새 옷이랑 구두, 그 외에 기숙사에서 쓸 물품들을 준비하느라 바빴다. 입학식에서는 미리 학교 건물들을 둘러보고, 교정 잔디밭을 걸었다. 엄마는 학기마다 성적표를 받았다. 졸업식에 엄마는 서울에 사는 외숙네 일가를 불렀는데, 전부 열두 명이나 됐다. 친지들에게 둘러싸인 채 엄마는 학사모를 쓰고 학사 가운을 입었다. 한 팔엔 졸업장을 안고 다른 팔엔 꽃다발을 든 채로, 졸업 사진을 찍었다. 엄마는 대학을 졸업한 것이다.

어려서 내가 엄마나 아버지와 자신을 헷갈렸다면, 엄마 역시 우리와 자신을 혼동했다. 우리는 엄마에게 다른 버전의 자신이었다. 가족은 하나니까 엄마는 우리와 같았다. 적어도 마음으로는 그랬다.

대학에 입학한 지 일주일쯤 지나서였다. 전공수업 시간에 교수 대신 조교가 들어왔다. 학생회비를 내야 한다는 얘기를 한 뒤에 가정환경 조사서를 돌렸다. 국민학교 때는 학년이 바뀔 때마다 내던 것이었다. 중학교 때도, 고등학교 때도 입학하면서 그런 걸 썼다. 친가와 외가 할아버지, 할머니 이름을 비롯해서 생존 여부, 부모의 이름과 나이,

직업, 본적, 고향, 연락처, 비상 연락처, 주소, 차량 소유 유무, 집에 있는 대형 가전제품의 종류와 상표……. 개인정보가 보호 대상이라고 아무도 생각하지 않던 시절, 학생들은 물으면 뭐든 대답해야 하는 입장이었다. 대학생이 되어 달라진 거라곤 대학에 대한 기대라든가, 부전공을 한다면 어떤 과목을 선택할 것인가 따위를 쓰는 칸들이 덧붙여졌다는 사실 정도였다. 조교가 말했다.

"이름은 영어랑 한문, 한글, 세 가지로 다 쓰세요. 부모님 성함도 마찬가지예요. 나머지 항목들은 사실대로 작성하세요. 부모님 학력 쓰는 난 보이죠. 거짓말하지 말고, 국민학교 졸업이면 국졸에 체크하고."

애들이 전부 와하고 웃었다. 조교도 웃었다. 재치 있는 농담이 성공해서 기쁘다는 듯이. 웃지 않은 건 나뿐이었다. 옆자리의 동기생이 웃음이 가시지 않은 얼굴로 내 쪽으로 고개를 돌렸다가 작은 목소리로 물었다.

"아버지 군인이셔? 우리 집도. 너희 아버지는 육사 몇 기니?"

"우리 아버지는 육사 못 나왔는데."

그 애는 헛기침을 한 뒤 자기 조사지로 시선을 돌렸다. 걔랑은 끝내 친구가 되지 못했다.

대학에서 나는 엄마와 아버지가 이해하지 못할 여러 가지를 알았다. 푸코와 들뢰즈, 비트겐슈타인, 하버마스 같은 유럽의 철학자들, 마르크스나 엥겔스는 물론이고 케인스라든가 프리드먼, 슘페터 같은 경제학자들의 이론, 한나 아렌트, 시몬 드 보부아르, 글로리아 스타이넘 같은 여류 명사들의 생애, 프로이트와 융의 심리 가설들, 아인슈타인과 스티븐 호킹이 펼쳐놓는 우주관……. 서울에는 다른 나라, 다른 시대로부터 유래한 인간과 세계에 대한 다른 관점, 다른 방식의 삶의 가능성이 있었다. 어느 것 하나 엄마와 아버지의 가치관과 생활 방식을 지지하지 않았다. 나는 저학력, 지방, 구세대의 가치관으로 이루어진 엄마와 아버지의 오래된 세계를 뱃속에 감추고, 새로운 세계에서 배운 것들로 무장된 가면을 쓰는 법을 익혔다.

아버지가 퇴직하고 몇 년인가 지나서, 원주에 가면 엄마가 이렇게 말했다.

"아버지 소원이 콤퓨타 배워가지고, 그걸로 편지 보내는 거란다. 아버지 원 좀 풀어줘라."

"쓰다 남은 중고 콤퓨타 없니? 그런 거 가져다가 연습해가지고 쓰면 좋은데."

엄마의 몇 차례나 되는 호소에 결국 아버지에게 컴퓨터를 사 '드리고', 간단한 사용법을 가르쳐'드려야' 되었다. 은희는 석사 과정의 막바지라 정신없이 바쁜 참이었고, 소희 언니는 결혼과 이민 준비로 바빴다. 그래서 그때도 남은 건 평범한 직장인이던 나였다.

아버지 본인으로부터 컴퓨터를 사고 싶다는 말을 들은 적이 없어서 일은 어려웠다. 엄마가 전하는 아버지가 원하는 컴퓨터란, '너희가 안 쓰게 된 중고 중에 쓸 만한 것'이었다. 다른 말로 하면, 아버지가 컴퓨터를 사기 위해서 한 푼도 내지 않겠다는 것이라서 예산을 어떻게 잡아야 할지 애매했다. 업무에 쓸 것도 아니고, 꼭 필요한 물건도 아닌데다 아버지가 컴퓨터를 얼마나 쓸 수 있을지 예측도 불가능했다. 그래도 선물인데 무작정 싼 걸 찾을 수도 없고, 그렇다고 쓸데없이 고사양으로 하는 것은 낭비였다. 보름에 걸쳐서 발품도 팔고, 온라인 검색도 거듭한 끝에 적당하다고 생각되는 물건을 조립했다. 비용은 은희와 내가 반씩 냈다. 나는 그걸로 어려운 부분은 끝났다고 생각했다.

바둑과 장기 게임을 깔고, 포털 홈페이지를 즐겨찾기에 등록했다. 메일 계정도 한 군데 텄다. 포털에서 뉴스를 찾아 읽기 위해선 마우스로 클릭만 할 수 있으면 될 것이다. 아버지가 메일을 정말 보내기는 할지 의심스러웠으나, 주소가 이미 있으면 내용 채워 넣고 센딩을 누르는 정도야 그저 주말에 한 번 정도 시간을 내면 가르쳐줄 수 있을 터였다.

"요기 동그란 버튼. 이게 전원. 이걸 누르면 부팅이 돼."

"부팅이 뭐냐?"

아버지에게 컴퓨터를 가르치는 것은 그렇게 시작되었다.

아버지는 한글 프로그램부터 익히고 싶어 했다. 파일을 만들고, 저

장하고, 불러오고, 수정하고, 표를 삽입하고, 글자체를 고치고, 문단을
조절하는 일들을 전부 배워서, 아버지가 가입했거나 운영하는 산악회
에서 사용하는 각종 공문들을 컴퓨터로 작성해야 했으니까. 산악회를
위한 카페가 필요했고, 바둑이나 장기 말고 온라인으로 하는 다른 게
임들을 하겠다고, 뭐가 있는지 종류별로 알려달라고 했다. 메일 계정이
나 아이디는 본인이 직접 정하고 싶다며, 내가 미리 만든 건 쓰기 싫다
고 했다. 등산하면서 찍은 사진을 산악회 카페에 올려야 하니, 사진의
스캔과 수정, 업로드 방법을 알아야 했다. 등산 예정지를 조사하기 위
해서 지도를 검색해야 했고, 프린터로 출력도 할 수 있어야 했다.

　부팅에 대해서 듣고 난 뒤에 아버지는 이 모든 것을 할 수 있는 방
법을 알려달라고 했다.

　"니가 탁탁, 그렇게 딸깍거리면 뭐가 휙 화면에 튀어나오잖냐. 나도
그렇게……."

　아버지가 마법 상자라도 되는 양, 컴퓨터를 쳐다보며 그렇게 말했다.

　드래그와 클릭, 더블클릭, 서칭, 포털, 업그레이드, 메모리, 램, 기가,
메가, 바이트, 로그아웃, 아이디, 패스워드, 업로드, 시디롬…….

　컴퓨터는 온통 영어 단어들로 이루어져 있다. 아버지는 정식으로
영어 교육을 받은 적이 없다. 군대에서 행정 서식을 쓰면서 타자기 사
용법을 익혔다고 하니, 아마도 그 과정에서 알파벳을 알게 되었던 듯
싶다. 굿모닝과 헬로를 비롯한 몇 가지 아주 간단한 영어 단어들은 알

왔다. 그게 다였다. 그런 아버지에게 컴퓨터의 구조, 인터넷의 작동 원리, 웹사이트의 갖가지 영상과 이미지, 콘텐츠 정보들이 채워지고 비워지는 과정, 가상 메모리가 존재하는 영역에 대해 설명하라는 건, 수학 공식을 마임으로 표현해서 전달하라는 요구와도 비슷했다.

"그러니까 원리…… 그런 걸 알고 싶다니까. 니가 계속 뭘 해줄 필요 없이, 너 없을 때 나 혼자서도 할 줄 알아야지. 노상 의지만 해서 되겠나? 그러니까 원리를 알려줘."

웹에 떠도는 정보 중에서 자신의 필요에 맞는 것을 고르고, 고른 정보를 자신의 능력이나 이해관계에 맞춰서 판단하고, 습득된 정보를 재가공하거나 바꿔서 유통시키는 일련의 행위들은 창조성을 전제로 한다. 아버지가 평생 받았던 전근대적인 주입식 학교 교육과 군대 훈련은 그런 여러 자질들 중 어느 하나도 권장하지 않았다. 전근대의 한자 문화권에서 지식은 외우고 따르는 거였다. 조상과 선현들이 신처럼 위대해서, 그들의 가르침은 후대가 감히 자의적인 판단으로 고칠 수 없었다. 군인이 전장에서 받는 명령에 의문을 제기할 수 없듯이, 사물화된 지식은 유일하고 절대적이며 불변하는 진리로서 암기와 복종의 대상이었다. 아버지는 그런 식으로 뭔가를 배우는 데 익숙했다. 어떤 의미로는 그것만이 아버지에게 가능한 유일한 학습법이었다. 아버지는 컴퓨터를 이용할 수 있는 확고부동한 행동 지침과 변치 않는 표준 매뉴얼을 원했다.

나는 컴퓨터에 사용되는 용어들을 가능한 한 알기 쉽게 풀어 쓴 단어장을 만들고,

— 왼쪽 빈 네모 상자에 아이디를 입력한다.

— 그 아래 네모 상자에 비밀번호를 입력한다.

— 로그인이라고 적힌 조그만 네모 상자를 누른다.

아버지가 컴퓨터로 하고 싶어 하는 모든 기능마다 동작 하나하나를 적은 매뉴얼을 만들었다. 반복을 통해서 동작을 암기하는 것으로, 아버지는 컴퓨터를 사용할 수 있게 되었다.

아버지는 다섯 개의 메일 계정을 가졌고, 가입된 산악회 숫자만큼 카페를 만들어 운영했다. 등산하면서 찍은 사진들을 시디에 저장하거나 카페에 업로드할 수 있었다. 온라인 고스톱을 즐기게 되었다. 종이 신문을 전부 끊고, 인터넷 뉴스를 보게 되었다. 메신저로 무료 문자를 보낼 수 있게 되었고, 웹캠으로 화상 채팅을 할 수 있게 되었다. 여기까지 3년이 넘게 걸렸다.

아버지는 컴퓨터 사용법을 아는 걸로, 동년배 친구들 사이에서 인기인이 되었다. 산악회에 가서도 젊은 멤버들에게 나름 위신이 서고, 얕보이지 않는다는 자신감도 생겼다. 그 결과, 적당히 편리하게 사용하는 선을 넘어서, 아버지는 정말로 컴퓨터를 배울 수 있다고 생각하게 되었다.

"내 또래에 나만큼 콤퓨탈 갖고 놀 수 있는 사람은 없어. 다들 대단

하다고 해. 해보니까 내가 배울 수 있더라고. 사람이 배워야 돼. 배워야 발전하지. 더 배워야지."

동영상을 만들어 배경음악을 깐다든가, 포토샵으로 사진을 꾸미고 편집한다든가, 이미지를 연결해서 애니메이션처럼 만든다든가……. 아버지가 알고 싶다고 묻고, 가르쳐달라고 요구하는 것들은 점점 복잡해졌다. 어떤 건 컴퓨터를 전공한 게 아닌 나로서는 정말 모르는 것도 있었다. 거기다 아버지는 이미 배운 것도 계속 잊어버렸다. 그건 아버지 뇌의 생물학적 한계였다. 아버지는 어리지도 젊지도 않으니까. 자주 쓰지 않아서 동작의 반복을 통해 자동 완성 할 수 없는 기능들은 사용할 필요가 생길 때마다 다시 가르쳐줘야 했다. 같은 말을 열 번씩, 스무 번씩 반복하면서 나는 진저리를 냈지만, 아버지는 들을 때마다 새로워했다. 새로운 걸 배웠다고 생각할 때마다 자신감이 충전됐다. 아버지가 나에게 가르쳐달라는 뭔가에 대해서, 그런 건 아버지는 못 배운다고 말하면 아버지는 무시당했다는 생각으로 노여워했다. 나도 그런 건 모른다고 말하면 시간 내기 귀찮으니 하는 거짓말이라고 생각했다.

엄마처럼 아버지도 자식에게서 미래를 봤다. 엄마에겐 자식인 우리가 곧바로 미래의 자기 자신이었다면, 아버지에겐 자식이 미래로 가는 통로였다. 엄마는 자신의 미래인 우리에게 헌신하는 것으로 애정을 보였지만, 아버지는 자식들을 자신에게 헌신하도록 만들었다. 그래서 자신이 자신인 채로, 아버지이자 가장이고 남편이며 군인이지만, 자식을 통해 새로운 지식과 기술을 익혀서 더 나은 자신이 되고자 했다. 아버지는 컴퓨터를 배우고 싶었지만, 동시에 존경도 받고 싶었다. 그래서 컴퓨터를 가르치는 내게 자신의 컴퓨터 지식에 대한 감탄을 요구했다.

아버지는 컴퓨터를 배우는 시간이면 자신이 작성한 산악회 공지문이나 카페에 새로 업로드된 사진들을 보여주고, 자신의 게시물에 달린 댓글들을 읽어줬다. 친구들이 자신의 컴퓨터 스킬에 얼마나 감탄하는지를 반복해서 얘기했다. 아버지가 만족할 때까지 그런 얘기들을 다 들어주고, 대단하다고 감탄하고, 그런데 아버지는 나이 때문에 요거 딱 하나만을 모르니까 내가 잘 설명하겠다고 나서서, 용어의 의미부터 시작해서 아버지가 잊은 모든 것을 하나하나 설명하고, 연습하는 걸 지켜보고, 숙련되기를 기다리려면, 세상의 모든 시간이 있어야 했다. 나도 사회생활을 하는 어른이었다. 내가 낼 수 있는 시간은 주말과 휴일의 몇 시간, 명절의 오후처럼 드물게 한가한 날의 반나절 정도가 전부였다. 나는 아버지의 말허리를 끊기도 하고, 저번에도 말해줬는데 왜 또 모르겠다고 하는 거냐고 구박도 하고, 매뉴얼에 다 써줬는데 복습을 해보긴 했느냐고 짜증도 냈다. 그건 아버지가 경험해보지 못한 자식의 무례였다. 아버지는 내가 자신을 무시하고 귀찮아한다고 엄마에게 불평했다. 엄마는 나한테 화를 냈다.

"쎄가 빠지게 고생해서 대학 공부를 가르쳤더니, 저 혼자 큰 줄 알고. 그깟 거 좀 아는 거 가지고 부모를 무시하다니, 그러고도 니가 사람이냐?"

원래도 그리 가깝지 않았던 아버지와 내 관계는 컴퓨터를 매개로 해서 나날이 싸늘해졌다.

그러던 어느 금요일 오후에, 아버지에게서 전화가 왔다. 이것저것 물어볼 게 많으니 원주로 내려오라는 거였다. 회사도 늦게 끝나고 약속도 있다고 말하고 끊었지만, 아버지의 실망한 목소리가 마음에 걸렸다. 결국 그날 밤늦게 원주에 갔다. 11시경에 도착했는데, 엄마가 깜짝 놀라는 걸 넘어 화가 난 얼굴로 나를 맞이했다. 그 무렵의 엄마는 갱년기 증세도 심했고, 떡장사를 하고 있어서 새벽부터 밤늦게까지 일했다. 왜 연락도 없이 왔느냐고, 이렇게 갑자기 들이닥치면 어쩌냐고, 오늘이고 내일이고 일이 많아서 너 밥시중 들어줄 짬 없다고 엄마는 화를 냈다. 내가 못 올 데 왔느냐고, 얼굴 보자마자 왜 생트집이냐고 나도 짜증을 내기 시작했다. 언성을 높이는 와중에 아버지가 나와서 고함쳤다.

"내가 쉬고 있는데! 집안 소란하게! 목청을 높이고 말이지! 이게 무슨 버릇없는 짓이냐!"

아버지 컴퓨터 수업은 그날로 종을 쳤다.

"어, 석희야, 아버진데. 내 핸드폰이 말이다. 이 카메라로 찍은 사진들, 이걸 콤퓨타로 옮기고 싶은데, 저번에 핸드폰 가게에서 그렇게 할 수 있다고 설명 들었거든. 근데 뭘 잘못했는지 안 되네. 일단 연결은 했는데 그다음엔 어떻게 해야 할지…….."

아버지는 장례식 후에 핸드폰을 바꿨다. 이전에 쓰던 피처폰은 자판이나 액정 화면이 작아서 문자 보내기 어렵게 생겼다며 은희가 스마트폰으로 바꿔줬다. 스마트폰은 거의 절반 컴퓨터라 사용법을 배워야 익힐 수 있다. 오래전 악몽이 돌아왔다.

"아버지, 나도 갤럭시폰은 안 써봐서 모른다니까? 전화기는 기종마다 사용법이 달라요. 사용법 매뉴얼, 크게 프린트해줬잖아. 그림도 있던데 그거 보고 따라 해."

"그거 봐도 잘 모르겠어. 하란 대로 했는데도, 안 돼."

"알았어요. 내가 나중에 매뉴얼 찾아보고 말해줄게. 지금 전화론 설명 못 해."

"어, 응. 그래라, 그럼."

병원에서 이래저래 좋지 않은 소식을 들었다고 말을 해야 하나, 잠깐 망설이는 참에 아버지가 전화를 끊어버렸다. 신물이 목구멍까지 올라와 나는 미간을 찡그렸다. 위장약을 먹었는데도 그다지 나아지지 않았다. 기분이 나빠지면 금방 위액이 역류한다. 내분비내과 의사가 혈압이며 콜레스테롤, 혈당 수치 같은 걸 알려주고, 체중 변화나 가족력에 대해서 듣고는 진지한 얼굴로 쉬어야 한다고 충고했다. 편안한 마음으로 스트레스를 피하고, 충분히 잠을 자고, 운동도 규칙적으로 하고, 식사도 영양가 있는 것으로 잘 먹어야 한다고 말이다. 지금 건강관리를 잘못하면 평생 만성질환을 갖게 된다고, 그래도 좋으냐고 물었다. 물론 좋지 않다. 건강하게 살고 싶다.

지금처럼 아버지와 지내면 마음을 편히 갖는다는 건 불가능하다. 그렇다면 내 건강을 위해서 아버지를 팽개치고, 나는 쉬어도 좋은 걸까? 아니면, 아버지의 남은 여명 몇 년간의 평화가 내게 남은 50년의 건강보다 중요하니, 어쨌든 모든 걸 참기만 하는 게 옳은 걸까? 자기 코가 석 자인 아버지에게 나도 이래저래 몸 상태가 좋지 않다고 호소해도 될까? 이렇게 힘들고 괴로울 때, 힘들고 괴롭다는 말도 할 수 없어 망설이는 부녀 관계가 정상인가? 돌아보면 지난 40년간, 내 쪽에서 아버지한테 내 사정이 이러저러하다고 구체적으로 호소해본 기억이 없다. 아버지는 무심한 그대로 나만 아버지의 욕구, 아버지의 필요, 아버지의 사정을 끊임없이 되새겨야 하는 이런 일방적인 관계가 정말옳은 걸까?

지금까지는 엄마가 있었다. 살아가면서 생겨나는 갖가지 불평도, 힘들고 어렵다는 호소도 전부 엄마한테 하는 걸로 충분했다. 엄마와 아버지는 사랑 주고 효도받도록, 기능이 분화된 채 한 덩어리로 어버이였다. 가부장제 사회의 가부장과 그 아내로 이루어진 부부였으니까. 사랑 주던 엄마는 이제 없고, 효도받으려는 아버지만 남았다.

68일

"본 열차는 청량리-원주 간 복선 철로를 매우 빠른 속도로 달려가고 있습니다. 승객 여러분께서는 열차 좌우 흔들림에 주의해주시기 바랍니다. 아울러 본 열차의 4호 차는 승객 여러분의 편의를 위해서 열차 카페로 운영하고 있습니다. 많은 이용 바랍니다."

기차를 타본 것은 근 10여 년 만이다. 그새 청량리에서 원주까지 복선 철로가 깔려서 기차 시간은 한 시간 육 분으로 단축되었다. 예전에는 제일 빠른 새마을호를 타도 한 시간 사십 분 정도였다. 무궁화호는 두 시간, 통일호는 두 시간 반, 완행 비둘기호는 서너 시간쯤 걸렸다. 빨라졌는데도, 기차 내부는 한산했다. 좌석은 절반쯤 찬 정도에 불과했다. 다른 날에는 이용객이 더 많을까?

기차를 처음 탄 건 열아홉 살의 겨울, 대학에 입학하기 직전이었다.

미리 기숙사를 둘러본다든가, 소집일에 응한다든가, 오랫동안 연락 없이 지냈던 엄마 고향 친구들이나 친척들을 찾아가 나를 인사시켜 준다든가 하는 용건으로 서울에 미리 몇 번인가 가야 했다. 마땅하게 머물 만한 숙소가 없어서, 엄마와 나는 새벽같이 서울에 갔다가 밤늦게 돌아왔다.

새벽 기차는 전부 비둘기호였다. 일찌감치 일어나 서울로 가려는 사람들을 위한 통근용 열차라, 역마다 정차해 타려는 사람은 전부 태웠다. 가다 보면 좌석은 물론이고, 통로에도 사람들이 빼곡하게 앉았다. 그 틈새를 비집고, 계란이며 귤을 파는 사람들이 다녔다. 보따리를 짊어진 할머니들, 백팩을 멘 학생들, 싸구려 양복을 입은 남자들, 알록달록한 화장을 하고 투피스 정장이나 꽃무늬 원피스 따위를 입은 정체불명의 아줌마들……. 좌석은 딱딱했고, 겨울 기차는 난방을 해도 추워서 말을 할 때마다 하얀 입김이 나왔다. 기차 특유의 쇠비린내가 났다. 비둘기호는 전철처럼 긴 좌석을 창문 아래에 붙였다. 사람들은 서로 마주 볼 수밖에 없었다. 통로든 좌석이든 앉은 사람들은 시선이 마주치면 미소를 짓고 말을 텄다. 특히나 할머니들. 어디 사는데, 뭘 팔러 가는데, 우리 아들은 공무원인데, 장사를 하는데……. 엄마는 그런 사람들과 한 덩어리로 어울려서, 우리 남편은 군인이고 우리 딸은 이제 서울로 대학을 다니러 가게 됐어요, 하고 말하는 거였다. 애가 엄마를 똑 닮았네. 대단하네. 우리 애는 공부에 취미가 없어서 큰일이야.

150

엄마가 장하지, 애들 크는 건 다 엄마 할 탓이거든. 그러면 엄마는 웃음을 터뜨렸다. 알지도 못하는 사람들에게 쓸데없는 말을 해대는 엄마가 나는 공연히 부끄러웠다.

국민학교를 다닐 적에 나는 곧잘 상을 탔다. 전국 모나미 사생대회에서 금메달을 받은 적도 있고, 글짓기를 해서 학교 대표로 뽑히기도했다. 산수 경시대회 같은 데도 나가고, 운동회가 있으면 계주 선수로도 나갔었다. 나는 별로 뒤처지지 않는 애였다. 중학생이 되면서 나는 뒤처지지 않는 것보다는 공부를 잘한다는 걸 알게 되었다. 입학식 전에 반 배치고사가 있었다. 입학식 날 학교에 갔더니 담벼락에 반 배치고사 결과가 나붙어 있었다. 성적 따라 반이 정해졌는데, 1등이 1반, 2등이 2반…… 13등이 1반, 14등이 2반 하는 식으로 나뉘었다. 나는 3등이라서 3반이었다.

입학식 날 임시 반장이 되었다. 담임이 3월 말에 선거를 통해서 새로 반장을 뽑을 테지만, 그 전에는 성적순으로 임명할 테니 불만을 품지 말라고 했다. 반을 대표하는 사람을 뽑는 데 성적보다 더 공평한 기준은 없다고. 중학교에서 사람의 가치는 성적순으로 정해졌다. 알기 쉬운 질서였다. 숫자로 환산되는 데다, 매달 측정되니까.

3월 말이 되었을 때, 담임이 정식 반장이 된 나를 불러서 학생회장

선거에 1학년 부회장으로 추천하고 싶다고 했다. 그러자면 담임을 제외하고 다섯 명의 선생님들이 추천해줘야 하고, 추천을 받으려면 엄마가 와서 선생님들한테 인사를 해야 한다는 거였다. 인사란 식사 대접이었는데, 그게 된장국 백반이나 콩나물 비빔밥일 리는 없었다. 엄마는 학교에 와서 선생님과 한참이나 면담했다. 집에 와서 엄마가 말했다.

"회장 같은 걸 하려면 나도 학부모회 활동을 해야 된다던데, 너도 알지? 아버지 따로 지내니까 엄마가 거기도 계속 가야 되고, 소희랑 은희도 학교에 다 학부모회가 있는데 너만 신경 쓸 수가 없어. 안 된다고는 했는데, 지금 이거 하나는 못 해도 장래에 너는 하고 싶은 건 뭐든 하고 살 수 있을 거야. 어디서든 남들을 이끄는 사람이 돼야지. 선생님이 너한테서 그런 가능성을 본 거 아니냐? 얼마나 좋으니? 선생님 참 좋은 분이시더라. 소탈해가지고 말도 시원시원하니, 사람 어렵지 않게. 자기 남편도 군인이라던데, 어찌나 살갑게 우리 처지를 이해해주던지……."

그해의 담임은 나를 특별한 애처럼 대했다.

반장은 통상 점심을 먹은 후에 하는 청소를 감독하고, 체육대회나 소풍 같은 때에 행사를 기획하고, 일주일에 한 번 학급 회의를 주관했다. 과목별로 숙제를 걷고, 월요일과 수요일 운동장 조회에 참석할 때 애들 줄을 세우고 맨 앞에 섰다. 그 외에도 자율학습 시간이면 교탁 앞 의자에 앉아서 선생님 대리도 하고, 영어나 수학 과목의 경우엔 쪽지 시험 감독도 했다. 반장은 선생님에게 아첨해서 다른 애들을 팔아 넘기는 스파이거나 잡일꾼, 아니면 선생님에 준하는 교실 관리 권한을 지닌 슈퍼 학생일 수 있었다. 다른 애들에게 어느 쪽으로 보이느냐에 따라서 학교생활이 달라졌다. 스파이나 잡일꾼으로 보이면, 따돌림을 당하고 어지간히 무시도 당한다. 슈퍼 학생처럼 보이면, 반에서 왕처럼 군림할 수 있다. 나는 후자였다. 그해엔 상도 많이 받았다. 성적 우수상이나 모범상, 선행상은 물론이고, 백일장이나 경시대회에서도 몇 번이나 입상했다. 5월의 어느 즈음에는 자연보호에 관한 글을 써 오라고 해서 제출했더니, 담임이 그 글을 교정해서 〈소년소녀일보〉에 투고했다. 내 이름이 활자로 인쇄된 신문은 엄마가 보기에 엄청나게 대단한 물건이었다. 소희 언니도, 은희도 그런 재주는 없었다. 엄만 한동안 그걸 어디든 들고 다니며, 만나는 사람마다 이게 딸이 쓴 글이라고 자랑을 거듭했다. 나는 엄마의 트로피가 되었다. 이해의 생활기록부에 의하면, 나는 활달하고 진취적인 성향을 지녔으며, 사려 깊고 창조적이고 또래 친구들 사이에서 인망이 높아서 리더십도 각별한 아이였다.

2학년이 되어서도 상황은 별로 달라지지 않았다. 선생님들은 교무실에서 아이들에 대한 의견을 교환했다. 어떤 애가 어떤 애인지에 대한 평가는 이미 정해진 뒤였다. 시험을 칠 때마다 석차의 변동이야 있지만, 특별한 계기가 없는 한 누군가의 성적이 대략 상위권, 중위권, 하위권으로 나뉜 범주에서 급격하게 벗어나는 경우는 드물었다. 2학년 때 만난 담임은 1학년 때부터 알던 미술 선생님이었다. 키가 훌쩍 크고 얼굴이 보름달처럼 둥글었는데, 그해엔 임신 중인 새댁이었다. 1학년 때 하던 반장 노릇에 더해서, 2학년 담임은 나한테 문제아들을 살피는 일까지 시켰다.

중학교는 의무교육이다. 진짜로 찢어지게 가난한 집 애들이나 파탄난 가정, 고아원 시설에 거주하는 애들도 학교를 다녀야 했다. 수업 태도가 지극히 불량하거나 지각과 조퇴, 결석이 잦으면 부모를 호출하지만, 부모가 학교에 와보지 않는 경우도 있었다. 그러면 가정방문이라도 해서 상황을 살피는 것이 교사의 업무 중 하나였다. 그런 애들이 사는 곳은 대개 환경이 좋지 않았다. 임신한 몸이라 노상 피곤해하던 담임은 오후가 되면 발이 부어서 실내화가 터질 것처럼 살이 비어져 나왔는데, 그런 발을 하고서 꼬불꼬불한 오르막으로 이어진 산동네나 치안도 안 좋은 판자촌 같은 곳에 가고 싶어 하지 않았다. 그래서 나를 보냈다. '친구 입장으로' 살펴보고 오라는 거였다. 내가 보고 온 걸로 상황이 파악되지 않으면 자기가 간다고 했지만, 담임의 2차 방문은 내가 알기론 없었다.

열흘이나 연속으로 무단결석하는 애가 있어서 찾아갔다. 비닐과 슬레이트로 만들어진 쪽방촌의 한중간에 있는 번지도 없는 판잣집. 개는 부엌도 없는 단칸방에서 엎드린 채 공책 가득히 '돈이 필요해'라는 낙서를 하고 있다가 나를 맞이했다. 아버지가 교통사고를 당해 3년째 입원 중인데, 네 살 먹은 동생과 그 친구를 남겨두고 엄마가 도망갔다고 했다. 동생은 고아원에 보냈는데, 병원에서 입원비 정산을 해주지 않으면 아버지를 강제로 퇴원시키겠다는 말을 들은 참이었다. 찾아와준 사람은 너뿐이라면서 내 손을 붙잡고 울었다. 학교는 다닐 형편이 안 되니 자퇴하고 서울에 갈 거라고, 일하면서 야간학교를 다닐 작정이라고 했다. 또 놀러 와달라는 말을 들었지만, 다시 가보진 않았다. 반년쯤 후에 나는 그 친구가 어른처럼 화장하고 술집을 드나들더라는 소문을 들었다.

또 한번은 고아원에 있는 친구를 찾아갔다. 더러운 이불 말고는 가구도 하나 없는 큰 방에 내 또래 애들이 웅성거리며 옹기종기 모여 있었는데, 그 친구는 없었다. 어떤 남자애가 담배를 꺼내 보이며 "너도 줄까?" 하고 물었다. 두 시간을 기다려서 겨우 만날 수 있었다. 걔는 학교에 흥미가 없다고 딱 부러지게 말했다. 학교 같은 데 다니지 않아도 원하는 건 다 가질 수 있다면서 가방을 열어 보여줬다. 가격표도 떼지 않은 새 옷들이 가득했다. 운동화도 한 켤레 있었다. 훔친 물건들이었다. 결국 자퇴 원서도 내지 않고 학교를 그만뒀다.

이틀에 한 번꼴로 지각하는 애가 있었다. 변명은 늘 집이 멀다는 거였다. 얼마나 먼지 찾아가보니, 걔네 집은 사람들이 나환자촌이라고 부르는 지역에 있었다. 나환자촌이라고 해도 손가락이나 얼굴 어디가 일그러진 사람들은 보이지 않았다. 어쨌든 그 동네가 시 외곽에 자리해서 버스 배차 간격이 띄엄띄엄한 건 사실이었다. 그 친구네 가족 중에 누군가가 정말 나환자였던 건지는 모르겠다. 묻지 않았다. 설사 나병이라고 해도 유전되거나 전염되지 않는다고 들었지만, 그런 사실을 알고 난 후엔 그 애의 손등이나 얼굴에 난 작은 부스럼 같은 것들이 신경에 거슬리기 시작했다. 어쩌다 팔이 스치거나 하면 움찔거리거나 피하지 않기 위해서 정말로 애써야 했다.

"너희들은 앞으로 뭐든지 될 수 있다."

학교에서 선생님들이 곧잘 그렇게 말했다.

그렇다. 사람은 뭐든 될 수 있다. 대통령, 장관, 변호사, 의사, 발레리나, 우주인, 운동선수만이 아니라 고아와 도둑, 창녀와 병자도 될 수 있다. 나는 반장 노릇이 지긋지긋해졌다. 가난, 병, 실패, 눈물, 우울, 좌절, 절망, 분노…… 세상엔 그런 것들이 넘쳐났다. 나는 때때로 사람이 왜 태어나야 하는지 알 수 없다고 생각했다.

3학년 담임은 남자였고, 영어를 가르쳤다. 이해에도 역시 처음 반편성이 되던 날 임시 반장으로 지명을 받았는데, 나중에 진짜 반장은 안 할 거예요, 3학년이니까 이제 고입 준비만 열심히 하려고요, 하고 담임에게 말했다. 안 팔겠다는 물건은 갑자기 탐이 나는 법인데, 반장 따윈 안 해요, 하는 내 말이 담임에게 그런 기분을 불러일으켰던 모양이다. 담임은 끈덕지게 반장을 하라고 하다가, 반장 선거일에 나를 학습부장으로 지명했다. 그런 다음, 반에서 벌어지는 모든 '학습'에 관련된 활동들을 나더러 책임지라고 했다. 매일 교무실에 들러 자습 시간에 누구 태도가 좋지 않은지 따위를 보고하고, 숙제를 걷고, 학급일지를 작성하는 일들이 돌아왔다. 나는 내 의사를 조금도 존중하지 않는 새 담임이 싫어졌다.

4월 초쯤, 반에서 도난 사고가 있었다. 한 애가 지갑을 잃어버렸다. 한 달 치 용돈이 들어 있었다며 울고불고 난리가 났다. 반장이 담임에게 소식을 전하자, 담임이 득달같이 달려왔다.

"이런 일은 내가 맡은 반에서는 절대 용납할 수 없다! 범인 누구야? 나와! 나오지 못해!"

아무도 나오지 않자, 담임은 우리더러 책상 서랍에 든 것을 책가방에 전부 집어넣고 책상 위로 올라가 무릎 꿇고 가방을 머리 위로 들라고 했다. 평소 학교에 두고 다니는 영어 사전과 참고서가 보태지자 가방은 돌덩이처럼 무거워졌다. 담임은 너희에게 공동의 책임이 있다고 했다. 비유하자면 우리는 전장에 나선 병졸들이고, 전쟁터에서 승리하려면 부대원 전체가 함께 분발해야 하는데, 한 사람이라도 나태하거나 모자라면 그 틈으로 적이 파고들어 전체가 몰살당하는 것처럼, 도둑질이 바로 그런 거라고 했다. 도둑 한 사람이 있어서, 우리는 전부 도둑 떼로 전락해버렸다는 것이었다. 도둑이 나서든지, 도둑을 아는 사람이 나서든지, 아무튼 교실은 정화되어야 했다.

"내 말이 부당하고 어디 한 군데라도 틀렸다고 생각하는 사람이 있으면, 처벌은 관두겠다. 나는 합리적이고 민주적인 사람이니까. 알겠나?"

가방이 정말 무거웠다. 나는 돈을 훔치지 않았다. 남이 한 도둑질을 왜 내가 책임져야 하는지 알 수 없었다. 게다가 이렇게 해서 도둑이 잡히겠느냔 말이지. 나는 책상에서 내려섰다.

"저는 도둑이 아닙니다. 하지도 않은 일로 벌을 받는 건 부당하다고 생각합니다. 범인이 저희들 중에 있다고 하더라도 지금 같은 상황에서 돈을 훔쳤다고 자백할 순 없을 거라고 생각합니다. 남의 고통에 신경 쓰는 양심이나 이런 순간에 모두 앞에 나설 용기가 있다면, 애초에 도둑질을 안 했겠죠. 도둑 한 명을 잡으려고 나머지 무고한 애들한테 죄책감을 강요하시는 것도 옳지 않다고 생각합니다."

담임 얼굴이 시뻘게졌다. 이내 파랗게 변했다가 곧이어 검어졌다. 담임 어깨가 부들부들 떨리더니, 쥐고 있던 몽둥이로 교탁을 쾅 내리쳤다.

"좋다. 전부 책상에서 내려와. 집에 가."

도난 사고는 1학년 때도, 2학년 때도 있었다. 1학년 때 담임은 지갑을 잃어버린 애더러 돈을 되찾는 건 일단 포기하라고 했지만, 나더러 누가 그랬는지 알아보라고 했다. 피해자가 지갑을 마지막으로 본 시간과 잃어버린 걸 깨달은 시간 사이에 뭘 했는지를 되짚어보면, 누가 범인인지 가려내는 건 그리 어렵지 않았다. 학교는 고정된 인원이 드나드는 제한된 공간이니까 용의자가 한정되어 있는 데다 애들끼린 서로의 용돈 사정을 대강 알았다. 매점에서 갑자기 안 쓰던 용돈을 쓰기 시작한 애는 금방 눈에 띈다. 내가 범인을 지목하자, 담임은 그 애를 불러서 장시간 상담했다. 그런 다음, 지갑을 잃어버린 애와 지갑을 훔친 애를 동시에 불러서 상담했다. 지갑을 훔친 애는 두 달에 걸쳐서 이미 써버린 돈을 천천히 되갚았다. 아무런 소동 없이 조용히 처리되었다. 지갑을 훔쳤던 애가 돈을 다 갚았을 때, 담임은 선행상을 줬다.

2학년 때 담임의 경우엔 훨씬 간단했다. 운동회 날이었는데, 응원 도구를 가지러 담임과 함께 들어갔더니 반 애 중 하나가 빈 교실에서 도둑질을 하고 있었다. 담임은 임신한 몸이라고는 믿기지 않을 정도의 속도로 달려갔다. 이런 도둑년을 봤나! 고함을 치고, 때리기 시작했다. 주먹질과 발길질, 따귀가 혼합된 구타였다. 걔는 바닥을 구르며 울고 빌었다. 커서 뭐가 되려고 그래, 이 도둑년, 나쁜 년. 담임이 그렇게 외쳐댔다. 담임이 걔 머리채를 잡아 질질 끌어다가 반성실에 집어넣었다. 어쨌건 도둑을 잡긴 잡은 거였다.

나는 1학년 때 담임에게 도둑질을 하고도 아무런 처벌도 없고, 심지어 선행상을 받는 건 불공평해 보인다고 말했다. 2학년 때 담임에게는 잘못을 했어도 그렇게까지 때렸던 건 너무하지 않냐고 물었다. 1학년 담임이 대답했다. 너희들 앞에는 긴 인생이 있다고. 실수는 용서받고, 행동은 교정되어야 한다고. 나보고 사람의 허물을 덮어줄 수 있는 넓은 마음을 가져야 한다고 했다. 2학년 담임은, 잘못을 어릴 때 고쳐야 앞으로 긴 인생을 제대로 살아간다고 했다. 남에게든 자신에게든, 사소한 것부터 큰 것에 이르기까지 그 어떤 잘못도 용납하지 않는 깨끗하고 똑바른 마음을 가져야 한다고도 했다.

나는 두 대답 중에 어떤 것이 더 옳은지 결정할 수 없었지만, 아무튼 선생님의 행동이나 판단에 의문을 제기하는 일이 잘못되었다고는 생각지 않았다. 그래서 3학년 담임이 애들 앞에서 정면으로 반박당한 일로 화가 났을 거라고는 생각했지만, 복수를 할 거라고는 생각지 못했다.

얼마 안 있어 국·영·수 세 과목만의 모의고사가 있었는데, 반 평균이 별로 좋지 않았다. 담임은 무시무시하게 화를 냈다. 또다시 연대책임이니, 연좌제니, 한배를 탄 공동의 운명이니 했지만, 이번엔 벌을 받는 게 옳다고 생각하느냐고 묻지 않았다. 담임은 과목별로 반 평균을 밑도는 점수를 받은 애들을 '평균 깎아먹는 벌레들'이라고 불렀다. 그런 애들은 의자에 앉을 자격이 없다고, 바닥에 무릎을 꿇고 앉으라고 했다. 나는 국어는 만점이었고, 수학과 영어는 각각 하나씩 틀렸기 때문에 어디에도 속하지 않았다. 담임은 반장과 부반장, 그리고 학습부장에겐 반을 제대로 이끌지 못한 책임이 있으니 대표로 맞아야 한다고 했다. 마대 자루로 허벅지를 열다섯 대 맞았다. 일곱 대를 맞았을 때 마대 자루가 부러졌는데, 담임은 새 마대 자루를 가져다가 숫자를 채웠다. 그러고 나서 교탁 옆에 꿇어앉으라고 했다. 교실을 한 바퀴 돌며 평균 이하 점수를 받은 애들의 손바닥을 다섯 대씩 때리면서, 담임이 말했다. 자기 팔이 얼마나 아픈 줄 아느냐고, 너희 머저리들 때문에 자신이 힘들고 고통스럽다고 고래고래 야단을 쳐댔다. 그런 다음, 담임은 앞으로 돌아와 몽둥이로 반장과 부반장, 그리고 내 머리를 번갈아가며 내리쳤다. 몽둥이는 점차 내 머리만을 두들기게 되었다.

"건방지게, 건방지게."

담임이 한 대를 때릴 때마다 그렇게 말했다. 맞을 때마다 숫자를 셌는데, 스물여섯을 헤아렸을 때 귀에서 이명이 울렸다. 이렇게 맞다가 머리가 깨져서 죽는 거 아닐까, 그런 생각이 들었다. 겨우 종이 울렸다. 벌은 그게 끝이 아니었다. 점심시간과 5교시 자습 시간에 반 전체가 옥상으로 올라가 주먹 쥐고 엎드려뻗쳐를 했다. 옥상은 땡볕이었다. 등이 지글지글 타올랐다. 이마에서 콧등으로 땀이 마구 흘렀다.

이날을 기점으로 나는 하루걸러 한 번씩 담임에게 별 같잖은 이유로 맞아야 했다. 한번은 담임이 성적 1등에서 10등까지인 애들을 교무실로 불러서 하루에 몇 시간 자느냐고 물었다. 나는 여섯 시간이라고 대답했다. 고교 입시가 코앞인데 속 편하게 하루에 여섯 시간이나 자는 게 말이 되느냐면서 뺨을 여섯 대 때렸다. 교무실 한중간에서 말이다. 교무실에서 얻어맞는 건 퇴학까지 당하는 진짜 문제아들뿐이었는데.

당시 학생에 대한 체벌은 교사의 당연한 권리로, 불문율이었다. 때려야 할 정도의 잘못이 무엇인지, 어떤 도구를 사용할지, 얼마만큼의 체벌을 가해야 하는지는 전적으로 교사의 자율적인 판단에 맡겨졌다. 담임이 미워하는 게 나날이 노골적으로 보이자, 반 애들도 금세 나를 피하기 시작했다. 얼마 지나지 않아 반에서 누구도 나에게 말을 걸거나 도시락을 같이 먹자고 하지 않았다. 학교가 감옥이 되었다.

학교를 관둔다는 건 있을 수 없는 일이었다. 전학을 할 수도 없었다. 학교는 지역으로 묶여 있고, 전학을 하려면 이사를 해야 하는데, 나를 위해서 온 가족이 이사한다는 건 당치도 않은 일이었다. 나는 반을 바꾸고 싶었지만, 그것도 허가되지 않는 일이었다. 엄마는 학교에 가서 1학년 때 담임을 만나 도움을 요청했다. 선생님은 나를 동정했지만, 참는 것 외에 다른 방법이 없다고 했다. 내 주장은 중3 담임 한 사람의 잘잘못을 가리는 문제가 아니라, 교사들 전체를 포함한 '교직'과 '교단'의 권위와 위엄을 실추시키는 일이 된다는 거였다. 나는 전체 교단과 교사, 교육 시스템에 의문을 제기할 생각은 없었다. 전체 교단과 교사들을 다 알지도 못했다. 나는 그냥 이 한 선생이 개자식이라는 주장을 하고 있었을 뿐이다. 선생님은 인내심 있게 이런저런 말로 설명했는데, 그에 의하면 학교 시스템과 교사들은 일심동체였다. 우리 가족이 하나이고, 우리 민족이 하나이고, 우리 국민이 하나인 것처럼. 그건 담임이 우리더러 한 사람의 도둑이 섞여 있으면, 자동으로 쉰여섯 명의 도둑 떼가 된다고 말했던 것과도 비슷했다. 내 행동은 나라는 개인의 행동이 아닌 '학생'의 행동이고, 담임의 위신은 그 사람 고유의 품성이나 자질에서 우러나오지 않고 '교단'에서부터 비롯된다는 거였다. 내가 담임이 싫다고 반을 바꾸면 학생이 교사를 선택하거나 평가하는 것처럼 되어, 다른 교사들의 위신이 전부 떨어지게 된다는 거였다. 나 하나 때문에 교사들 전체의 위신을 실추시킬 수도 없고, 나만 예외적으로 취급해줄 수도 없고, 나를 선례로 남겨서 다른 학생들에게 좋지 않은 영향을 줄 수도 없다는 것이었다. 전체는 한 사람보다 크고, 전체가 없다면 개인도 없으니까.

"살다 보면 맑은 날도 흐린 날도 다 있는 건데…… 이런 상황에선 너 자신을 좀 제쳐두고, 무슨 말인지 알겠니? 자기 자신을 미뤄두는, 그런 게 필요한 순간이 있는 거야."

나는 열여섯 살 중학생 여자애였다. 그런데 마흔 살이 넘은 남자에 교사자격증도 있고 결혼도 했고 애도 키우는 어른의 입장에 서서, 어린애가 대든다는 생각이 들면 체면이 깎여서 분한 마음을 매질로 푸는 기분을 이해해야 했다. 자식이 학교에서 문제를 일으키는 걸 보는 엄마의 근심을 이해해서, 내 분노를 접고 더 이상의 분쟁을 일으키지 말아야 했다. 학생이 교사의 권위를 실추시킬 문제 상황을 만든다면

퇴학이든 뭐든 강력한 조처를 단행해서 교사를 보호하고 교단의 권위를 지킬 학교 시스템을 이해해서, 내 의견을 뒤로 미뤄야 했다. 나는 부모와 교사, 학교, 교육 시스템, 어른의 체면을 위해 돌아가는 사회를 이해하고 그 모두와 융합해야 했다.

의견을 말하는 어린 여학생, 내가 그런 존재인 게 문제였다. 문제를 없애려면 나는 어린 여학생이길 관두거나 어린 여학생이 품을 법한 감정과 의견을 가져선 안 됐다. 그런데 그렇게 모든 점에서 나이길 그만두는 걸 다른 말로 죽는다고 하지 않던가?

스승의 날이 되기 전날, 엄마가 와이셔츠를 사 왔다. 카드도 함께였다. '우러러볼수록 높아만 지는 스승의 은혜, 마음 깊이 감사합니다'라고 인쇄된 카드였다. 먹으로 그린 것 같은 바위산 그림도 있었다. 담임에게 갖다주라고 했다.

"어쩌겠니, 약한 사람이 숙이고 살아야지. 더러워도 참고. 그게 사는 거야."

그렇게 말하고, 엄마가 울었다.

이해의 담임이 기록한 생활기록부 평가에 의하면, 나는 리더십이 전혀 없고, 협동심이 현저하게 부족한 데다 분쟁이나 일으키기 좋아하는 반사회적 성격의 소유자였다.

"이 기차는 곧 원주, 원주역에 도착합니다. 두고 내리시는 물건이 없는지 확인하여주시고, 목적지까지 즐거운 여행 되시길 바랍니다. 오늘도 코레일을 이용해주셔서 감사합니다."

일어선 순간, 다리에 약하게 쥐가 나서 다시 주저앉았다.

고등학교 입학식 날 아침, 오른쪽 다리가 펴지지 않았다. 엄마는 나를 택시에 태워 학교로 보냈다. 그날 오후에 갔던 정형외과에서는 다리에 아무런 이상도 없다고 했다. 다음 날도 그다음 날도 다리가 펴지지 않았다. 일주일쯤 지나서야, 무슨 일이 있어도 학교는 가야 한다는 사실을 무릎이 겨우 납득한 양 다리가 펴졌다.

종아리가 찌릿찌릿 울렸지만, 다리를 끌며 일어섰다. 얼른 내려야 했다. 정차 시간이 일 분밖엔 되지 않으니까.

69일

....

　"전쟁도 하려면 다 뭘 알아야 해. 군대가 무식하게 힘만 앞세우는 조직이 아냐. 군대에서 교육도 시켜. 예전에는 지금하고 달라서 못 배운 사람들이 천지에 널려 있었어. 학교라곤 문턱도 못 가봐서 낫 놓고 기역 자도 모르는 사람들, 자기 이름도 못 쓰는 사람들이 수두룩했지. 그런 사람들도 일단 군대 오면, 한글 다 깨쳐주고, 사람 사는 도리도 가르쳐주고, 그렇게 해서 내보냈어. 군대가 실은 학교야. 학교 역할을 다 했어. 나도 수사관 되면서 교육을 많이 받았어. 사람이 범죄를 저지르는 심리 같은 것도 전부 교육받았는데……. 너도 여자니까 내가 말하기 조심스러운데, 실은 여자들은 한 달에 한 번 그때가 오면 도벽이 생길 수가 있거든. 다 그런 건 아니지만 그런 사람도 있단 말이지. 작은 물건들을 저도 모르게 훔쳐 가는 거야. 충동을 통제 못 하는, 그런 심리가 있어. 없는 소리를 하는 게 아냐. 진짜야. 이런 걸 다 군대에서 배웠어."

무슨 소리를 하는가 했더니…….

"아버지도 참 별소리를 다 하네. 오늘 오는 가사 도우미, 제대로 된 인력 사무소에서 소개받은 사람이에요. 대기 리스트에 올려두고 두 달이나 기다렸으니까, 공연히 심술 내서 망치지 마셔."

아버지가 입을 삐죽했다.

"낯선 사람 집에 들이는 걸 그렇게 쉽게 생각하면 안 되지. 애초에 뭐 하러 사람을 써? 청소야 내가 살살 하면 되는 거고. 빨래도 니가 세탁기 사용법만 설명해주면, 내가 알아서 다 할 거고. 설거지는 니들이 저기 설치한 기계로 하면 되는데, 돈 들일 필요가 있어? 집안일 전부 스스로 다 할 수 있는데?"

아버지는 빨랫감이 쌓이면 나를 불러서 세탁기를 어떻게 사용하는지 보여달라고 했다. 세제 넣고, 빨래는 색깔별로 분류하고, 버튼은 여기저기 누르면 된다고 말하다 보면, 내가 빨래를 하게 되곤 했다. 그걸 네 번이나 반복하고 나서야 아버지가 세탁기보다 천배는 복잡한 컴퓨터도 멀쩡히 쓰고 있는데, 이걸 할 줄 모를 리 없단 사실을 깨달았다. 집안일을 혼자 다 할 수 있다고 큰소리치고 있는 입장이니 대놓고 날 시킬 수도 없고, 그렇다고 직접 빨래를 하고 싶진 않으니 '가르쳐달라'는 말로 나를 부려먹었던 거다.

167

그래도 아버지는 내가 없는 사이, 식기세척기 사용법을 익혔다. 밥은 먹어야 하고, 먹고 나면 생기는 빈 그릇을 쌓아두는 데도 한계가 있으니 할 수 없이 쓰게 되었던 모양인데, 써보니 요긴하다고 말했다. 청소는 어쨌느냐고 했더니, 아버지는 무릎에 대해서 얘기했다. 무릎 관절이 아프고, 허리도 아프기 때문에 꼬부리고 앉아서 걸레질 같은 건 할 수 없다고. 집에는 스팀 청소기가 있다. 그건 구부리고 앉아서 걸레질할 필요가 없건만. 내가 스팀 청소기를 돌리기 시작했더니 아버지는 나를 따라다니며 엄마는 청소할 때 그런 거 안 쓰고 걸레를 삶아서, 모서리에서 모서리까지 전부 닦았다는 말을 되풀이했다. 결국 내가 화를 내고서야 아버지는 '엄마가 이렇게 청소했으니 너도 똑같이 하라'는 명령을 멈췄다.

"너 없는 동안에 내가 아주 잘 지냈어. 옷장도 정리하고. 뭐냐, 저기, 바지도 세탁소에다 맡겼어. 전화해서 부르니까 금방 가지러 왔더라고."

"아침에 세탁소에서 그 바지 가지고 왔어. 12,000원이나 달래서 깜짝 놀랐지. 바지를 몇 번 빠느니, 싼 거는 그냥 하나 사겠다. 그 바진 물빨래 되는 거던데, 그런 걸 왜 세탁소로 보내? 세탁소는 수거하고 배송하는 인건비가 포함되니까, 비싸요. 집에서 빨 건 빨고, 그게 안 되는 것만 모아서 세탁소에 맡겨야지."

"내가 인터넷에서 봤는데, 서울 어디서는 와이셔츠 하나에 990원씩에 빨아준다더라. 과정이 다 기계화되고 경쟁이 심해서, 오가는 인건

비니 뭐니 이런 건 안 받고."

"그건 서울에 무슨 대형 체인점 같은 데 얘기고! 거기서야 손님이 직접 갖다주고, 양도 많고 하니까 그래도 되나 보지. 여기 동네 세탁소에서 누가 와이셔츠 하나를 990원에 맡기고 오라 가라 해? 세탁소 하는 사람들이 노예도 아니고. 물정 모르는 소리 좀 그만하셔."

"물정 모르는 소리가 아니고, 인터넷에 기사로 그런 내용이 떠 있었어. 인터넷에서 봤다고."

초인종이 울렸다.

노란 색지에 프린트된 명함을 받았다. 살림 돌보미, 김명진. 가사 도우미란 명칭은 사람들이 얕잡아보고, 나쁜 인식이 번져서 이제 살림 돌보미가 됐단다. 나보다 대여섯 살 정도 많아 보이는 여자였다. 긴 머리를 포니테일로 묶고 있었다. 화장기 없는 얼굴에 네모진 어깨, 네일 케어 같은 건 받지 않는 투박한 손을 지녔다. 어깨에 커다란 가방을 메고 있었는데, 그 안에는 앞치마와 고무장갑, 작업용 바지와 덧버선이 들어 있었다.

일주일에 두 번까지, 한 번에 네 시간씩, 시간당 8,000원. 설거지와 빨래, 청소를 도와주지만 요리는 하지 않는다. 빨래는 세탁기를 이용해서 하고, 과도한 손빨래는 포함되지 않는다. 이불처럼 지나치게 무거운 빨래를 해달라고 요구해서도 안 되고, 가구의 재배치도 요청할 수 없다는 등등의 주의 사항이 적힌 안내문을 받았다. 나는 집 안을 보여줬다. 식기세척기가 있으니까 설거지는 프라이팬 같은 거 나올 때만 하시면 돼요. 베란다는 물청소해주시고요. 화장실은 아버지 쓰는 거 하나만 해주시면 돼요. 설명을 끝내자, 김명진 씨가 물었다.

"페이는 일 끝나고 주시고요? 현금으로 주셔야 하는 거 아시죠?"

"네."

아버지는 김명진 씨가 들어설 때 같이 인사한 뒤에 소파에 앉아서 짐짓 텔레비전을 보는 척하고 있더니, 금방 컴퓨터방으로 들어갔다. 나는 식탁에 노트북을 놓고 자리를 잡았다.

김명진 씨가 일을 시작한 지 삼십 분쯤 지난 뒤에 방에 있던 아버지가 슬그머니 거실로 나왔다. 아버지는 뒷짐을 지고 오락가락 살피더니 김명진 씨에게 말했다.

"청소기 앞 주둥이에 끼우는 뾰족하고 세모난 거, 그게 저기 있는데, 그걸로 거실 소파 옆 모서리마다 먼지 낀 거 좀 깨끗이 치워줘요."

김명진 씨는 예에, 어르신, 알겠어요, 하고 가락을 붙여서 노래하듯 대답했다.

처음 얘기 나왔을 때부터 청소시키려고 사람 부르는 건 낭비라고 주장하고, 김명진 씨가 오기 직전까지만 해도 낯선 사람은 전부 도둑이라더니, 아버지는 그새 기분이 좋아진 듯 보였다. 나는 문득 그 변덕의 이유를 깨달았다. 아버지는 자신이 명령했을 때, 예예, 하고 대답하는 누군가가 있는 상황이 마음에 든 거다.

"현관도 좀 청소를 해주쇼. 거기서 운동화를 노상 벗으니까 흙먼지가 있거든. 저 베란다 뒤에 방비는 있고."

김명진 씨가 또 예예, 하고 대답했다. 아버지가 김명진 씨에게 집이 어디냐, 애들이 있느냐 등등의 신상털이 질문을 시작했다. 김명진 씨는 청소기를 돌리는 사이사이에 집은 일산동이고요, 버스 타면 금방 가요, 막내가 아주 늦둥이라 초등학생이고요, 애들 아빠는 건축 일 하는데 요새 경기가 안 좋아서요, 하고 대답을 이어갔다.

32,000원을 넣은 봉투가 얇았다. 교통비도 식비도, 물론 4대보험도 없는 야박한 임금.

돈이 너무 적잖아? 돈이 너무 많지 않아?

완전히 상반된 두 가지 생각이 동시에 들었다. 이 집을 깨끗하게 청소하고 빨래하는 건 엄마의 일이었다. 엄마의 노동을 이 돈으로 계산해도 되는 걸까? 아버지로 하여금 엄마가 했던 청소와 빨래를 네 시간에 끝나는 32,000원짜리 일이었다고 생각하게 하고 싶지 않았다. 하지만 앞으론 이 금액이 고정된 생활비가 된다. 아버지 입장에선 저렴해야 좋다. 아버지의 비용과 엄마가 했던 가사 노동의 가치를 저울질하고 있자니 속이 답답해졌다. 냉장고에서 내 몫으로 사둔 오렌지 주스 두 병을 꺼내 보탰다.

171

70일

················

고등학교 1학년, 3월의 어느 날, 수학 시간이었다. 선생님은 송아지 같은 둥근 눈을 가진 남자로, 사범대학을 막 졸업하고 부임한 스물일곱 살 신참이었다. 전날에 수학 문제집 몇 페이지 풀어 오라는 숙제를 내줬는데, 다섯 명이 해 오지 않았다. 나도 그중에 끼어 있었다. 벌은 손바닥 다섯 대였다. 내 차례가 되었다.

"어제 머리가 아파서요, 할 수가 없었습니다."

선생님이 그건 변명이 되지 않는다고 했다.

"숙제는 수학 능력을 향상시키라고 내주신 거 아닌가요? 지금 손바닥을 다섯 대 맞는다고 해서, 제가 모르는 수학 공식을 하나 더 이해할 수 있기라도 한가요?"

수학 선생님은 당황했다. 원래 말을 살짝 더듬었는데, 애처로울 정도로 버벅거리며 말했다. 숙제에는 복습을 통해서 배운 것을 확실히 익혀두는 의미 외에도 선생님에 대한 약속이 들어 있다고. 내가 선생님과의 약속을 깼으니 그에 상응하는 벌을 받아야 한다는 거였다.

"하지만 말씀드렸잖아요. 그냥 하기 싫어서 안 한 게 아니고, 어제 아파서 못 한 거예요. 어쩔 수 없이 못 한 건데도 벌을 받아야 하나요?"

그런 다음, 나는 기회가 없어서 어떤 선생님에게도 묻지 못한 것을 물었다.

"선생님은 학생을 때리지 않으면 수학 못 가르치세요?"

수학 선생님의 얼굴이 하얗게 질렸다.

"선생님은 약속에 대한 신뢰를 말씀하시는데, 정당한 이유가 있어서 못 해 왔다고 하는데도 무조건 때리겠다고 하시는 건 저를 못 믿어서 그러시는 거 아닙니까? 선생님이 먼저 저를 믿지 않으시는데 어떻게 제가 선생님을 믿나요?"

선생님은 앉으라고도 서라고도 하지 않고, 그래도 내가 널 때려야겠다고도 하지 않은 채로, 그냥 어찌해야 좋을지 모르겠다는 얼굴로 나를 쳐다봤다. 한참 대답을 기다리다가, 나는 교실을 나왔다. 수업이 끝날 때까지 옥상에서 시간을 보내면서, 이번 일로 누가 뭐라고 하면 학교를 관둬버리겠다고 결심했다. 고교 졸업장은 검정고시로 따면 될 거라고 생각했다.

수업이 끝나는 종소리가 울리기에 가방을 챙겨서 집에 가려고 교실로 돌아갔는데, 반장이 나더러 교무실에 가보라고 했다. 수학 선생님이 기다릴 거라고. 학교를 관두겠다는 거창한 결심이 무색하게, 수학 선생님은 온건한 어조로 나를 타일렀다.

"뭔가 잘못된 인상을 준 것 같은데, 절대 너희를 체벌하는 것이 목적이 아니고, 수학을 더 잘 가르치려고 성의를 다하다 보니까 그런 거야. 그렇지만 수업도 안 듣고, 그렇게 뛰쳐나가는 행동도 잘한 건 아니니까 너도 반성하고. 앞으론 이런 일 없도록 하자."

수학 선생님은 이후로 애들을 때리지 않았는데, 그 사실을 애들이 전부 알았다. 학생을 체벌하지 않는 좋은 선생님이 아니라, 무슨 짓을 해도 때리지 못하는 호구가 되었다. 수학 시간은 언제나 머리 위에서 이래라저래라 하는 교사 중 한 명을 골려줄 수 있는 시간이었다. 수학 숙제는 아무도 해 오지 않았다. 수학 선생님은 스승의 날, 포르노마냥 상스러운 표현으로 가득한 연애편지를 받았다. 수학 시간이면 애들은 떠들어대고, 다른 과목 숙제를 했다.

2년 후, 3학년이 되어서 나는 교지 편집위원으로 활동했는데, 같은 부의 1학년 후배가 그 수학 선생님을 '미친개'라고 불렀다. 수업 시간에 떠들거나 점수가 나쁘거나 숙제를 안 해 오는 등의 작은 꼬투리라도 잡으면, 이유 불문하고 미친 듯이 팬다고.

수학 선생님이 미친개로 변한 데는 내 탓도 좀 섞여 있을까? 지금 생각해보면, 수학 선생님의 대처는 어지간히 순진한 것이었다. 그건 교단

174

에 서본 경험이라곤 교생실습 정도가 전부였기 때문이기도 했을 것이고, 동시에 이해가 1987년의 6·29 선언으로부터 1년이 지난 1988년이라서 가능했던 일이기도 했다. 전국교직원노동조합이 출범한 것이 89년이다. 교사들 중에는 교직에 따라붙는 권위를 내려놓고, 지식을 전달하는 노동자라 자처하고, 학생들에게도 인권이 있다고 주장하는 사람들이 생겼다. 교사의 권위는 몽둥이가 아니면 지킬 수 없다는 체벌 지상주의에 대한 비판도 나오기 시작했다. 수학 선생님의 체벌에 대한 애매한 입장은 그런 분위기에 영향을 받았던 탓도 있을 것이다. 어쨌든 내가 학교에서 매질의 위협을 당한 건 그 수학 시간이 마지막이었다.

수학 선생님과 충돌한 이후 나에겐 모종의 평판이 생겼다. 2, 3학년 때의 담임은 같은 사람이었는데, 서른 전후의 여선생님으로 다행히 내 평판에 호의적인 편이었다.

2학년 때, 나는 반장이었다. 여름방학이 시작되기 한 달쯤 전, 아침 조회가 끝나고 나는 교무실로 불려 가 담임으로부터 보충수업 동의서 뭉치를 받았다.

지나친 사교육 열기를 억제하라는 정부 방침에 협조하는 차원에서, 학생들이 방학에 학원을 다니거나 과외를 하지 않아도 되도록 선생님들이 방학 교실을 연다고 했다. 일정한 비용을 내고, 자율적으로 참가 여부를 결정할 수 있었다. 보충수업비는 15만 원 정도였나? 학원비나 과외비에 비해선 저렴했지만, 국·영·수만으로 이루어진 지독한 시간표였다. 하루에 영어 두세 시간, 수학 두세 시간, 국어 한두 시간을 합해서 돌아가는 뺑뺑이 시간표. 방학의 몰수였다. 심지어 영어는 선행학습을 예고했다. 예습이라는 명목으로 진도를 빼겠다는 건데, 그러면 안 할 수도 없었다. 말만 선택과 동의에 의한 자율이지, 완전 강제였다.

보충수업 동의서를 교실에 가져가 나눠 주자, 삽시간에 불만이 폭발했다. 이럴 거면 방학이란 말을 쓸 필요가 없다. 이미 집에서 따로 받는 과외가 있다. 여행을 하고 싶다. 돈이 없다. 방학은 방학답게 놀고 싶다……. 애들이 저마다 떠들어댔다. 다른 반 반장들에게 물었는데, 상황은 비슷했다.

나는 보충수업에 아무 불만도 없었다. 나는 원래 학원 교습도, 과외도 받지 않았다. 방학 중에 아버지 휴가 일정에 맞춰 가족들 전부 아버지 부대 관사에서 일박 정도를 할 예정이긴 했지만, 딱히 여행이랄 수도 없었다. 보충수업과 겹치면, 엄마는 나더러 집에 남아서 공부하라고 할 터였다.

동의서를 걷는 기한은 3일이었다. 3일 내내 불평을 들었다. 제출하지 않는 애들도 많았다.

3일째 되던 날, 담임에게 이만저만해서 애들이 동의서를 못 내겠답니다, 다른 반도 비슷해요, 하고 전했다. 내 의도는 담임이 그 말을 들고 애들에게 정신 똑바로 차리라고 한바탕 야단을 치면, 동의서를 걷을 수 있겠다는 거였다. 담임은 교실에 가서 애들을 자리에 앉히고 기다리라고 했다. 나는 교실로 돌아와 너희가 보충수업을 하기 싫어한다고 담임한테 말했다고 했다. 이후 보충수업에 대한 불만이 있거들랑 담임에게 직접 풀라고. 사방에서 공포에 찬 비명과 욕설에 가까운 반발의 말들이 쏟아졌다. 왜 선생님에게 일러바쳤느냐는 거였다. 담임이 생활기록부에, 동의서 안 내겠다는 애들에게 나쁜 말이라도 써서 평생 기록으로 남으면 책임질 거냐고. 당연히 못 진다. 그런 게 무서우면 보충수업을 하겠다고 하던가, 나는 되받아쳤다. 뒤에서 불평만 늘어놓는 건 어지간히 해둬, 하는 참에 담임이 들어왔다. 담임의 등장과 동시에 소란은 거짓말처럼 사라졌다. 담임이 보충수업을 하기 싫으냐고 물었다. 아무도 대답하지 않았다. 담임이 반장이 대표로 말해보라고 했다. 나는 잠깐 갈등했다. 저는 할 건데요, 동의서에 부모님 도장도 이미 다 받아 왔어요. 안 하겠다고 불평하는 애들 명단을 적어드릴까요? 그런 말을 할 수는 없었다. 가재는 게 편이고, 초록은 동색이고, 새들은 전부 깃털을, 물고기는 모두 비늘을 지녔으니, 교사가 교사 편을 들어야 한다면 나는 학생 편에 서야 했다.

"학교 측에서 보충학습을 자율적으로 시행한다고 하지만, 진도를 나가게 되면 강제입니다. 보충학습비가 없어서 신청 못 하는 사람에겐 불이익이 되지 않습니까? 꼭 이런 이유가 아니어도 고등학생으로서 보낼 수 있는 여름방학은 세 번뿐인데, 그 시간을 어떻게 보낼 것인지 선택권 정도는 있어야 한다고 생각합니다. 공부도 중요하지만 가족 모임이나 여행 같은 다른 일들을 하는 것에도 가치가 있을 수 있고요."

화를 내리라던 내 예상과 달리 담임은 그게 너희들 뜻이냐고 차분하게 다시 물었다.

"네. 적어도 제 의견은 그렇습니다."

그날 오후에 나는 다른 반 반장들과 함께 교장실로 불려 갔다. 교장과 교감이 학생들의 집단행동 따위는 용서할 수 없는 일이라고 화를 내고 있었다. 우리와 같이 들어간 담임이 학교 수업에서 '학생의 참여권'을 인정해줘야 한다고 주장했다. 담임 말에 의하면, 학생은 학교 시스템의 객체가 아니라 학교를 구성하는 중요한 주체였다. 학교는 학생을 위해서 존재하고, 학생이야말로 교권의 참된 근원이고, 학생들 개개인의 잠재력을 최대한 끌어내는 것이 교사들이 할 일이고, 그러자면 학생들의 판단력을 신뢰해서 선택의 자유를 부여하는 것부터가 필요하지 않은가. 그런 말을 했다.

교육 주체로서의 학생?

나는 보충수업을 하기 싫다고 끝없이 불평을 터뜨리다가, 멍석을 깔아주니 담임한테 찍힐까 봐 새파랗게 질려서 입을 닥쳐버리던 반 애들을 떠올렸다. 그날에 이르기까지 아무도 나에게 학생이 교과 진도나 수업 계획에 주체적으로 참여해도 된다고 말해준 적이 없었다. 내가 그렇게 할 수 있고, 해야 한다는 생각도 해보지 않았다. 줄을 서라, 똑바로 앉아라, 시험을 쳐라, 떠들지 마라, 외워라, 반항하지 마라. 학교에서 듣는 것은 명령이요, 배울 것은 복종이었다.

거기다 나는 그 며칠 동안, 교무실에서 선생님들끼리 하는 얘기를 얼핏 엿들어서 보충수업비가 선생님들에게는 보너스처럼 주어진다는 사실을 알고 있었다. 정규 교육 과정이 아니니까, 학생들이 내는 보충수업비는 참여하는 학생들의 숫자에 비례해서 학교와 선생님들이 나눠 가지는 듯했다. 보충수업은 시간이 정해져 있기 때문에, 학생 수가 많을수록 수업비는 많이 걷힌다. 자율로 해서 빠지는 애들만 늘어나면, 선생님들의 수입은 줄어들 수밖에 없었다. 담임의 행동은 자신의 경제적 손실을 감수하고, 보충수업에 찬성하는 다른 동료 교사들과의 갈등을 각오하고, 상사인 교장에게 밉보이는 완전한 희생이었다. 담임은 '학생을 위해서' 행동하고 있었다. 그건 비늘 없는 물고기, 깃털 없는 새처럼 희한한 일이었는데 보고 있자니 마음이 크게 움직였다. 나는 주체적인 사고가 가능한 빠릿한 학생처럼, 선택의 자유를 달라고 말하는 것으로 담임을 거들었다.

몇 차례 면담과 회의 끝에 교장이 물러났다. 보충수업에서 진도를 나가겠다는 부분은 사라졌고, 복습만으로 구성된 수업 계획이 발표되었다. 참여에 대한 선택은 완전히 자유에 맡겨졌다. 보충수업을 하기 싫은 애들은 부모의 도장을 훔쳐다가 불참 확인서를 만들어 왔다. 부잣집 애들은 학교 보충을 거부하고 개인 과외나 그룹 과외, 학원으로 갔다. 그렇게 해서 남은 우리 반 보충수업 참여 인원은 열 명가량이었다. 수업 때, 워낙 적은 숫자라 다들 교탁 주변에 몰려 앉았다. 보충수업 첫 영어 시간에 선생님이 나를 똑바로 쳐다보며 말했다.

"요즘 학생들 중에 건방지고 무식한 것들이 있어서, 선생님 무서운 줄 모르고 애들 선동이나 해서 학습 분위기를 흐려. 하여튼 세상이 어찌 되려는지."

고 3 가을, 그간 풍문으로만 떠돌던 비평준화 조치가 시행되리라는 발표가 있었다.

애초에 고교는 선택제였다. 원하는 학교에 지원하고 시험을 쳐서, 합격점을 받으면 입학할 수 있었다. 모든 게 부족했던 시절에 생긴 최초의 학교들은 시간이 지나면서 명문이 되었다. 명문고 출신들은 사회에 나와 학맥을 형성하고, 후배들을 이끌었다. 오래된 전통을 가진 학교는 신생고보다 상대적으로 졸업생을 많이 배출했고, 그만큼 많은 졸업생들이 수도권 명문 대학이나 사회 고위직에 진출할 수 있었다. 학연과 지연은 신분 상승에 이르는 사다리였다. 학교는 서열화했다. 살인적인 경쟁률을 통과해서 명문 중·고교에 가려고 공부하다가 미치고 자살하는 아이들과 사교육비의 증가로 허리가 휘는 부모들을 입시 지옥에서 해방시키고자, 고교 평준화가 시행되었다. 학생들이 일단 시험을 먼저 치르고 일정한 합격점을 받으면, 그 뒤에는 거주지를 바탕으로 한 추첨을 통해서 학교를 적당히 배분하는 방식이었다.

나는 고교 평준화 세대였다. 내 모교는 역사가 짧은 신생 사립고였다. 이 학교에 배정받았을 때 엄마 친구들이 전부 동정을 금치 못했다. "재수가 없었구나"로 시작해서 "그 학교도 많이 좋아졌다더라" "어딜 가든지 공부는 다 자기 할 탓이지" 하는 데 이르기까지 다양한 위로를 받았다. 평준화 시절에도 그런 식으로 은근한 차별이 있었는데, 비평준화되면 우리 학교는 삼류로 전락할 가능성이 컸다. 나는 물론 비평준화에 반대했다. 그렇지만 어느 정도로 반대해야 적절했던 걸까?

나는 고 3이었다. 아침 7시까지 학교에 가야 했다. 0교시 자습부터 시작해서 야간 자습이 끝나는 저녁 9시까지 학교에 매여 있었다. 학교가 끝나면 봉고차에 실려 독서실로 갔다. 거기서 숙제하고 집에 가면 자정 무렵이었다. 씻고, 다음 날 학교 갈 가방을 챙기면 새벽 1시나 2시. 7시까지 학교에 가려면 5시 반엔 일어나야 했다. 인터넷도 스마트폰도 없던 시절이었다. 고 3의 1년, 나는 세끼 밥을 먹고, 먹은 것을 똥과 수학 공식, 영어 단어로 바꾸는 나날을 보냈다. 대입을 통과해서 고등학생이길 관두지 않고선 그 수험 지옥을 벗어날 도리가 없었다. 나는 재수 같은 건 절대 하고 싶지 않았다. 내가 대입에 실패하면, 엄마도 아버지도 크게 실망할 터였다. 그런 일도 원하지 않았다. 그때까지의 성적을 기준으로 볼 때, 나는 어떤 대학이냐가 문제지 대학을 가는 것만은 확실했다. 고교 졸업으로 끝날 친구들이나 대학을 못 간 선배들, 미래에 들어올 후배들이 삼류고 졸업자나 진학자로 낙인찍힌 다고 해도 그들 사정이지 내 일은 아니었다. 나 자신의 수험 공부를 미루고, 시위하기 위해 길거리로 나서자고 할 만큼 반대해야 했을까?

비평준화에 대한 선생님들의 반응은 격렬한 반대였다. 사립학교 교직원은 전근 같은 게 없다. 나는 선생님들이 삼류 학교의 삼류 학생들을 가르치는 삼류 교사로 불리는 게 싫어서 저러는 거라고 생각했다. 물론 선생님들은 그런 얘기는 전혀 하지 않았다. 선생님들이 해준 얘기는, 학교가 삼류가 되면 너희도 삼류가 된다는 거였다. 나중에 어디가서 평준화 시절에 입학했다고 일일이 변명 같은 거 하고 다닐 수 있겠느냐고. 학생들 사이에선 애교심의 폭풍이 몰아쳤다.

2학년 때 보충수업 소동 이후로 복도에서 인사를 해도 아는 체도 하지 않던 영어 선생님은, 평준화 폐지 발표가 있었던 직후 수업 시간에 학교를 사랑하는 순수한 학생들의 마음에 대해서 열변을 토하더니 갑자기 나를 지명해 일으켜 세웠다. 이런 커다란 위기를 맞는 너희들의 생각이 궁금하다는 거였다. 시원하게 말해보라고 하기에 대답했다.

"사회에 어떤 일이 있어도 학생의 본분은 공부니까요. 더구나 저희는 고 3이고, 입시는 일생의 전환점이니까, 분위기에 휩쓸려 우왕좌왕하지 말고 진도 나갔으면 좋겠습니다."

수업이 끝나고, 나는 몇몇 친구들로부터 배신자 소리를 들었다. 오후엔 담임이 교무실로 불렀다. 영어 선생님이 내 대답을 담임에게 전했던 거다. 이기적인 말로 분위기를 흐린다고. 담임은 우리가 직면하고 있는 상황은 다만 우리 학교 하나의 위상에 관한 문제가 아니라고 했다. 학교가 계급화하면, 이후 원주에서 고교에 진학하려는 학생들이 전부 과도한 경쟁에 시달려야 하고, 평등한 민주 시민 육성의 온상이 되어야 할 학교가 오히려 사회 불평등 심화의 한 축이 될 거라고 말이다. 서로가 서로를 경쟁자로 삼아, 계급의 사다리를 한 칸이라도 더 기어오르려고 무자비하게 걷어차고 짓밟는 사회가 온다고, 장래에 그런 곳에서 살고 싶으냐고, 이런 중요한 문제에 있어서는 자신의 이득을 제쳐두고 나서는 연대 정신이 필요하다고 했다.

"너 자신만 생각하는 건 잠시 뒤로 제쳐두고……."

담임이 그렇게 말했다. 그건 중학교 1학년 때의 담임이 열여섯 살이던 내게 해줬던 말이기도 했다. 매일 개처럼 얻어맞고, 친구도 하나 없이 엄마도 나를 보호해주지 못하는 1년을 보낼 때, 나는 거의 광기와 자살 직전까지 갔었지만 어쨌든 참아보라는 얘기를 그런 말로 들었다. 담임에 의하면 나는 국가의 백년지계를 생각하는 교육부 장관처럼, 수험 지옥에 빠져서 고생할 미래의 수험생들처럼, 과도한 학업 스트레스로 인성이 피폐해진 애들의 부모처럼, 삼류라는 낙인이 찍힐 학교에 들어와 입학식부터 패배감에 젖을 학생들처럼, 그런 학생들과 씨름할 선생님들처럼, 학맥에 얽매여 후진적으로 남아 있는 대한민국을 진정으로 발전시키고 싶은 미래 세대처럼 생각해야 했다. 나는 나 자신을 뺀 모든 것이 되어야 한다는 거였다. 그 모두가 내 생각이나 내 장래나 내 입장은 물론이고, 나라는 존재를 전혀 모른다고 해도.

나는 이 선생님을 존경하고 좋아했다. 그래서 왜냐고 묻지는 않았다.

나는 자신이 학교의, 학교를 포함하는 교육 시스템의, 교육 시스템을 주관하는 국가의 일부라는 걸 알고 있었다. 그렇지만 동시에 학교가 나의 일부이기도 했다. 학교 입장에서 내가 무수한 학생 중 하나였다면, 내 입장에선 고교가 내 긴 인생의 한 조각이었다. 나는 세계의 일부지만, 세계가 나의 일부이기도 했다. 전체는 부분보다 크다. 세계가 나보다 크다면, 나 역시 세계보다 크다. 사람은 그 스스로에게 종합이자 전체가 되니까. 작은 것을 위해 큰 것을 희생하는 게 옳지 않다면, 자신의 한 부분을 위해서 전체인 자신을 버리는 일은 어떤 점에서 옳은가? 집단과 개인의 관계는 최소한 상호 교환이어야 하지 않을까? 집단이나 세계가 그 자신을 구성하는 하나하나의 개인을 위해서 작동할 때만이, 개인도 자기 자신을 최대한 실현하는 것으로 집단과 세계에 헌신해서 합치할 수 있는 거 아닐까? 어째서 개인만이 항상 집단을 위해 희생하고, 헌신하고, 부서지고, 학대당하고, 말살되는 입장에 서야 하는 걸까?

이해에 나는 학생회 활동도 하지 않았고, 학급위원도 아니었다. 학생이나 학교나 동급생들의 대표가 되어 발언하거나 선택하지 않고 그저 상황이 흘러가는 대로 휩쓸릴 수 있었다.

어느 날 오후에 '학생들의 동요가 수습할 수 있는 한계를 넘어섰으므로 하교 조치한다'는 방송이 나왔다. 애들 사이에서는 시위하는 데 안 나가면 결석 체크가 될 거라는 소문이 돌았다. 우리는 구호도 외치고 노래도 부르고 시가행진도 했지만, 시위는 찻잔 속 태풍으로 그쳤다. 예전 명성을 찾으려는 명문고와 그간의 실적을 바탕으로 명문고의 위치를 넘보는 고교들은 움직이지 않았다. 명문고에 자식을 보내려는 학부모도, 명문고에 입학하고 싶은 학생들도 호응하지 않았다. 공립학교 교사는 공무원이나 마찬가지로 집단행동을 할 수 없으니 애초에 논외였다. 〈강원일보〉 사회면에 무분별한 학생들이 새로운 교육 정책에 반대했다는 둥의 짤막한 기사가 하나 실렸다. 우리 학교의 그해 대학 진학률은 최악이었다.

대입 원서를 쓰기 위해 학부모 면담을 할 때, 담임은 나를 더 큰 세계로 보내야 한다는 말로 비용 때문에 망설이던 엄마를 설득했다. 서울엔 뭐 하러 가는지 모르겠다는 내게 선생님은 더 넓고 큰 세상에 가서 더 많은 일을 겪고, 더 많이 배워서, 더 큰 사람이 되라고 했다. 커다란 자신이 되기 위해서는 작은 자신을 버리고 다시 태어나야 한다고도 했다. 알을 깨고 태어나는 새처럼 껍질이 깨지는 아픔을 감수하라며, 국어 선생님답게 헤세를 인용했다.

커다란 자신을 위해 작은 자신을 죽여라.

몽둥이로 혹은 애정 어린 말로, 이 오래된 세계가 나에게 그렇게 권했다.

🍃

중학교 졸업식 날, 담임은 애들을 한 사람씩 나오게 해서 악수한 다음 졸업장을 나눠 줬다. 고등학교 가서도 잘 살아라, 공부 열심히 해라, 그런 말을 지껄였다. 다른 애들이 졸업장을 받는 사이, 나는 뒷문으로 나왔다. 담임과 악수를 해야 받을 수 있다면, 졸업장 따위 필요 없었다.

그 담임을 고등학교에 들어가고 얼마 되지 않아서, 친구하고 시내를 걷다가 만난 적이 있다.

"여어, 최석희!"

얼굴엔 반가운 미소까지 지은 채 담임은 나에게 악수라도 하자는 듯이 손을 내밀었다. 청소년 드라마나 소설에 등장하는 과거의 문제아 제자를 만난 엄하고도 자애로운 선생이라도 된 듯한 태도였다. 같잖은 수작이었다. 침을 뱉어주고 돌아섰다.

나는 언제나 그냥 나일 수밖에 없었다. 좀 삐뚤어지고 모나고 작은 자신인 채로, 그 어떤 심각하고 진지한 일에도 연루되지 않고, 작은 일에 집착하고, 사소한 욕망들을 간직하면서, 가끔 황당무계하거나 우

186

스꽝스러운 일들을 겪고, 이 세상이 생겨먹은 그대로 굴러가는 데 몸을 싣고, 나 역시 있는 그대로의 나 자신으로 살아가고 싶었다. 그렇게 살면 안 될 이유는 또 뭐란 말인가?

　나는 연애소설을 쓴다. 텅 빈 머리에 얼굴만 예쁜 주인공들이 사랑에 빠지는 얄팍한 스토리엔 한 조각의 현실도, 심오한 이론도, 고상한 철학도 없지만, 결말은 언제나 해피엔딩이다.

71일

....

아침 7시 반이라 꽤 이른 시간인데도 채혈실에는 이미 네 명의 대기자가 있었다. 어딘가 부석하니 잠이 덜 깬 얼굴의 임상병리사 둘이서 사람들 피를 뽑았다. 채혈실 구석에 채뇨 용기를 두는 자리가 있었다. 거기서 지린내가 풍겼다. 대기실에 있는 사람들은 나를 빼면 전부 노인이라, 노인 냄새가 흥건하게 공기 중에 고여 있었다.

"이런 수치라면 투석을 해야 하니, 준비하세요."

장례식이 끝난 직후에 소희 언니가 아버지와 병원에 갔다가 그런 말을 듣고 왔다. 다른 내용은 없었다. 상담 시간은 오 분도 되지 않아서 언니는 어떻게 준비를 하라는 건지, 상태가 어느 정도인지 자세한 말은 듣지 못했다. 그러고 나서 곧 호주로 돌아갔다.

아버지는 담당 의사가 젊은데도 예의 바르고, 아주 친절하다고 했다. 아버지가 말하는 '친절'이란 매달 오라고 했다가, 꼭 그렇게 자주 와야 하느냐고 되묻자, 그러면 세 달에 한 번 오라고 바꿔주는 친절이었다. 그 의사는 비싼 검사 같은 것도 시키지 않는다고 했다. 의사는 환자를 치료해야 하지만, 환자더러 최선의 치료를 받아야 한다고 설득해줄 의무는 없다. 그렇지만 고령인 아버지가 투석을 얼마나 잘 견딜지 알 수 없고, 의외로 빨리 체력이 고갈되면 요양병원으로 옮겨야 할지도 몰랐다. 투석을 하느냐 마느냐는, 아버지 여생 전체의 질과 관련된 문제였다. 의사가 환자를 가족처럼 생각할 수는 없겠지만, 그래도 투석을 하라는 폭탄을 떨어뜨릴 때는 최소한 오 분보다는 더 길게 상담해줄 성의가 있어야 하지 않나 생각했다. 은희랑 의논해서 주치의를 바꾸고, 예약을 새로 잡았다. 새 의사는 자기가 이제 막 담당이 되었으니 바로 말하기 어렵다면서, 일단 몇 가지 검사부터 더 해보자고 했다.

의사를 바꿨다고 말한 시점부터 아버지는 분노했다.

"의사들은 다 똑같아. 전부 삼십 초에 한 명씩 환자 받고 내보낸다고. 새 의사라고 뭐가 다르겠어? 내가 만난 의사들이 전부 그런데, 뭐가 달라진다고 번거롭게 바꾸니 마니 해?"

막무가내로 화를 내는 아버지에게 투석을 하게 될 경우, 요양병원에 가야 할지도 모른다는 말까지 해가며 몇 번이나 싸워야 했다. 그렇게 억지로 끌려와 받게 된 검사니, 아버지는 못마땅한 기색을 감추지도 않는다.

전광판에 아버지 번호가 들어와, 임상병리사 앞으로 갔다. 노란 고무줄이 팔에 둘리자 아버지가 고개를 돌려 주사기를 외면했다. 검붉은 피가 주사기를 채웠다. 임상병리사가 소변 컵과 끝이 세모진 투명한 원통 모양 용기를 주면서, 컵에는 처음의 소변을 받고, 원통형 용기에는 중간의 소변을 받아오라고 말했다. 아버지가 불평했다.

"피를 얼마나 많이 뽑는지 몰라. 번번이 뽑는다고, 번번이."

채뇨는 그리 오래 걸리지 않았다. 소변 컵을 제출하고, 아버지와 나는 영상의학과로 향했다.

엑스레이와 시티 촬영 다음은 전립선 검사였다. 검사가 모두 끝나면 집으로 갔다가, 반차를 내고 오는 은희랑 다시 와서 신장내과 의사를 면담할 예정이었다.

겨우 8시를 좀 넘긴 시간이었는데, 영상의학과는 이미 인산인해였다. 수십 명의 노인들이 대기실을 가득 메우고 있었다. 간호사들과 조무사들이 분주하게 오가며 쉴 새 없이 이름을 불러댔다. 어디 시골 마을이 통째로 건강검진을 받으러 온 것 같았다. 아버지는 엑스레이를 미루고 시티부터 찍기 위해, 가운으로 갈아입은 채 대기실 앞 긴 의자에 앉았다. 부루퉁한 얼굴로 앉아 있다가, 아버지가 말문을 열었다.

"내가 어렸을 때는 어디가 아프고 그러면, 배가 아프다, 열이 난다, 감기가 왔다, 뭐가 됐든 아프면 무당을 불렀어. 그걸 당골네라고 했거든. 밤이고 낮이고 부르면 달려와서 한바탕 푸닥거리를 해주고 가고 그랬다. 쌀 한 됫박씩 쳐주면 됐는데."

"그런 걸로 병이 나아?"

아버지가 어처구니없는 걸 묻는다는 표정을 지었다.

"그럴 리 있냐. 그런 걸론 아무 병도 못 고쳐. 병원도 없고 의사도 없고 시골이라 아무것도 없는데, 아프다고 뒹굴고 울고불고하고 있으면 아무것도 안 할 순 없으니까. 마음에 위안이나 될까 해서 하는 짓이지. 옛날엔 그런 게 많았어. 너는 모르겠지만 학질이라고 있어. 덜덜 떨고 열 펄펄 나는 병. 그게 걸리면 밥을 잔뜩 먹여가지고 종일 일을 시키는 거야. 바쁘면 병 생각 잊어버린다고. 이런 것도 있어. 깜짝 놀라게 하면 병이 떨어진다. 그래서 낮은 언덕 같은 데서 확 떠밀기도 하고. 시골 사람들이 무식했던 거지. 약이 있긴 했어. 키니네라고, 아주 써. 얼마나 쓴지, 지독했는데, 그런 약이 있었어. 그러다 군대에 가니까……."

아버지는 나날이 수다스러워지고 있다. 잠시라도 틈이 나면, 자신의 과거에 대해서 혹은 과거에 듣고 보고 겪었던 일들을 끊임없이 얘기한다. 지금처럼 싫은 일을 강요당하는 순간이면, 얘기하려는 욕망은 더 거세진다. 대부분은 군대 얘기지만, 어려서 학교에 메고 다니던 책보자기가 어땠다든가, 흰밥은 고사하고 보리쌀도 없어 감자나 고구마를 점심으로 싸가지고 갔다든가, 월사금을 못 내서 선생님한테 따귀를 맞은 적이 있다든가 하는 유년기의 기억들도 포함이다.

두서없는 것 같아도 아버지의 이야기엔 주제가 있다. 어려웠던 유년기와 시련의 청년기를 넘어서 군대에 들어가 엄마와 더불어 당당한 삶을 얻었다, 라는 것의 반복이니까. 그런 이야기를 통해서 병들고 늙은 현재의 자신을 잊는 거다. 아버지에게 과거는 현실을 대체하는 가상현실이다. 그런데 아버지의 가상현실이 작동하려면, 아버지를 향해서 늙고 병든 홀아비라고 자꾸만 일깨우는 장성한 딸이 없어야 한다. 온갖 이야기를 다 하지만, 아버지는 그 어떤 순간에도 나와 관련되거나 나와 공유했거나 나를 끼워 넣는 얘기는 하지 않는다. 나는 삭제된다. 아버지 옛날 얘기를 오래 듣고 있으면, 숨이 막힌다. 내가 지금 막이 지구별에 도착한 외계인이라도 되는 양 아버지가 나를 향해 병원의 장점에 대한 설명을 덧붙였다.

"이제는 아프면 전부 병원에 가면 되고, 병원은 과학이야. 의사들도 청진기 대고 뭐 물어보고, 이런 게 싹 다 사라졌어. 우선 피부터 뽑자고 해. 그걸로 이것저것 다 검사해서, 콤퓨타로 분석해가지고 상태를 말해주는 거지."

간호사가 아버지 이름을 불렀다. 아버지가 촬영실로 들어가고, 나는 계속 복도에 앉아 있었다. 멀찍이서 간호사가 권순자 씨, 김복례 씨 같은 옛날식 이름들을 줄줄 불러댔다. 60~70대의 노인들. 저들 중 몇몇은 아버지처럼 어딘가 아플 때 당골네를 불러 치료했던 기억을 갖고 있을 것이다. 노인들의 정신에서, 작동 원리를 전혀 이해할 수 없을 첨단 의료장비에 기대하는 치유 효과는 옛날 무당이 제시했던 신이한 믿음과 얼마나 다르려나?

내가 태어나기 전, 엄마와 아버지가 살던 부산의 단칸방 옆에는 장로교회가 있었다. 엄마와 아버지는 예배를 볼 때마다 나는 찬송가와 기도 소리가 시끄러웠다.

"당최 문을 열어놓을 수가 없는 거야. 그때만 해도 교회가 아주 질색이었지. 저 사람들은 대체 뭔가, 그런 생각만 했거든. 믿음 가지고 신앙생활 한다는 건 꿈도 안 꿨는데."

말년에 "목사님은 주의 사자니까 잘하지 않으면……"이라는 말을 입에 달고 살던 엄마도 목사가 일주일에 반나절 일해서 모은 헌금으로 엿새를 놀고먹는 한량이라고 생각했던 시절이 있었다.

원주에서 처음 세 들어 살던 집주인은 열성적인 기독교인이었다. 개신교의 포교는 공격적이라서 전도하려는 시도는 꽤 집요했다. 엄마는 자신이 가는 것은 거절했지만, 우리가 교회에 나가는 것은 말리지 않았다. 나는 교회가 좋았다. 놀이터 시설도 있었고, 여름방학이면 수련회라고 해서 또래 애들과 단체로 여행도 갈 수 있었다. 부활절엔 색

칠된 달걀을, 크리스마스엔 초코파이를 받을 수 있었다. 나는 성경 학교에도 열심히 나갔다. 성경 암송 대회에서 우승한 적도 있는데, 지금도 〈시편〉과 〈요한계시록〉의 절반쯤은 외울 수 있다. 성가대에도 가입해서 정기적으로 병원의 중환자실이나 소아과 병동을 방문하기도 하고, 길거리에서 "예수 믿고 구원받으세요"라는 말을 되풀이하며 전단을 나눠 주는 전도 활동도 했다.

중학교에선 역사의 비중이 국민학교보다 컸다. 나는 조선시대의 역사와 복식, 고려시대 왕들의 계보, 삼국시대에 한반도를 피로 물들인 전쟁들에 대해서 알게 되었다. 한반도에 존재했던 기존의 역사 문헌 속에, 구약에 등장하는 여호와가 이스라엘 백성을 이끌었듯이 우리의 운명을 주관했다는 내용은 왜 없는지 궁금했다. 과학 시간에는 대륙이 지각변동을 일으켜서 끊임없이 움직인다든가, 사람의 유성생식은 오랜 진화의 산물이라는 지식 같은 걸 갖게 되었다. 그렇단 건 세상이 어떤 초월자에 의해서 7일 만에 완벽하게 창조되었다는 창조론이 픽션이란 뜻이었다. 나는 궁금한 게 정말 많았다. 하지만 학교 선생님들은 신앙 관련 질문은 교회 가서 하라고 했고, 교회 가서 물어보면 하나님이 실제로 역사하심을 믿어야 한다는 동어반복이나 하나님을 너의 짧은 지식으로 재단할 수 없으니 입 닥치라는 요지의 말을 듣게 될 뿐이었다. 교회든, 학교든, 집이든 어른들은 질문을 좋아하지 않았다.

내 신앙심은 날이 갈수록 엷어졌다. 내가 교회에서 멀어지던 즈음은 아버지한테 당뇨가 생긴 시기와 엇비슷했는데, 그 무렵부터 엄마는 진지하게 신앙생활을 하게 되었다. 엄마가 마음에 맞아들인 '영광과 찬양 받으시기에 적합한 하나님 아버지'는 병이나 죽음에 시달리지 않는 완전체였다. 아무리 힘들고 어려운 속사정이라도 기도를 통해 쏟아내면 묵묵히 들어주는 존재이기도 했다.

어려서는 우리 교회가 세상의 모든 교회였다. 다녀본 덴 거기밖에 없었으니까. 가톨릭과 개신교의 모든 종파, 이단을 포괄해서 기독교의 표준이자 모범이 우리 교회였다. 우리 교회는 감리교회였다. 영국의 존 웨슬리에 의해서 시작되었고, 미국으로 전파되었다가 한반도에는 20세기에 수입된 기독교 열광주의의 한 분파.

대체로 세계사의 측면에서 보면, 기독교의 전파는 서구 열강들이 자행한 제국주의 침략의 문화적 형태였다. 그렇지만 한반도는 예외였다. 일제강점기, 일본 정부는 조선인에게 일본 천황을 숭배할 것을 강요했는데, 기독교의 입장에서 그건 우상숭배였다. 한반도에 전래되던 최초의 시기에 기독교는 반일이라는 민중 친화적 입장에 서 있었다. 조선 왕조 500년간 지속적인 탄압을 받아 소멸 직전에 몰려 있던 불교는 일본 정부의 융화 정책에 동조했다. 만해 한용운을 비롯한 몇몇 고승의 등장에도 불구하고, 불교는 새 시대의 비전을 제시하지 못했다. 많은 지식인들의 정신세계를 뒤흔들었던 공산주의는 일반 민중들이 가까이하기엔 어려운 이론이었다. 이런 혼란 속에서 기독교의 종파들은 자신들의 교리를 태어나게 한 역사적 체험들이 삭제된 채 동시 다발적으로 이식됐고, 그 뒤에는 또 여러 종파로 분열하면서 번성했다. 감리교, 장로교, 침례교, 성공회 등등의 수백이나 되는 종파들이 공존하게 되었다. 엄마가 우리 교회에 나가게 된 건 여러 종파들이 가르치는 신과 세계의 관계, 인간의 구원에 관련된 교리들을 전부 검토해본 끝에 그중 감리교가 제일 합당하다고 판단해서가 아니라, 집이 가까워서였다. 나중에 이사를 가서 교회가 좀 멀어졌지만, 그때는 이미 교회 안에 친분이 생길 대로 생긴 터라 옮기지 않았다. 지역연고와 인간관계에 의한 생활 공동체. 엄마의 신앙은 그렇게 지극히 한국적인 방식으로 선택된 거였다.

언젠가 내가 갖고 다니는 염주를 보고 누가 널 세뇌시켰느냐고 펄쩍 뛰었던 엄마는, 소희 언니가 호주로 건너가 가톨릭 신자가 되어 세례를 받았을 때 교회나 성당이나 다 똑같이 예수님 섬기는 거라 괜찮다고 했다. 개신교와 가톨릭 사이엔 전쟁을 치르고 갈라진 피비린내 나는 혁명의 역사가 있다. 원래라면 가톨릭교도와 개신교의 신자들은 교리상의 차이를 두고 목이라도 걸어야 할 테지만, 엄마는 그런 차이를 구별하지 않았다.

나는 가끔 우리 교회가 서 있는 그 자리에 성당이나 장로교회가 있었다면 엄만 가톨릭 신자나 장로교인이 되었을 것이고, 거기에 조계종 사찰이 있었다면 불교도가 되지 않았을까 생각했다. 아무러한 종교 시설이 없는 옛날이었다면, 엄마는 커다란 바위나 수백 년쯤 된 나무, 아니면 북두칠성을 향해서 정한수를 떠놓고 기도했을지도 모르겠다. 엄마에겐 한국 여자가 어떤 종파의 신도가 되더라도 가지게 되는 확고한 신앙심이 있었다. 교회와 사찰을 막론하고 어디에나 있는, '가족의 안녕'을 기원하는 한국 여자의 지순한 신앙심. 엄마의 신앙은 그런 것이었다. 남편의 알 수 없는 병이나 죽음에 대한 공포와 불안, 어떻게도 해결할 수 없는 내 학교 문제처럼 엄마가 감당할 수 없다고 느낀 인생의 짐들에 짓눌리지 않고 대처할 수 있는 힘을 엄마는 기도에서 찾았다. 중학교 3학년 때, 담임에게 얻어맞고 피멍이 들어서 집에 돌아오면 엄마는 나를 앉혀놓고 기도했다. 어려서는 엄마가 우는 걸 거의 본 적이 없었는데, 엄마는 신앙을 갖게 된 이후로 자주 울었다. 소리 내서 기도하고 울면 기분이 나아지는 듯했다.

"주여, 주의 어린 자녀가 여기서 간절히 원하옵니다. 이 마음에 항상 사랑이 깃들게 해주시고, 학업에 충실할 수 있도록 해주옵고, 또 건강을 내려주실 것을 믿습니다! 믿습니다!"

나를 앉혀놓고 기도할 때, 엄마의 꽉 감긴 눈에서 흘러나온 눈물이 내 손등으로 굴러떨어졌다. 엄마의 기도는 간절했지만, 그렇게 기도한다고 담임이 나를 괴롭히는 걸 멈추는 일 따위는 물론 없었다. 어떨 땐 학교에서의 상황보다 엄마가 나 때문에 운다는 사실이 더 끔찍했다. 그래서 나는 내가 학교에서 겪는 일들을 말하지 않게 되었다. 모든 게 다 괜찮아졌다고 했다. 엄마의 기도는 그렇게 응답받았다. 엄마는 모범생 딸을 되찾았고, 병든 딸을 갖게 되었다.

어쩌다 길에서 깡패를 만나 얻어맞고 지갑이라도 털렸다면, 세상엔 악한 인간도 있을 수 있지, 살다 보면 운수 나쁜 날도 있는 거야, 하는 식으로 마음을 정리했을 것이다. 분하고 억울하겠지만, 맞아서 생긴 상처가 나으면 털어버릴 수 있었을 터다. 그렇지만 나의 가해자는 깡패가 아니라 선생님이었다. 나는 담임에게 배워야 하는 학생이었다. 담임이 전해주는 지식을 머릿속에 받아들이고, 담임의 가치관에 마음으로 동조하고, 담임의 행동을 잘 따라 하는 것이 나의 의무였다. 그런 여러 가지를 전수해주는 것에 감사해서, 수업 시간이 끝날 때마다 고개를 숙여 인사하라고 강요받는 위치에 있었다. 나는 최종적으로는 담임 같은 어른이 되는 걸 목표로 삼으라고 권유받고 있었다. 담임은 자연인이나 한 개인으로 내 앞에 있었던 게 아니라, 교권과 교육 시스템의 대표로서 우리 사회에서 살아가기 위해 요구되는 자질이 뭔지를 알려주고 있었던 거였으니까. 담임 같은 어른이 되어야 한다면, 죽는 날까지 어린애로 남겠다는 게 내 결심이었다. 나는 학교를 지탱하는 규율과 질서에 반발심을 품었고, 학교에서 가르치는 지식들의 가치를 의심했다. 중학교를 졸업하고도 달라지지 않았다. 바깥으로 표현할 수 없었던 학교에 대한 혐오는 내게 몇 가지 심신증을 일으켰다. 나는 두통과 위장 장애, 불면증, 피부 발진을 갖게 되었는데, 특히나 두통이 심해서 진통제도 들지 않았다. 고등학교를 다니는 3년간, 엄마는 나를 데리고 온갖 병원을 다녔다. 동네 병원에도 가고, 한의원도 갔다. 종합병원에도 가서 위내시경을 하고, 뇌 사진을 촬영하고, 피를 뽑고, 소변을 채취했다. 의사들은 내가 건강하다고 했다. 며칠인가 거듭 토하고 먹지를 못해서 찾아갔던 내과에서, 의사가 난처한 얼굴로 말했다.

"이건 아무래도 정신적인 부분이 원인인 것 같으니까, 신경정신과를 가서 한번 상담해보세요."

내 손을 꼭 잡고 병원을 나오면서, 엄마가 말했다.

"너는 안 미쳤어. 내가 알아."

그 뒤로 엄마는 나를 기도원으로 보냈다. 문제는 크고 해결도 대처도 완전히 불가능할 때, 사람은 기적을 바라게 되는 법이다.

가톨릭에는 엑소시즘이 있고, 사찰에 가도 더러 무당과 엇비슷해 보이는 스님을 만날 수 있는데, 감리교에도 신앙의 힘으로 기적을 행한다는 사람들이 있다. 진실한 신앙을 가지면, 성령의 은혜로 방언과 예언, 치유의 기적을 행할 수 있게 된다는 것이다.

처음 만난 안수 기도사는 시 외곽에 기도원을 차려놓고 살면서, 아예 기도만을 업으로 삼은 할머니였다. 원래 기독교인도 아니었는데, 어느 날 하늘에서 불덩이와 같은 성령이 자신에게 쏟아져 내리는 환상을 보고 개심했다고 들었다. 할머니는 환자들의 머리나 배에 손을 댄 채 트랜스 상태에 빠져 기도했다. 트랜스 상태에 빠지면, 안색과 목소리가 다른 사람처럼 변했다. 기도의 말들은 내가 아는 어떤 언어와도 달라서 알아들을 수 없었고, 내 이마나 배에 댄 손바닥은 기이할 정도로 뜨거웠다. 나는 그 할머니가 빙의된 무당 같다고 생각했다. 말기 위암 환자도 고쳤고, 폐병 환자도 고쳤다는 소문이 짜했지만, 나는 전혀, 정말이지 전혀 나아지지 않았다.

엄마는 나를 차례차례 다른 안수 기도사들에게도 보냈지만, 아무런 소용이 없었다. 나는 기도가 내 상황을 나아지게 하지 못한다는 걸 알고 있었다. 하지만 방법이야 어쨌든 나를 어떻게든 구해주고 싶어 한 사람은 엄마뿐이었다. 나는 엄마를 실망시키고 싶지 않았다.

마지막으로 만난 안수 기도사는 한때 엄마와 같은 속회 집사였던 아줌마였는데, 어느 토요일 오후에 집으로 왔다. 처음 보는 아줌마 세 명도 데려왔다. 아줌마들은 내가 계속 이유도 없이 여기저기 아픈 것은 마귀가 내 안에 있어서, 라고 단언했다. 아줌마들이 버둥거리지 못하게 내 팔을 누르고, 다리를 붙들었다. 안수 기도를 한다는 아줌마가 손끝을 날카롭게 세워서 내 배를 힘껏 찔러댔다. 마귀를 때려서 내쫓겠다는 거였다. 나는 때려죽여야 할 사탄을 배 속에 감추고 있었다. 그러니 예수 그리스도의 이름을 부르면서 구원을 청하고 참회하면, 내 안에 있는 병과 의심의 악마가 쫓겨날 거라고 했다. 엄마는 그 옆에서 "예수 그리스도를 믿습니다!" 하고 외쳐댔다.

일곱 살 이후 10여 년간, 오래된 일상의 습관으로 형성된 교회에 대한 애착과 평생 분량의 크리스마스가 이날 완전히 박살 났다.

"한 번만 더 나한테 이런 짓 하면, 확 죽어버릴 거니까!"

"이게 전부 너를 위해서야. 내 마음에는 한 치도 나쁜 뜻이 없어. 전부 너를 사랑해서야. 나한테 너 잘되라는 마음 말고 무슨 다른 마음이 있겠니?"

엄마의 그 말에 내가 뭐라고 대답했던가.

이날은 기억도 부서졌다. 떠올리려고 하면 머릿속이 새카매진다. 나는 엄마에게 뭔가 아주 혹독한 말을 퍼부어댔다. 성경책이랑 찬송가집을 쓰레기통에 처박아버리고, 이후로 다시는 교회에 가지 않았다. 엄마의 사랑으로도 나한테 시킬 수 없는 일이 있고, 엄마의 사랑한다는 말로도 용납 안 되는 상황이 있다는 사실을 이날 알았다.

엄마는 엄마고, 나는 나였다. 우리는 다른 사람이다.

믿음으로 병을 이기고, 믿음으로 죽음을 이기길 원했던 엄마. 사망은 죄의 대가이고, 병은 악이라 개심해서 믿음을 가지면 나을 수 있고, 선량한 사람은 죽어도 죽지 않아 천국에서 불멸의 생을 이어가기에, 죽음에 이르는 유일한 병은 불신앙뿐이라고 믿었던 엄마. 그렇게 믿는다고 하면서도 엄마는 언제나 간절히 병이 낫기를, 죽음이 없기를, 그래서 현재의 삶이 행복하기를 빌었다.

엄마가 살아 있었으면, 투석을 목전에 둔 아버지 때문에 가슴을 치고 울며 기도했을 것이다. 앞으로 아버지의 병은 악화될 일만 남았고, 시간이 갈수록 어려운 결정과 힘겨운 상황들이 가중될 터다. 엄마는 이제 그런 고통이나 근심은 겪지 않아도 된다. 그것만은 다행이다.

"전체적으로 봐서, 지난번 결과가 아주 특수하게 나빴던 것 같은데……. 음, 뭔가 스트레스 되는 일이라도 있었던 건가요? 오늘 검사 결과를 보면, 환자분 신장 상태가 아직 외래로 통원 치료 하고, 식이요법 병행하는 걸로 조절이 될 것 같아요."

"하지만 저번 의사 선생님은 투석을 생각해야 한다고, 준비하라고……. 투석을 하려면 미리 동정맥루 수술도 해야 하고, 그거 적응하는 데 몇 개월 걸린다고 알고 있거든요. 사실은 그래서 저희가 주치의를 선생님으로 바꾼 거예요. 저번 선생님은 이런저런 설명도 하나 없이 그냥 이 정도 수치면 투석해야 한다, 준비해라, 그렇게만 말씀하시니까. 저희는 아무래도 당황스럽고, 너무 큰일이니까 다른 의견도 좀 들어보고 싶고 그랬거든요."

은희가 다시 한번 물었다.

"그러니까 교수님 보시기에는 저희 아버지 상태가 아직 투석할 때가 아니란 말씀이시죠?"

"투석을 하고 안 하고는, 결국은 환자가 결정하는 일이니까. 지금 현재 상태로도 꼭 하겠다고 하면 시작해도 돼요. 체력이 있을 때 시작하면 여명이 좀 더 길어지기 때문에 치료를 공격적으로 하겠다면 그것도 방법이지만…… 환자분 나이도 있고, 투석을 시작하면 생활에 제약을 많이 받아요.”

은희가 질문을 퍼부어댔다. 크레아틴 수치, 혈당 수치는 얼마나, BUN 수치가 저 정도면, 주의해야 할 음식은……. 의사와 은희는 모니터에 뜬 아버지 검사 결과를 두고 이러쿵저러쿵 길게 의논했다. 한마디도 귀에 들어오지 않았다. 어쨌든 투석을 피했다는 사실만 머릿속에 메아리쳤다. 그걸로 내가 알아야 할 건 다 알았다. 안도감이 해일처럼 밀려왔다.

아버지를 집에 내려놓고, 은희와 나는 롯데마트로 향했다. 피곤했지만, 기분은 괜찮았다.

나는 아버지가 복 있는 사람이라고 생각했다. 텔레비전을 틀면 60~70의 나이에 정치를 하느니, 사업을 하느니 하면서 떵떵거리고 사는 극소수의 제왕적 노인들이 보인다. 하지만 현실에는 병들고 늙어서 일도 수입도 없이, 의료비는 늘고, 가족들과는 연이 끊어진 채 지하쪽방 같은 곳에 거주하면서, 폐지나 빈 병을 주워 한 달에 20~30만 원의 수입으로 살아가는 노인들도 무리 지어 있다. 양극화된 노인들의 세계에서 아버지는 중간쯤, 그리 나쁘지 않은 곳에 자리 잡았다. 아버지에게는 집도, 차도, 연금도, 친구도, 자식도 있다. 여생이 있는 거다.

이제 일주일에 한 번 살림 돌보미가 오고, 일요일엔 교회 가서 사람들 만나고, 한 달에 한 번 의사에게 상담받고, 평일에는 가벼운 등산이나 친목 모임에 나가면서 시간을 보낸다면, 아주 기쁘고 좋은 날은 없어도 크게 비참하고 서러울 일도 없는 평안한 노후를 보낼 수 있을 터다. 아버지 생활이 안정되면 나도 아버지와 실랑이를 좀 덜할 수 있을 테고.

장을 보던 중에 아버지에게 주려고 유에스비를 하나 샀다. 아버지가 며칠 전부터 교회 산악회 10주년이라고, 그간 산행 다니면서 찍은 사진을 인화하고 싶은데 사진관에까지 파일을 옮겨갈 '쪼끄만 그것'이 필요하다고 말했었다.

꼭

"왜 내 의사도 묻지 않고!"

갑자기 터진 고함에 나는 깜짝 놀랐다. 아버지가 유에스비를 내동댕이치며 화를 냈다.

"이 비싼 걸 뭐 하러 사! 왜 내 의사도 묻지 않고 막 사 오느냐 말야!"

나는 어안이 벙벙해졌다. 아버지가 대체 무슨 말을 하는 건지 선뜻 이해할 수 없었다. 유에스비는 18,000원인가 했다. 그리 비싼 물건도 아니거니와, 애당초 사 달라고 한 것은 아버지였다. 아버지가 왜 안 물어, 왜, 왜, 하고 소리를 질러댔다. 은희가 화를 터뜨렸다.

"언니가 일부러 생각해서 사다 준 건데, 대체 뭐라는 거야?"

"일부러나마나, 누가 이런 거 사다 달랬어? 아버지 의사를 먼저 물어야지. 왜 내 의사는 묻지도 않고, 너희들 멋대로 결정해서 처리해! 왜 그래?"

아버지 목소리가 쩌렁쩌렁 울렸다.

"너희가, 내가 늙었다고, 나를 이렇게 무시하고!"

"누가 무시를 했다고 그래? 장 보다가 유에스비 사다 준 게 왜 아버지 무시야?"

"왜 내 의견을 안 물어? 나한테 물었어야지!"

아버지는 주먹을 불끈 쥐고, 발도 굴렀다. 은희가 가방과 차 키를 집어 들었다.

"알겠어. 그럼 이제 장도 아버지 혼자 보고, 병원도 혼자 가고, 뭐든 마음대로 결정해!"

현관문 닫히는 소리가 집 안에 울렸다. 무거운 침묵이 내려앉았다.

"내가 먼저 죽었어야 하는데……."

뒷말은 이어지지 않았다. 아버지가 울기 시작했다. 아버지는 자신이 우는 걸 모르는 것 같았다. 우뚝 서서 눈물이 그냥 뺨으로 굴러떨어지게 내버려두고 있었다. 장례식장에서도 보지 못한 아버지의 눈물을 보는 바람에, 목구멍까지 치솟던 울화의 말들이 쑥 들어갔다.

"내가 먼저 죽었어야 하는데…… 죽었어야 해."

그제야 나는 왜 의사를 묻지 않았느냐는 게 유에스비 얘기가 아니란 사실을 알았다.

새벽부터 온종일 병원에서, 여기서 사진 찍어라, 저기서 옷을 벗어라, 피를 뽑아라, 소변을 내라, 각종 지시를 따라야 했다. 의사를 바꾼 것도, 오늘의 병원행도 아버지 예정엔 없던 일이었다. 투석을 해야 하나 싶어 조마조마할 때는 참았지만, 그걸 피하고 보니 자식들이 멋대로 자기 일정을 조정해서 싫은 일을 강요했다는 분노 쪽이 강해진 거다. 자식들이 하자는 대로 해서 투석을 피했고, 삼십 분도 넘게 상담해준 새 의사는 아버지가 보기에도 지난번 의사보다 백배는 훌륭했을테니, 그 판단에 시비를 걸 수 없다는 사실도 아버지를 화나게 한 건지 모른다. 자신이 틀렸고, 우리가 옳았다는 사실을 시인하면, 앞으로 계속 자식들 판단에 의지해서 생활을 지배당할지도 모른다는 공포가 아버지 얼굴에 어른거렸다. 이미 패한 전투 끝에 전우들이 전부 쓰러진 벌판에서 자신만 살아남았다고 깨달은 병사의 얼굴이 저렇지 않을까. 자식에 의지하고 주변의 호의에 기대야 하는 약자의 입장에 놓여 있는데도, 아버지는 여전히 스스로 상황을 판단해서 명령하며 살아갈 수 있는 강자이길 원하는 것이다.

은희는 오늘 병원에 오려고 일을 반나절 만에 해치웠고, 점심도 먹지 못했다. 엄마 장례식 이후 지금까지, 아버지의 식이요법에 맞춰주느라고 나도 환자식을 먹었다. 오늘도 새벽 6시부터 일어나서 아버지와 같이 온종일 병원에 있었다. 아버지에겐 그런 자식들 사정은 하나도 눈에 들어오지 않는 거다. 하긴 투석을 피했다고 건강해진 것도 아니고, 자식들이 뭘 해줘도 엄마가 있던 시절에 비할 바는 아닌 거겠지. 아버지가 퍼뜩 놀란 얼굴을 하더니 손바닥으로 얼굴을 마구 문질러 닦아댔다. 아버지 얼굴이 불그레해졌다.

"야야, 나중에라도 은희한테 나 울었단 소리 절대 하지 마라."

방금까지 터뜨리던 발작적인 분노는 흔적도 없이, 아버지는 힘없는 목소리로 한마디를 뱉어놓고 황급하게 자기 방으로 들어가버렸다.

태어날 땐 태어나느라고 고생이고, 살면서는 병들고 늙어가느라 괴롭고, 죽을 땐 죽느라고 무섭다. 고통만이 인생이다.

73일

"그래서 어쩌라는 거야? 그러면 너는 내가 여기서 제사상 한 상 잘 차리면, 여기까지 제사 지내러 올 거야? 내가 가기 싫어서 안 가니?"

"지금 내가 언니더러 추석에 들어오라는 게 아냐. 어쩔 거냐고 물어본 거지. 그냥 넘길 수는 없잖아. 앞으로 매년 기일이나 명절마다 언니가 귀국할 수 없는 건 당연한데, 내 말은 언니도 거기서 뭔가 기념할 만한 걸 해야 하지 않냐, 이거였어."

"그러니까! 너희들이 거기서 제사를 지내는데, 내가 여기서 뭘 어떻게 하겠냐고! 제사를 두 군데서 지내는 집이 어딨니? 그리고 여긴 추석이 명절이 아니란 말야. 문화가 달라."

소희 언니의 목소리가 한 톤 올라갔다. 얘기는 다른 방향으로 흐르기 시작했다.

"너도 거기서 아버지 돌보느라고 나름 고생하겠지만, 나도 저녁마다 아버지하고 스카이프 하면서 어떻게 지내나 체크해주고 있다고. 그건 뭐 쉬운 일인 줄 아니? 엄마 100일 탈상 때 쓸 휴가 날짜 벌려고 지금도 완전 오버타임으로 일하고 있어. 나한테 뭘 더 어쩌라는 건지 모르겠네. 아니면, 니가 거기서 하는 걸 내가 다 따라 해야 한다는 거야?"

"그런 게 아니고…… 아니, 됐어. 이렇게 큰소리 내고 심정 상해가며 말해봐야 소용없으니까 다음에 다시 얘기해."

스카이프를 종료하고, 나는 뒤로 벌렁 누워버렸다.

우리 풍속에 위패는 여러 개 만들지 않는다. 제사에서 위패 대용으로 쓰이는 지방은 보관하지 않고 그때그때 불태우거니와, 조선시대에는 급하게 치러진 장례식에서 사용된 위패를 영구 안치용 위패로 바꿀 경우, 이전의 위패는 적절한 절차를 거쳐 불태워 매장했다.

위패나 산소는 실제 사람과 동격이다. 동격이었다. 이런 오래된 믿음을 따르자면, 내가 여기서 제사를 지내면 엄마는 소희 언니가 있는 캔버라로 가지 못한다. 어떤 사람도 동시에 두 장소에 존재할 수 없으니까. 하지만 이런 얘기는 '혼'과 '저승'을 옛날 사람들처럼 공포와 무지 속에 숭배하고 공경할 때만 유효하다.

장래에 아버지는 국립묘지로 간다지만, 실제로 거기에 가는 것은 아버지가 아니다. 아버지가 죽은 후에 자기 발로 걸어갈 것도 아니고, 재를 원주에서 뿌리면 묘지까지 바람이 실어다 줄 것도 아니니까. 어떤 사람도 자신의 죽음을 겪을 순 없다. 살아 있는 상태로 동시에 죽을 수는 없으니, 살아 있는 순간엔 살아 있는 것밖에 할 수 없다. 엄마의 죽음이 우리에게 왔듯이 아버지의 죽음을 겪는 것도 우리고, 아버지 유골을 가지고 국립묘지에 가야 하는 사람도 우리다.

유골이든 산소든, 신체를 대신하는 물리적 실체가 있는 장소에서만 제사를 지내고 추모할 수 있다면, 아버지 장례식 이후의 명절과 기일마다 국립묘지에 가야 한다. 아버지나 엄마의 고향도 아니고, 엄마가 우리 자매를 기른 추억도 없는 땅. 친구도, 친척도, 연고도 없는 장소. 아버지가 군인이었다는 사실을 증명하는 것 외에는 아무런 의미도 없는 곳에, 1년에 네댓 번씩 가야 한다고? 거기는 그저 1년에 한 번이나 가고, 다른 날들은 내가 있는 곳에서 위패를 모셔 제단을 만들고 차와 향을 바치는 걸로 부족할까? 소희 언니도 그렇다. 명절이나 기일마다 한국에 나올 순 없을 텐데, 지금은 슬프다고 울어도 시간이 지나면 엄마를 까마득하게 잊어버리고 살아가게 되는 걸까?

엄마는 이런 혼란을 조금도 예상하지 못했던 거다.

대학을 서울로 보내달라고 울며 조르는 언니를 차마 떠나보내지 못했던 엄마는, 바다를 건너가 결혼해서 살겠다는 언니는 말리지 않았다.

"사랑은 막을 수 없는 거야. 막아서도 안 되는 거야."

나는 쉰 살도 넘은 엄마가 열일곱 소녀 같다고 생각했었다.

남편을 사랑하고, 자식을 사랑하고, 친구를 사랑하고, 세상을 사랑하고, 고향을 사랑하고, 하나님을 사랑하고……. 만사를 사랑의 관점에서만 생각했던 엄마. 어찌 생각하면, 엄마의 죽음을 겪은 것은 우리 뿐이니, 엄마는 전혀 죽지 않은 듯도 하다.

관을 화구 앞에 가져다 놓자 화부가 물었다.

"아줌마, 산골하실 건가요?"

은희가 대답했다.

"아뇨. 나중에 국립묘지로 모실 거예요."

"그런 경우라면 두 시간 정도 걸리겠습니다."

관 위에 엄마가 평소에 늘 가지고 다니던 성경책을 올려놨다. 관이 밀려 들어갔다.

우리는 다른 곳으로 안내받았다. 시멘트 벽과 슬레이트 지붕으로 이루어진 가건물 비스름한 공간이었는데, 창밖으로 잡초들과 나무들이 이룬 야산이 보였다. 커다란 날벌레가 윙윙 소리를 내며 날았다. 흙냄새가 났다. 바닥에 흰 종이가 깔려 있고, 정면에는 촛대에 양초 두 개가 타고 있었다. 목사가 앞에 서고, 거기까지 따라온 교인들과 친지들이 모여서 예배를 봤다. 매장을 했더라면 하관 예배가 되었을 절차였다. 목사는 목소리가 성악가처럼 좋았다. 노래하듯 설교했다. 박 권사님은 살아서 남편의 크나큰 사랑을 받았고, 자녀들을 믿음으로 키웠다. 가족들은 박 권사님의 뜻을 계승해서, 주님 안에서 거듭나 영생을 믿어야 한다.

"성령의 감화를 받으십시오. 믿음 안에서 구원받길 권면합니다."

둔중한 기계음이 들렸다. 쿠웅, 하는 것도 같고 쇄아아, 하는 것도 같았다. 화장로가 작동하는 소리였다. 화장로 내부의 온도는 700~1,000도까지 올라간다. 산 사람은 견딜 수 없는 열기 속에서 엄마는 고요했다. 현기증이 났다. 눈앞에서 노란 별들이 빙글빙글 소용돌이치다 사라졌다. 3일간 한숨도 자지 못했다. 토하고 싶었다. 등으로 식은땀이 흘렀다. 눈을 깜빡이면 나를 둘러싼 세계가 다 사라지고 나밖에 남지 않을 것 같았고, 다시 눈을 깜빡이면 세계만 남고 내가 어딘가로 사라져버릴 것 같았다.

두 시간이 지나 우리가 다시 화구 앞에 모이자, 화부가 입구를 열었다. 열기는 아직 가시지 않은 채였다. 얼굴이 화끈거렸다.

"아줌마가 곱게 가셨어요."

화부가 그런 말을 하며 재를 그러모았다. 바람이 불어 재가 날렸다. 머리에, 어깨에, 손등에 엄마가 내려앉았다. 눈물이 솟아나, 사방이 물에 잠긴 것처럼 뿌옇게 흐려졌다.

74일

....

"그래서, 의사가 뭐래?"

"자기도 모르겠대. 처음 엑스레이에서는 분명 하얀 덩어리가 보였거든. 그걸 나한테 보여줬는데, 초음파로는 안 잡힌대. 그래서 확대 엑스레이를 다시 찍었는데, 그걸로도 알 수가 없나 봐. 초음파로 안 보이니까 더 뭘 하자고는 안 하고. 이런 경우도 있는 건지…….. 나이도 있으니까 정기적으로 검사를 꼭 하라는 말만 하고, 가래. 뭐, 암이 아니라니까 다행이긴 하지."

의사는 굉장히 난처해 보였다. 초음파는 11만 원이나 했다. 확대 엑스레이를 찍으려고 병원에 다시 가야 했고, 또 상담을 하러 가기까지 날마다 초조했다. 그렇게 시간과 비용을 들였는데도 이렇다 할 결과는 없으니, 어쩌면 나는 화를 냈어야 할지도 모르겠다.

"잘됐네. 니가 첨에 그 소리 했을 때, 진짜 깜짝 놀랐어. 내가 다 심장이 두근거리더라. 원래 안 좋은 시기에는 안 좋은 일만 생기잖아. 그러면 이제 원주 일은 다 끝났어? 서울로 온 거야?"

나는 고개를 저었다.

"언제까지 그렇게 원주에 눌어붙어 있을 거니? 답답하지 않아?"

"답답하다 뿐이냐. 장례식 끝에 깊이 생각 안 하고 100일 탈상까지 아버지를 돌보겠다고 했는데, 이렇게 힘들 줄은 몰랐지. 집에 있으면 엄마 생각나고, 밖에 나가면 옛날 일 생각나는데, 무슨 무덤 속을 걷는 망령이라도 된 것 같아. 근데, 100일이 지나도 딱히 상황이 나아질지는 잘 모르겠는 게, 병원 예약이 줄줄이야. 투석은 미뤄졌지만, 한 달에 한 번 병원 가는 건 고정이고. 저번에 검사한 결과가 나왔는데, 신장에 결석도 있대서 비뇨기과 예약도 잡았고. 참, 안과도 있지."

연화가 커피를 한 모금 마시고 물었다.

"아버님, 건강이 안 좋으시면 혼자 지내면 안 되는 거 아니니? 서울로 모시지?"

"서울로 아버지가 와도, 여기서 뭘 할 수 있겠어? 원주에선 아버지가 쭉 살았으니까 길도 다 알아서 그 나이에도 가까운 데는 차 몰고 가고, 교회도 다니고, 친구들도 만나고, 가까운 데 있는 얕은 산도 오르고 살지만, 서울 와봐라. 운전도 못 하지, 집은 좁지, 아는 사람은 하나 없지. 갈 데도 없고, 일도 없지. 그렇다고 우리 아버지가 집안일 거들 요령이라도 있느냐 하면, 그것도 아니고. 우두커니 앉아서 대접이나 받으려고 하는데, 나도 일이 있잖아. 하루 종일 아버지 상대만 해줄 수도 없고. 그러면 뭐가 되겠냐, 서로 지옥이지. 사람이 나이를 먹으면 식물처럼 되는구나 싶어. 자기 환경에 착 뿌리를 내려서 거기서만 제대로 살지, 옮겨지면 말라 죽어."

테이블 위에 올려둔 핸드폰이 반짝 울렸다.

즐건 하루 보내고 있느냐. 감기 조심하거라. 딸 사랑한다♥♥♥

아버지에게 내 건강 상태가 좋지 않다고 얘기했다. 혈당도, 콜레스테롤도, 혈압도 전부 위험 수치에 달해 있고, 무엇보다 유방암이 의심된다고. 아버지는 오래된 혈당계를 꺼내 왔다. 벌써 십수 년도 전에 은희가 혈당 관리하라고 사다 줬던 건데, 그걸 버리지도 않고 갖고 있었다. 나는 새 혈당계를 샀다는 말은 못 하고, 고맙다고 하면서 받았다. 아버지는 그걸로 내 건강 문제를 전부 해결한 양, 다른 이야기는 일체 못 들은 것처럼 행동하고 있다. 왜 유방암에 대해서는 묻지 않느냐고 물어보면, 니가 큰 병이라고 하면 내가 너무 속상하니까, 라고 하려나. 이번에 올라올 때도 가서 재밌게 지내다 와라, 하고 말했다. 내가 나들이라도 하러 나가는 것처럼. 그러고는 이런 문자다. 장례 전에는 내 안부를 묻는 문자나 전화 같은 건 일절 하지 않았던 아버지였다. 그러던 아버지가 돌연 찍어대는 이 '사랑한다'와 하트는 아마도 인터넷 어딘가에서 보고 배운 것일 터다. 요새 딸바보라던가, 그런 게 유행이니까.

자식에게 사랑한다고 말하는 아버지가 요즘 사회에서 권하는 바람직한 아버지상이라고 생각하고 있는 게 틀림없다. 엄마도 없고 자식들하고는 얘기가 잘 안 되고 있는데, 나쁜 아버지가 되고 싶지 않으니 좋은 아버지가 되는 규칙을 찾아서 지켜야겠다고 결심한 모양이다. 우리 어릴 적에 아버지는 멸사봉공하는 사나이요, 훌륭한 군인이 되는 데 매진했었다. 그 시절 아버지에게 가족은 박멸해야 하는 사사로움이었다. 가능한 한 감정을 갖지 않고, 시간도 최소치만 내고, 감정을 갖게 되었다고 해도 최대한 표현을 자제하는 것만이 남자다운 처신이라고 믿어서, 그 규칙을 지켰던 것처럼.

문자가 또 들어왔다. 이번엔 은행에서 입금을 알리는 문자였다. 얼굴이 아플 정도로 구겨졌다.

아버지는 연금을 받으니까 자식들한테 생활비를 받을 일은 없다. 그렇지만 자식에게 생활비를 준다는 개념도 없다. 장례식 이후에 아버지는 주위에서 벌어지는 모든 일에 반대하느라 여념이 없었다. 식기세척기도, 청소 서비스도, 저염식 반찬 배달도 다 필요 없다고 하니 돈을 내랄 수 없었다. 엄마가 했던 장보기도 그 연장선에 있었다. 아버지 입장에선 집에 필요한 생필품은 저절로 채워지는 거였다. 지금까진 내가 했지만, 계속 그럴 수는 없다. 장례식 이후 들어간 생활비를 정산해주면서, 이만저만하게 돈이 들어갔고, 앞으로 한 달 장 보는 비용은 아버지가 내라고 했다. 아버지는 그 말을 듣고는 은행으로 달려

가서, 앞으로 5년간 달마다 나에게 원주에서 소모될 생활비가 자동으로 이체되도록 신청했다.

2~3일에 한 번씩 장을 봐주려면 원주에서 아주 눌어붙어 살아야 한다. 내가 아버지 마누라도 아니니, 그렇게 해줄 수 없다. 자동이체를 풀라고 했는데, 아버지는 대답하지 않았다. 그러곤 돈이 들어왔다. 심장이 벌컥벌컥, 갈비뼈를 두드리며 뛰었다. 원주에 가면 아버지에게 자동이체를 풀라고 또 말해야 한다. 생활비 얼마를 넘기는 걸로 냉장고엔 반찬이 그득해지고, 밥통엔 따뜻한 밥이 넘치고, 옷장엔 깨끗하게 빨리고 다려진 옷들이 가지런히 놓이고, 가구들은 윤기로 빛나던, 엄마가 있던 생활로 돌아갈 수 없다고, 엄마가 이제는 없다고, 그러니 아버지도 변해야 한다고, 듣기도 싫은 말을 내 입으로 떠들어야 하는 것이다.

"왜? 안 좋은 소식이야? 얼굴이 왜 그래?"

"아니, 그냥 아버지야. 핸드폰 새로 바꾸고는 문자에다 막 하트를 찍고 그러네."

"어머, 너네 아버님 세련되셨다, 야. 딸이 고생한다고, 살갑게 잘하시려고 그런가 보다."

연화와는 대학 시절, 고아원 몇 군데를 방문해 공부를 도와주던 대학 연합 봉사활동 동아리에서 알게 되었다. 두어 번 집에 놀러 가서 본 연화네 아버지는 희고 둥근 얼굴에 온화한 미소를 띤 이비인후과 의사였다. 그렇지만 연화가 말하는 아버지는 자식들 훈육을 야구방망이로 하는 남자였다. 연화네 아버지는 폭력을 행사하고 나면, 성욕이 발동하는 타입이기도 했다. 연화는 야구방망이로 피멍이 들게 얻어맞은 뒤에, 커튼이 내려져 어둑한 거실에 무릎 꿇고 앉아서, 엄마가 아버지한테 강간당하면서 내는 울음소리를 들었던 기억을 갖고 있다. 연화한테는 누구의 아버지도 자기네 아버지보단 좋은 아버지다.

"이러쿵저러쿵해도 아버님, 독립적으로 생활하시잖아. 그럴 수 있을 때가 좋을 때야. 우리 시어머니, 요양원에 있잖아. 저번에 시누랑 같이 보러 갔는데 시누가 어머니보고, 엄마 이제 아버지한테 가야지? 갈 때가 됐지? 그렇게 묻더라고. 시아버지 돌아간 게 벌써 15년 전이니까 그런 말도 나올 만하지. 그랬더니 우리 시어머니가 그러는 거야. 아직 밥을 덜 먹었어. 그래서 못 가. 그 말 듣는데, 소름이 쫙 돋는 거 있지. 우리 시어머니, 나이가 여든아홉이야. 움직이지도 못해. 내처 자고, 밥때 돼서 남이 떠먹여주면 먹고, 대소변은 기저귀로 받고. 그게 생활의 전부라고. 자식도, 아들들은 못 알아봐. 다들 바빠서 잘 안 가보니까 선뜻 못 알아보고, 누구세요, 그런다고. 그나마 자주 찾아오는 며느리나 딸한테는 반응하는데……. 그러니, 그게 사는 거야? 나는 늙어도 그렇게는 안 될래. 그 전에 콱 죽고 말지."

"죽는 게 그렇게 마음대로 되겠냐. 그때 되면, 또 그렇게라도 살고 싶겠지. 똥 만드는 기계로 치면야 애들도 그렇지. 갓난애들, 무슨 사

218

명 갖고 태어나는 거 아니잖아. 그냥 태어나서 울고, 먹고, 자고, 똥 싸다 보면 자라서 의미니, 쓸모니 그런 거 생각하면서 우왕좌왕하는 건데……. 그러다 늙으면 무조건 살려고 버둥대는 몸으로 돌아가는 거겠지.”

우리는 둘 다 한숨을 내쉬었다. 나는 화제를 밝은 쪽으로 바꿨다.

“애들은 잘 크냐?”

“잘 크지. 너무 쑥쑥 크고 있다. 큰애는 지 방이 필요하댄다. 친구들은 다 혼자 쓰는 방 있다면서. 며칠 울고불고 난리를 치더니, 글쎄 지 동생을 침대에서 꺼내서 방바닥에 내던지는 거 있지. 나가라고. 애가 어리니까 철이 없어서 그런 거겠지만, 얼마나 놀랐는지 몰라. 우리 큰애는 낳을 때 내가 아직 직장 다니고 있었잖아. 갓난쟁이 때 제대로 돌봐주지 못한 게 미안해서 뭐 조르면 싫다는 말 못 하고 키웠더니, 내 자식인데도 가끔 말도 못하게 이기적이야.”

“그러게, 왜 좁은 데로 갔어? 전에 살던 빌라는 더 넓었잖아.”

“학군 때문에 그랬다니까. 애들 장래를 생각해야지. 혼자 사는 너는 몰라, 자식이 뭔지.”

연화의 속없는 말에 나는 웃었다. 그래, 모르겠다. 자식이란 대체 무엇일까. 아버지 자식으로 태어난 게 뭐라고, 나는 이런 감정의 진흙탕을 굴러야 하는 걸까.

219

75일

주차장에 차를 대고 내리는데, 납골원 관리 직원이 뛰어왔다.

"안녕하세요. 저기 곧 추석이잖아요. 사람들이 많이 오거든요. 꽃은 물론이고 음식도 많이들 가져오시는데, 그때는 가져온 거 바로바로 치워버려요. 지금은 생화 놓는 거 사나흘 그냥 놔두게 유도리를 드리고 있는데, 그때는 안 되거든요. 예외를 드릴 수가 없어요."

직원은 그렇게 말하면서 내 손에 들린 꽃바구니를 가리켰다.

"추석엔 꽃을 가져오지 말아야겠네요. 고맙습니다."

기독교인용 기념관 안은 언제나처럼 서늘하고 고요했지만, 변화가 있었다. 엄마 유골함 아랫줄에 몇 칸인가 새롭게 유골함이 들어와 있었다. 저번에 내가 가져다 둔 꽃바구니를 받친 콘솔은 저만치 옆으로 밀린 채였는데, 그 위에 쪽지가 붙어 있었다.

우리 엄마가 오랫동안 숨을 못 쉬고 고생하시다 돌아가셨거든요. 너무 불쌍한 우리 엄마, 돌아가신 후에라도 편하게 해드리고 싶어요. 우리 엄마 앞을 가로막는 꽃바구니, 앞으론 놓지 마세요.

납골원에 유골함을 안치하는 비용은 안치되는 기간과 위치에 따라 달랐다. 유골함을 넣는 칸들은 바닥에서 천장까지 여덟 개의 단인데, 똑바로 섰을 때 시선이 맞는 위치가 제일 좋은 자리여서 로열층이다. 로열층에는 황금색을 띤 리스가 둘려 있고, 안치료와 관리비도 훨씬 비싸다. 로열층 아래에 적당한 높이의 탁상이나 콘솔을 놓고 꽃바구니를 올리면 딱 좋은 위치로 꽃이 바쳐지는데, 그러자면 콘솔 다리 때문에 엄마 아래에 놓인 유골함들의 유리문이 가려지긴 했다. 자기네 엄마한테 인사할 때 우리가 가져다 놓은 꽃바구니를 치우는 거야 그러려니 하겠지만, 앞으로도 우리더러 꽃바구니를 아예 놓지 말라고 하는 건 이만저만 억지가 아니다. 로열층에 안치할 돈이 없고 유리문이 가로막히는 게 싫으면 비슷한 비용으로 아예 로열층 위로 올렸으면 될 일인데, 굳이 아랫줄에 놓고 남더러 이래라저래라 하는 이 심보는 뭘까? 나는 새 꽃바구니를 놓은 뒤 엄마에게 절했다.
죽어서도 고통이, 그것도 죽음이 닥친 최후의 순간, 그 고독하고 무시무시한 시간에 겪어야 했을 몸의 고통이 내내 끝나지 않고 영원히 이어진다는 망상이 완전한 죽음에 도달해서 평안해졌다는 생각보다 나은 걸까? 그렇게라도 살아 있는 셈 치는 게 나을까?

삶이 몸이라면, 죽음도 몸이 아닐까? 화장을 하면, 시반이 올라오고, 근육이 경직되었다가 썩어 들어가고, 내장에 가스가 차 뭉그러지고, 벌레들에게 살점을 뜯어 먹히고, 곰팡이와 박테리아들이 번식하면서 주름과 털로 이루어진 피부의 표면이 다 사라지고, 해골마저 형체를 잃고 사라지는 과정, 몸의 부패가 진행되는 죽음이 없다. 엄마의 몸은 더는 썩지 않는다. 엄마의 생애는 이제 사람들 사이에 기억과 감정으로만, 욕망 없는 정신으로만 남았다. 나는 엄마의 몸에 더는 고통이 없고, 정신에 아무러한 좌절이 없다고 안다. 죽음에도 복이 있다면……, 사람들이 명복(冥福)이라고 부르는 것, 그게 그런 거 아닐까.

78일

....

이불장을 정리하다가 밑바닥에 깔린 낡은 가방을 발견하고, 나는 아버지를 소리쳐 불렀다.

"아버지! 이 가방엔 뭐가 들었어?"

번호 세 개로 맞추는 자물쇠가 달린 서류 가방은 무겁기 짝이 없었다. 아버지가 삐죽이 문간으로 고개를 내밀었다가 가방을 보더니 재빨리 다가왔다.

"어, 그거…… 그거는 말이다. 중요한 게 들어 있어. 자 봐라."

가방 안에는 통장과 아파트 등기, 보험 증서를 비롯해서, 아버지가 군 복무 시절에 받은 상패와 감사장, 메달과 배지 같은 것들이 가득 들어 있었다.

"나중에 국립묘지 갈 때 증빙을 해야 되면, 이런 거 가지고 보훈처

나, 뭐 그런 데 알아보면 돼. 기록이 다 있을 거야."

아버지는 영장을 받고 입대했기 때문에 33년 근속이다. 영장이 나오기 전에 자진해서 입대했더라면 젊어서 2년을 더 근무했을 것이고, 군대에서 35년 근속이면 훈장을 받을 수 있다. 아버지는 훈장 없이 퇴직하는 걸 너무나 아쉬워했다. 거실 진열장에도 엇비슷한 상패와 기념사진이 몇 개인가 놓여 있다. 아마도 엄마가 모양새 좋은 것만 골라서 거기에 놓고, 나머지는 이런 식으로 보관했던 모양이다.

"봐라. 이건 전두환이 때…… 요건 김영삼이한테 받았어. 포장. 훈장 다음으로 좋은 거야."

어른이 된 뒤로 엄마와 신앙에 대해서 얘기할 수 없었던 것처럼, 나는 아버지와 군대, 국가 혹은 정치 이슈에 대해서 얘기하지 않는다.

아버지는 학비가 없어 고등학교를 그만둬야 했고, 고향을 떠났다. 4·19시민혁명은 아버지에게 실직을 안겨줬을 뿐이다. 가족도, 일도, 재산도, 인맥도, 학력도 없는 청년에게 독재자 박정희의 군대만이 삶의 터전을 제공했다. 그 뒤로 전두환과 노태우가 군부독재의 명맥을 이어갔다. 아버지가 충성한 국가는 그런 국가였다. 아버지는 할 수만 있다면 33년이 아니라 330년이나 3330년이라도 군대에서 복무하고 싶었을 것이다. 집에 오면 아내가 있어서 일상을 돌봐주고, 자식들이 우러러보며 존경하고, '나라 지키는 영광' 속에서 사는 삶을 영원히라도 살고 싶겠지. 그런데 아버지의 염원이 실현된다면, 나는 대검에 입이 찢겨 죽는 꿈을 꾸고, 전쟁의 공포와 죽음에 대한 두려움에 찌든 무기력한 어린애인 채로 남아야 한다.

아버지만이 아니다. 시간과 더불어 잊힌 무수한 폐허 속의 왕들과 영웅들과 천재들…… 불멸을 원해서 장대한 건물을 짓고, 돌에 이름을 새겨 넣었던 사람 중 누구 하나라도 영생을 누릴 수 있었다면, 지금의 세계는 결코 오지 않았을 것이다. 지구의 긴 역사에서 공룡을 비롯한 다섯 번의 대멸종이 없었으면, 지금 같은 인류의 번성이 없었을 것처럼. 죽음이야말로 만물의 어머니다. 세상에 불멸이 있다면, 그건 전체로서의 하나, 세상, 자연, 우주…… 뭐라 부르든, 모든 걸 합한 그것이다. 불멸하는 세계가 완성되려면, 그 안에 존재하는 모든 것들이 필멸이어야 한다. 모든 구성 성분을 드러내고, 모든 시간을 실현하고, 모든 장소를 실재하게 하려면, 모든 시간이 지나가야 하고, 모든 장소가 사라져야 하고, 태어났던 생명이 가능한 모든 방식으로 죽어야 한다. 일만의 필멸을 합해서 하나의 불멸, 하나의 불멸을 이루는 일만의 필멸. 일즉다 다즉일(一卽多 多卽一)의 세계는 불멸이며, 적멸이다. 하나로 돌아가, 다시 일만으로 태어나야 한다.

나는 그렇게 쓰인 오래된 경전을 읽다가, 자신이 불교도라는 사실을 알았다. 그걸 이해했다고 생각했다. 그렇지만 필멸이 필연이라고 알아도, 사람은 반드시 죽는다고 거듭거듭 생각해도, 그걸론 고통은 덜해지지 않는다. 세계가 세계로서 존재하기 위해서, 미래로 전진하기 위해서, 다시 태어나기 위해서, 엄마가 죽었다고 생각해봐도 애석한 정은 끊어지지 않는다. 전진하는 세계는 한없이 슬픈 세계다.

아버지가 계속해서 이것저것 메달들을 들어 보였다. 아버지에게는 청춘의 긍지와 생애의 보람이 담겨 있을 그것들을 봐도 나는 그저 덤덤하다. 아버지가 자신의 과거가 사라졌다는 것을 정말로 받아들일 순간이 오기는 할까? 메달들이 어쩐지 애잔해 보였다.

"그런 거 받으려면 근무 열심히 하셨어야 했겠네."

"그렇지. 나는 군 생활 하면서 징계고 위반이고 벌점이고, 이런 오점이 단 한 번도 없었어. 복무 기록이 완벽해. 잘못이 하나라도 있었으면 원사가 못 됐을 거야. 군대 들어갔다고 전부 승진하는 게 아니거든. 계급구조가 삼각형으로, 피라미드로 생겨서 위로 가면 좁아져. 항상 중도 탈락자들이 있지. 너희 세대도 경쟁이 치열하지만, 나도 힘들었어. 특히나 나는 전라도 사람이니까, 아무래도 영향이 있지 않나 싶어서 흠 안 잡히게 철저히 조심했지."

"군대에도 전라도 사람 차별이 있고 그래?"

"그건 어디나 있어. 내가 처음 군에 들어가고 얼마 안 돼서, 박정희가 정권을 잡았잖아. 그때는 나도 박정희를 지지했어. 맨날 데모가 나서 나라가 아주 혼란했거든. 군대가 질서를 잡았으니 이제 됐다, 그런 생각이었는데, 그러다가 김대중이가 나왔지. 김대중이가 박정희의 아주 큰 라이벌이었어. 총각 시절에 휴가를 갔더니 작은아버지가, 아,

여기 우리 고장에 대단한 인물이 났다고, 한번 보라고 그래서 집회장에 가서 연설을 들었는데 청중이 구름처럼 모이고, 말을 시원시원하게 하는데, 정말 굉장했어. 생각이 아주 비전이 있으면서, 언변도 훌륭하고, 풍채도 좋았지. 그런데 김대중이가 똑똑해서, 박정희를 비판하고 독재를 반대하고 그랬거든. 한번은 선거에서 박정희를 거의 이길 뻔했다고. 그러니 빨갱이라 그러는 거야. 그야 빨갱이는 때려잡아야 돼. 용납할 수 없지. 그런데 일반인도 빨갱이라고 딱지 한번 붙으면 인생 끝나는 거야. 무조건 살아남을 수가 없게 몰아쳐. 내 판단으로 김대중이는 빨갱이가 아니었어. 오히려 애국자지. 내가 군대에 있을 때는 하루에 다섯 종류씩 신문을 매일 읽었어. 세상 돌아가는 사정을 알아둬야 하니까 말이지. 그런데 같은 일도 신문마다 말이 판이하게 다르거든. 어디의 누구 말이 옳은지는 자기가 판단하는 거야. 누가 주입한다고 내가 주관도 없이 남의 판단을 따라가는 사람이 아냐. 당시에 군에서 투표를 하면, 용지 다 까본다는 소문이 있었어. 박정희 표가 막 80~90프로씩 몰표로 나오고 그랬는데, 그래도 뭐, 나는 끝까지 김대중이를 지지했어. 전라도니 경상도니 지역으로 사람 차별하고 그러는게, 그전에는 있다고 해도 미미했는데, 점점 심해졌어. 옛날이야 나라가 혼란했으니까, 강하게 기강을 잡기 위해서 군대가 정권도 잡고 군인이 대통령도 됐지만, 해먹을 만치 해먹었으면 민간인도 대통령이 되고 그래야지. 그래야 민주주의지. 안 그래?"

이럴 때 아버지는 군인이 아니라 농부 같다. 자신과 땅을 완전히 동일시하는 농부. 햇수로 따지면 아버지는 네 살부터 열일곱 살까지 고작 13년을 전라도에서 살았다. 이후로 평생의 태반을 강원도에서 보냈는데, 아버지 내면에 뿌리내린 땅은 강원도가 아니라 전라도의 산과 들이다. 박정희의 군대가 국가였다면, 민주당과 고 김대중 대통령은 아버지에게 고향이었다. 찢어지게 가난해서 등져야 했던 고향, 아버지한테 뭐 하나 해준 것도 없는 고향 땅인데, 그래서 더 애틋한 뭔가가 있는 걸까? 예전엔 독재자의 군대에서 충성을 다했으면서 동시에 민주화 투쟁의 영웅을 지지하는 아버지가 꽤나 모순되고 불합리하다고 생각했지만, 지금 보면 그건 매우 간단한 이유였던 거다. 아버지는 자기 자신을 사랑한다. 고향, 군대, 국가…… 아무튼 자신과 관련된 것이면 뭐든 지지하고, 아끼고, 꽉 움켜쥐고 놓지 않는 거다.

나는 가방 밑바닥에 놓인 책을 집어 들었다.

"이건 뭐야?"

아버지는 잠시 뜸을 들였다가 대답했다.

"그건 너희 할아버지가 옛날에 만드셨던 족보."

"족보?"

"내가 열네다섯 살이 됐을 때, 할아버지가 만드셨어. 시골 사람이라 집안에 이런 게 내려오는 걸 아주 대단한 긍지로 생각했었지."

할아버지가 족보를 만들다가 사기를 당했다는 얘기를 들은 적은 있다. 아버지가 고향 땅을 떠나는 계기가 되었다는 족보. 그렇지만 아버지는 한 번도 이 족보를 보여준 적이 없었다. 나는 할아버지가 족보를 만들려다 실패해서, 족보는 없다고 생각했었다.

"이런 게 있다는 건 왜 한 번도 말을 안 했어?"

"그게 뭐 대단한 거라고 말을 하고 안 하고 하겠냐. 어디 쓸 데도 없고. 옛날 사람들은 이런 거에 집착해가지고 발전이 안 됐어. 아주 봉건적인 사고방식으로 머리가 딱딱하니, 바꿀 수도 없게 굳어서. 이런 것만 안 만들었어도 사기꾼 만날 일도 없었고, 나도 공부를 더 했겠지. 사람이 배워야 대접받아. 모르면 무시당하고. 엄마하고 내가 결혼하면서 딱 하나 약속한 게 있어. 애들을 낳으면 공부는 꼭 원 없이 시키자……."

아버지 핸드폰이 요란하게 울렸다. 아버지는 피처폰을 쓰던 습관이 아직도 남아 있어서, 여전히 손가락에 힘을 줘서 꾹꾹 눌러댄다. 두세 번 누르다가 안 되면, 그제야 손에 힘을 빼고 다시 터치한다. 전화를 받을 때마다 그 과정을 거치느라 벨은 한동안 울려댔다. 응, 알았어, 거기. 두세 마디를 하고, 아버지는 전화를 끊었다.

"박 사장이 점심 먹자는데……."

"나는 알아서 챙겨 먹을게. 다녀오셔."

아버지가 나간 뒤, 족보를 넘겨봤다. 그건 내가 아는 한 꽤 정통한 방식으로 만들어진 물건이었다. 족보를 기록하는 의의와 일족의 시초에 대한 내용으로 시작되어, 몇몇 중요한 시조들에 대한 언급과 중흥조가 되는 먼 할아버지들의 묘와 사당을 그린 삽화들이 등장했다. 최초의 선조로 기록된 사람은 지금으로부터 꼭 천 년 전, 고려 시대 사람이었다. 그다음으로 장구한 손록(孫錄)이 이어졌다. 옛날 방식으로 묶은 책이 전부 여섯 권.

아버지는 이런 족보가 대변하는 가부장제의 전통이나 아들을 낳아 혈족을 이어가야 한다는 오래된 관념이 어떤 의미인지 제대로 모른 채 결별했다. 정확히 말하자면, 결별당한 걸까? 이 가치관이 아버지의 유산을 털어먹었기 때문에 먹고살 길이 막연해져서 고향을 버리고 떠나야만 했다. 아버지가 태어났을 때는 대한민국이 존재하지 않았다. 왕정이 붕괴된 자리에 제국주의 일본이 설치한 식민 통치 기구가 있었을 뿐이다. 아버지가 10대일 때는 나라가 3년이나 전쟁에 휩싸였다. 그런 다음, 박정희의 긴 칼이 시대를 갈랐고, 김대중의 목소리가 국민을 격동시켰다. 아버지는 그 두 사람을 투표용지 한 장으로 선택하라는 요구를 받았다. 그게 아버지가 아는 민주주의였다. 그 시절에는 아버지가 그래도 버리지 못하고 간직한 족보처럼, 전근대의 봉건성을 그대로 담은 오래된 철학이며 전통과 관습들이 여전히 영향력을 행사하고 있기도 했다. 평범한 사람이 체험하는 역사란 이런 게 아닐까. 모순과 불합리의 회오리. 선택할 수 없고, 이해할 수 없고, 결정할 수 없는 거창한 것들에 둘러싸여 어떻게든 살아남는, 살아가는 일.

79일

차는 이미 삼국 시대로부터 애호가들이 있었다. 신라의 문무왕이 15대를 거슬러 올라가는 신화 속의 왕 수로를 위한 제사에 차를 바쳤다고 전한다. 불교가 융성했던 고려조에는 왕실에서 일반 백성에 이르기까지 차를 마셨다. 조선에도 초기에는 차 문화가 있어서 제사 때 조상에게 석 잔의 술을 바치고, 조상이 식사를 마치길 기다린 뒤에는 차를 올렸다. 일설에는 주자가 자신의 집안 제사에 차를 이용한 게 기원이라고도 한다. 제사에서 차는 차츰 맹물로 대체되다가 마침내는 헌다(獻茶)라는 말만 남았다.

전설에 의하면 선종의 시조인 달마대사는 수행하다가 자꾸만 졸음이 밀려와 눈이 감기자 속눈썹을 잘라 땅에 버렸는데, 그 자리에서 차나무가 자랐다. 지금도 달마도는 속눈썹 없이 둥근 눈을 부리부리하게 치켜뜬 모양새로 그려진다. 차에 생사의 경계를 넘어 존재의 본질을 깨달은 자의 눈이 담겨 있다는, 이 신화대로라면 차의 향기엔 죽음이라는 거대한 망각으로부터 혼을 건져 올리는 힘이 있다. 혼이 건져질지는 모르겠으나, 차를 우리면서 내 정신이 맑아지는 것은 분명하다. 차를 마시는 동안에, 나는 더 생생하게 엄마를 기억할 수 있다.

좋은 차는 물의 양과 찻잎의 비율이 적절해야 하고, 물의 온도가 정확하게 맞아야 나온다. 같은 찻주전자에서 나오는 차도 마시는 순간순간 맛과 색이 달라진다. 다기는 계량컵이 아니고, 온도계와 타이머를 이용할 수도 없다. 다관의 주둥이는 길쭉하고, 찻잔은 둥글며, 물은 시시각각 끓어올랐다 식어가고, 불꽃은 제멋대로 너울거린다.

경험만이 적당한 물의 수위를, 불의 온도를, 찻잎의 양을 알려준다. 겪어보지 않은 새 다기로 차를 우리려면, 어지간히 시간을 들여서 연습해야 한다. 그러지 않으면, 좋은 차가 나오지 않는다.

엄마 제사에 쓰려고 산 새 다기가 손에 익지 않아서, 나는 매일 밤 몇 시간이고 차를 우리고 버리기를 거듭했다. 좀처럼 제대로 된 차가 나오지 않았다.

찻잎은 우전이다. 우전은 음력 3월 중순쯤에 돌아오는 곡우 전에 딴 어린 찻잎을 덖어 만든 차다. 잘 우리면 녹빛이 열대의 바다처럼 곱고 쓴맛이 거의 없는 데다 담백하면서도 고소하다. 차가 목으로 넘어간 뒤에 은근한 달콤함이 혀뿌리를 휘감아 도는 풍미도 일품이다. 여린 잎으로 만들어 다른 때 품덩품덩 우려내던 두물차 같은 것에 비해서 좀 더 많은 찻잎을 넣어야 하고, 시간도 조금 더 넉넉하게 두고 우려야 하는데, 헌다잔 크기도 일반 찻종보다 훨씬 크기 때문에 그 '조금 더'를 결정하는 것이 한없이 어려운 결단에 가까워진다. 한 모금을 마셔보고 한 잔을 다시 우리고, 한 모금을 다시 마시기를 거듭했다.

눈으로 물의 양을 재고, 입으로 맛을 보고, 코로 향의 농도를 계산하고, 귀로 시계 초침을 듣고, 손끝으로 다기의 온도를 재는 데 집중하노라면 다른 일이 전부 잊힌다.

오로지 차와 내가 있다.

몇 잔인가 떫은 차를 삼키고서야 나는 마침내 한 모금의 달콤한 차에 도달할 수 있었다.

80일

．．．．．．．．．．．

아버지는 양복을 입고, 나와 은희는 검은 정장을 입었다. 아버지가 초에 불을 붙였다. 자리에 앉아 내가 차를 우렸다.

녹빛의 차가 미세한 동심원을 그리며 일렁거렸다.

"임진년 기유월 갑오일에 추석을 맞이해서 둘째 석희가 은희와 함께 아버지를 모시고, 어머니께 말씀드립니다. 가족이 모여 즐거워야 할 명절이지만, 올해는 어머니의 빈자리가 커서 아무런 즐거움이 없습니다. 어머니는 언제나 아버지에게 더운밥을 마련해주셨고, 깨끗한 옷과 편안한 잠자리로 화목한 가정을 만드셨습니다. 어머니는 자식들을 위해서 한결같은 마음으로 늘 건강해라, 잘되거라 기도해주셨습니다. 이제 누가 있어 그렇게 진실한 성의로 아버지와 우리들을 생각해 줄까요. 어머니를 생각하며, 가족들이 모두 정성을 모았습니다. 흠향

하십시오."

은희가 헌다잔을 받아 일어났다. 영정과 위패 앞에 마련된 제단에 잔을 올리고 돌아왔다. 아버지가 일어섰다.

"죽은 자의 부활도 이와 같으니 썩을 것으로 심고 썩지 아니할 것으로 다시 살며 욕된 것으로 심고 영광스러운 것으로 다시 살며 약한 것으로 심고 강한 것으로 다시 살며 육의 몸으로 심고 신령한 몸으로 다시 사나니, 육의 몸이 있은즉 또 신령한 몸이 있느니라. 〈고린도 전서〉 말씀입니다. 이제 우리가 추석날 당신이 없, 없는, 없는 자리에서……."

그 뒷말은 잘 들리지 않았다. 아버지는 울먹거리기 시작했다. 며칠이나 걸려서 써둔 성경 구절과 기도문을 적은 종이를 결사적으로 움켜쥐고, 알아들을 수 없는 말들을 계속 읽어 내려갔다. 결국엔 말소리보다 울음소리가 더 커졌다. 아버지가 옷소매로 눈물을 닦아내며 밖으로 뛰쳐나갔다. 벽 너머로 아버지의 긴 곡소리가 한참이나 울렸다. 자작자작, 위패 옆 양초 속 자작나무 심지가 소리를 내며 타올랐다.

심두멸각(心頭滅却), 마음이 죽으면 불길도 뜨겁지 않다.

자아를 버린 성자는 공포와 분노와 증오를 잊고, 자아가 있다는 생각과 자기와 남 사이의 경계를 지키려는 의지를 버린다. 그런 까닭으로 오래전부터 고승들은 태연히 불 속에 앉는다고 믿어졌다. 그러니 누군가 불 속에 태연히 앉아 있을 수 있으면, 심두멸각한 것이다. 나는 엄마가 화장로에서 고요히 침묵했던 걸 기억해냈다. 물이 끓어올라, 탕관의 표면에 물방울이 맺혀 미끄러졌다.

한참 만에야 아버지가 돌아와서 향을 피우고 헌화했다. 나와 은희도 차례로 향에 불을 붙이고 헌화한 다음, 재배하고 반절했다. 세 대의 향이 타올라 연기와 재로 화했다.

81일

엄마 사진이 담긴 액자가 있고, 그 둘레에 크고 작은 색색의 향초들
이 잔뜩 켜져 있었다. 향초들은 거울로 이루어진 받침 위, 크리스털 홀
더 속에 들어 있었다. 초에서 타오르는 불빛이 거울과 크리스털에 이
리저리 반사되어 영롱했다. 옆에는 줄기가 1미터쯤 돼 보이는 꺽다리
백합들이 투명한 베이스에 담겨 있었다. 편지도 놓여 있었다. 제단을
차려놓고, 엄마한테 편지를 쓰고 기도하고 울고…… 소희 언니는 그
렇게 추석을 보냈다고 했다. 성당에 다니는 친구가 죽은 사람 사진을
앞에 두고, 저런 식으로 초를 켜는 걸 본 적이 있다. 언니가 가톨릭 신
자인 건 알고 있었지만, 이렇게 실감 나긴 처음이다. 아름다운 제단이
지만, 제사상이라고는 할 수 없다.

나는 성당에 다닌 적이 없어서 저 초들이 불타오르는 의미를 잘 모

르겠다. 제사가 혼을 소환한다고 가정하여, 제사를 지내는 동안만이라도 죽은 사람과 산 사람이 현재를 공유하면서 더불어 살아가는 방식이라면, 언니의 저 제단은 엄마를 아름답게 만들어서 그리워하는 것으로 상실된 시간들을 전부 천국의 사물처럼 만드는 추모로 보인다.

언니가 남이면 뭘 어쩌든 나완 상관없는 일인데, 가족이라 문제다. 언니는 100일 탈상에도 나오겠다고 하고 있으니, 그때 제사에 끼어야 한다. 앞으로의 명절이나 기일에 번번이 한국에 나올 순 없겠지만, 간혹 어느 해라도 나오게 된다면 제사에 참석할 거다. 그러니 애매하다. 의례의 의미에 대한 공통된 합의가 없다면, 제사는 엉망진창이 된다.

천국이 옳으냐, 저승이 맞냐, 기독교가 진리냐, 불교와 유교가 전통의 신앙이냐, 논쟁을 하고 싶은 건 아니다. 숭배할 조상의 혼이나 전지전능한 신이 있는지 없는지 모르겠고, 사람이 죽으면 어찌 되는지도 모르겠고, 사실은 천국이든 저승이든 사후세계가 정말 있다고 단언할 수도 없다. 나는 어떤 신도 만난 적이 없고, 어떤 사후세계에도 가본 적이 없으니까. 다만, 신의 존재 유무와는 별개로 신에 대한 믿음이 존재하는 것은 알고 있다. 교회를 짓고, 사찰을 건축하는 건 신앙심이 있기 때문이다. 조상신에 대한 믿음이 있으니, 해마다 명절이면 민족의 대이동이라 할 만큼 도로가 극심한 정체를 빚는다. 사람들은 자신의 신앙에 따라 행동을 교정하고, 생각을 바꾸며, 경제활동도 하고, 문화생활도 한다. 뭔가를 믿는 사람들을 정말 소유하고 지배하는 건, 신이 아니라 그들 자신의 신에 대한 관념이다.

관념은 사물과 같아서, 사회와 사람들 속에 존재하면서 인과를 일으키고, 인과 속에서 또 변해간다. 그런 작용과 반응의 과정들이야말로 사회와 개인을 분리시키면서도 묶어놓는다. 관념이나 관습이나 신앙이나 이념들을 통해서 개인은 자신이 속한 사회의 역사와 전통 속으로 돌아가고, 사회는 자신의 정체성을 지속시킬 개인들을 재생산한다. 엄마의 생각, 엄마의 말, 엄마의 가치관, 엄마의 욕망, 엄마의 지식…… 그렇게 엄마의 정신에 관한 모든 것이, 심지어는 하나님과 예수님을 믿었던 신앙심까지 전부 한 치도 틀림없는 한국 여자의, 한국 사람의 그것이었다. 한국 사람이 살던 대로 살았으니, 한국 사람이 죽어온 방식대로 죽어야 하지 않나. 엄마가 천국에 갔어도 한국인의 천국에 갔고, 엄마가 환생을 해도 이 땅에 다시 올 터다. 다른 세계는 없다. 엄마의 몸이 재와 위패로 변해 이곳 사물의 질서에 합치되어 있다면, 엄마의 정신도 엄마를 낳은 이곳의 오래된 죽음 속으로, 전통 속으로 돌아가야 하지 않을까. 그게 내 결론이었다. 그렇게 해서 오래된 죽음 속에 머물러 있다가 기일이나 명절에 사람의 얼굴을 되찾고 내 기억 속으로 돌아올 엄마는, 내 과거 속 모든 장면에 스며 있는 엄마일 거라고 생각한다.

그렇지만 이런 걸 어디서부터 어디까지 말해야 할지 잘 모르겠다. 호주에 사는 가톨릭 신자인 언니에게 한국식 제사가 얼마만큼 유효할지도 잘 모르겠고. 언니가 한국에 들어오면 그때 다시 차분하게 얘기해봐야겠다. 게다가 오늘은 또 오늘의 용건이 있다.

"그건 됐고. 그보다…… 아버지한테 사전의료의향서를 받을까 싶어."

"뭐? 뭘 받는다고?"

"사전의료의향서. 병원에서 의식이 없는 상황에 빠졌을 때 인공호흡이나 심폐소생술, 인공영양 공급 같은 연명시술을 어디까지 하고 싶은지랑, 그런 의사 결정을 할 대리인을 누구로 할지 미리 문서로 밝혀두는 거 있잖아. 마지막에 어떤 치료를 받게 될지는 모르는 거니까 세부까지는 정할 수 없겠지만, 대략적인 가이드는 정해놔야지. 이러저러한 것을 원하고, 원하지 않는다고 에세이로 쓸 수도 있다지만, 아버지한테는 무리고, 찾아보니까 예전에 복지부 생명윤리정책연구센터에서 배포했던 양식이 있어."

"그런 걸 왜 아버지한테 받아?"

"왜라니. 언니, 아버지 병이 있잖아. 나이도 있고."

"그래. 그러니까 그런 걸 쓰는 게 유서나 똑같지. 죽는다는 얘기나 같은 건데, 아버지가 그걸 어떻게 받아들이겠냐? 안 그래도 지금 힘든 때잖아. 나이는 많지, 몸은 아프지, 엄마는 없지. 사람이 힘들 때 힘든 생각만 하면, 정신에 병이 와. 마음을 조금이라도 편하게 해야지."

"힘들어도 지금은 계기가 있잖아. 장례 치르고 새 생활을 시작하고 있으니까. 이 생활이 어떻게 흐르고, 어떤 방식으로 종결될 건지 계획을 좀 세워둬야지. 이런 얘기를 그럼 언제 해?"

"나중에……. 언제가 됐든, 아버지 좀 안정되고, 기분이 우울하지 않을 때. 날 좋고, 좀 행복한 시기가 돌아오면 여유를 가지고……."

"지금이야 시기가 이렇고 계기가 있으니까 얘기를 해도 자연스럽지만, 나중에 뜬금없이 연명치료니 어쩌니 해봐. 애들이 나 죽는다고 생각하나 보다, 진짜 죽는 건가, 그러지 않겠어? 차라리 지금이 낫다고. 젊을 때도 아버지는 죽고 아프고, 그런 얘기를 안 하는 사람이었고. 힘들어도 이런 얘기를 좀 확실하게 해둬야지. 투석도 그래. 어느 정도 기준이 되는 범주는 있지만, 환자가 일상생활을 유지할 수 없을 정도다 싶을 때를 판단해서 하는 거니까. 나이가 젊으면 투석이 얼마나 고통스럽든 미래를 위해 좀 빨리 시작해서 생활의 일부로 감수하라고 하겠지만, 아버지는 70이 넘었어. 투석하면, 병원에서 주삿바늘 꽂고 네 시간씩 누워 있는 게 일주일에 사흘이야. 그러다 다른 병이 생기면 병원에 더 있게 되구, 입퇴원 반복하다가 요양병원으로 옮겨져서 코마로 가겠지. 나는 아버지가 자기 컨디션을 이해해서, 투석하면서 병원 생활만으로 5년을 사느니, 자기 생활 하면서 3~4년을 살고 싶다고 하면, 그것도 선택이라고 생각해. 아니면, 어떤 고통이든 다 감수하고 하루라도 더 사는 게 가치가 있어서, 무슨 치료든 적극적으로 받겠다고 하면 그것도 선택이고. 그러려면 의료비를 어찌할 건지,

그 얘기도 미리 해둬야 하잖아. 뭐가 됐든 상황을 판단해서 대처하려면 일단 어떤 상황인지 똑바로 알아야지."

"그런 게 미리 결정하고 말고 그럴 문제니? 아버지는 병원 다니면서 받을 수 있는 치료 다 받으면 돼. 그리고 봐라. 엄마도 그렇게 허무하게 확 돌아갈지 누가 알았니? 사람 일은 모르는 거야. 그런 불길한 얘길 뭐 하러 벌써부터 해?"

공기가 희박해지는 느낌 때문에 나는 입을 크게 벌렸다. 비명을 지르고 싶은 충동이 일었는데, 튀어나온 것은 빠르고 신경질적인 잔소리였다.

"언니, 아버지는 심부전이 아니고 신부전이야. 엄마는 심장이 안 좋았으니까 그랬지만, 아버지는 달라. 아버지, 신장내과에 앞으로 한 달에 최소 한 번은 가겠지. 몸에 변동 생기는 거 다 체크된다고. 밀착해서 의료처치를 받으면, 문제가 생길 때 금방 알기 때문에 사람이 잘 안 죽어. 나중에 문제가 생겨서 혼수상태에 빠져도 그렇다고. 중환자실 들어가면 24시간 간호야. 입으로 못 먹으면 위장에다 구멍 내서 영양 공급하면 되고, 폐가 멈추면 에크모 꽂아서 혈액에다 산소 공급하면서 인공호흡기 붙이고, 신장이 기능을 멈춰도 24시간 투석기 돌리면 아무튼 살아. 의식도 없고, 숨도 혼자 힘으론 못 쉬고, 대소변도 못 가려도, 그런 상태로 하루도 살고, 열흘도 살고, 한 달도 살고, 길게 살아. 그러면서 막 어려운 결정들이 닥쳐오겠지. 그런 응급치료를 계속

242

한다 만다 하는 그런 거. 언니, 의사들은 직업 의료인이라서 돈 받고 치료는 해주지만, 남의 목숨을 끊어라 마라 결정하는 무거운 책임은 져주지 않아. 의료진이 자의적으로 연명시술 중단하면 그건 살인이야. 그렇다고 그런 일 닥쳐오는 때에 이미 의식이 없을 아버지가 결정하겠어? 아니면, 우리가 전부 알아서 결정해? 아, 이쯤에서 아버지가 그만 죽고 싶을 거야, 그러니까 치료 관두자, 그렇게 결정할 거야? 무슨 오리나 닭 잡는 것도 아니고, 어디 악질 연쇄 살인마 사형 찬반 투표하는 것도 아니고. 아버지란 말야. 자식이 돼서 그런 결단을 대체 무슨 마음으로 내려야 하겠어? 미리 얘기를 좀 해봐야 할 거 아냐. 감정적인 부담도, 정신적인 대처도, 금전적인 대비도 하나 안 하고, 현실 문제에 대한 걱정은 전부 자식한테 떠넘긴 다음에, 자기 과거로 만든 꿈동산에서 천년만년 살 거라는 판타지를 지녀야 한다는 거야?"

모니터 저편에서 언니가 의자를 뒤로 밀어 몸을 젖혔다.

"그건 너무 심한 과장 아니냐? 그런 일이 안 일어날 수도 있는 거잖아? 인생은 진짜 모르는 거야. 닥치지도 않은 일을 벌써부터 생각해봐야 소용도 없고……. 그런 일 있을 때, 니가 못 하겠으면 내가 결정할 테니까, 너는 아무것도 할 필요 없어. 아버지한테 무슨 일 생기면, 나한테 바로 연락해. 내가 하루면 가잖아. 그다음부터는 내가 다 알아서 할게."

"지금 그게 말이나 되는 소리야? 언니는 바다 건너 살잖아. 아버지 생사가 경각에 달린 상황에서 언니 기다리고 있겠어? 턱도 없는 소리 관두고 현실적으로 얘기하자고. 언니가 그런 식으로 오냐오냐 아버지 비위 맞추는 얘기나 하니까, 듣기 싫은 소리 하는 악역은 전부 나만 하게 되잖아."

"나도 아버지한테 할 말은 해. 소식해라, 야채를 줄여라, 그런 얘기 맨날 하고, 너한테 잘하라고 잔소리도 해. 나도 니 입장 충분히 생각하고 힘들 거 아는데, 그래도 그렇지, 아버지 좀 돌본다고 너무 유세하는 거 아니냐? 사람들이 다 너처럼 머리로 살진 않아. 엄마가 맨날 그랬어. 마음 편하게 해주는 게 효도라고. 야, 아버지 늙었어. 니가 하는 그런 얘기 감당 못 한다고. 이런 시기에 아버지더러 어떻게 죽을까 생각하라는 건 너무하지 않니?"

"이게 어떻게 죽는 일만 생각하는 거야! 남은 날을 어떻게 살 건가를 생각하자는 거지!"

언니가 입을 꽉 다물었다. 장례식 전에 우리는 꽤 가까운 자매였다. 서로 잘 안다고 생각했었다.

83일

엄마 옷장 문을 활짝 열고 한 권사가 말했다.

"그래, 이거야, 이거. 박 권사가 나하고 치수가 똑같아서……."

한 권사가 니트 카디건을 꺼내 걸쳤다. 그런 다음, 검은 바탕에 꽃무늬 자수가 놓인 투피스 정장을 꺼내서 장 권사에게 내밀었다.

"너한테는 이게 맞겠다. 입어봐."

장 권사가 주저하며 나를 힐끔 쳐다봤다.

"그치만 석희나 은희가 엄마 옷 입을 수도 있는 거고……."

"애들이 이런 옷 입기나 할 것 같아? 안 입어, 안 입는다고. 여기 놔두면 그냥 썩히는 건데, 아깝잖아. 얼른 입어봐. 길이는 좀 줄여야 되겠지만 품은 맞을 거야."

옷장 정리는 벌써 끝난 지 한참 되었다. 거기 남겨둔 물건은 남에게

주고 싶지 않았다.

한 권사와 장 권사는 엄마 생전에 자매처럼 친하게 지냈다. 초인종 누르고 대꾸하는 것도 번거로우니 그냥 열고 들어오라고, 엄마가 현관문 비밀번호도 알려주는 사이였다. 봄에는 고사리며 뽕잎 뜯으러 같이 산에 가고, 가을이면 고구마 이삭 털러 다니고, 초겨울이 돌아오면 김장을 같이 담그고, 일요일엔 교회에서 나란히 앉았다. 엄마가 평소에 전화로 하는 얘기의 반은 이 아줌마들 이름으로 채워져 있었다. 그러니 선뜻 안 된다는 말도 나오지 않았다.

엄마 영정 사진을 만들어 온 사람이 장 권사였다. 사흘간 빈소를 떠나지 않고, 절차마다 전부 자기 일처럼 도와줬다. 얼굴도 서먹한 친척들보다 몇 배나 더 가족 같았다. 장례식이 끝난 뒤에 엄마 옷장을 정리하면서, 장 권사에겐 엄마가 아끼던 겨울 외투 한 점을 사례했다. 한 권사는 그때 영국에 있다는 친척 집에 체류 중이라서, 장례식에 참석하지 못했다. 아줌마들이 팔며 손에 옷을 걸치고 방을 나섰다. 어물어물 그 뒤를 따라 거실로 나갔다. 차라도 드릴까요, 하고 권했지만 됐어, 안 마셔, 우리 벌써 먹고 왔거든, 하더니 아줌마들은 부엌 뒤편 베란다에 놓아둔 장독을 점검하겠다며 갔다.

물건을 태울 때 발생하는 연기와 악취가 환경을 오염시키기 때문에 유품을 대량으로 소각하는 건 불법이다. 납골원 계약을 끝마쳤을 때 사무직원이 자기네도 소각 시설이 있으니 옷가지 한두 점이라든가,

꼭 태우고 싶은 유품이 있으면 가져와도 좋다고 했다. 그런 물건이 있으리라곤 생각도 못 했는데, 집에 돌아와 엄마가 마지막으로 누웠던 이부자리를 보고, 이런 거구나 싶었다.

엄마의 손때가 묻은 물건들도 비슷한 기분을 불러일으켰다. 엄마의 구두들은 한결같이 왼쪽 밑창이 오른편보다 조금씩 더 닳아 있었다. 무의식중에 엄마가 왼쪽 다리에 조금씩 더 힘을 싣고 걸었던 거다. 가방들은 엄마가 적당하다고 생각한 길이로 끈이 맞춰져 있었다. 엄마의 정장들을 보면, 엄마가 어떤 날, 어떤 장소에서 입었는지 기억났다. 엄마 물건들은 타지 못하고 남은 엄마의 몸이었다. 아무렇게나 버리기도 곤란하고, 그렇다고 전부 태우는 건 위법이고, 남에게 주는 것도 내키지 않아서, 나중에 아버지 장례를 치르고 집을 정리할 때 한꺼번에 어떻게든 하기로 했다.

한 권사와 장 권사가 거실로 돌아왔다. 나는 사과를 내놨다. 한 권사가 물었다.

"최 권사님은 어디 가셨나?"

"친구분들 만나러 가셨어요. 권사님들 오실 줄 알았으면, 계시라고 했을 텐데요."

장 권사가 말했다.

"옷장 정리나 하는 건데, 최 권사님이야 계셔봤자지, 뭐. 석희 너 있으니 됐고."

한 권사가 내 쪽을 향해 미소를 지었다.

"석희가 고생 많네. 엄마 없으니까, 엄마 역할 하느라 힘들지?"

나는 애매하게 웃었다. 나는 엄마 역할 같은 건 하고 있지 않다. 아무도 엄마 역할은 못 한다. 내가 하는 건 딸 노릇이다.

"제가 엄마처럼 살림이야 못 하죠. 청소는 도우미 쓰기로 했고요. 식기세척기도 들여놓고, 반찬은 매주 배달 오도록 해놨어요. 그 정도면 아버지 생활이 크게 불편하지 않게 굴러는 갈 것 같은데, 아버지는 벌써 반찬 맛없어서 못 먹겠다고 불평이시네요."

"아이구, 그렇게나……. 우리 박 권사가 최 권사님 돈을 얼마나 벌어주고 있었던 거야? 한 사람 없으니까 그 자리 메우는 데, 순전히 다 돈이잖아. 빈자리가 얼마나 커."

장 권사는 말을 하면서 눈시울을 붉혔다. 한 권사가 말했다.

"나는 진짜, 아직도 안 믿겨. 거기서 전화로 소식 들었을 때도, 내가 그랬어. 무슨 거짓말을 그렇게 하냐고. 그럴 리가 없다고. 헤어질 때 얼마나 말짱했는데."

"한 권사님 여행 떠나실 무렵에, 어머니가 유난히 서운해하셨어요."

장 권사가 불쑥 끼어들었다.

"맞아. 그랬어. 썩을 년아, 가만 좀 있지, 지랄한다고 어딜 까질러 쏘다니냐고 얼마나……."

거기까지 말한 장 권사가 갑자기 입을 다물었다. 아마도 '썩을 년'

이라든가 '지랄' 같은 단어들을 엄마가 썼다고 내 앞에서 말하기가 껄끄러웠던 모양이다. 그치만 "썩을 년!" 하고 외치는 말투나 표정, 동작이 생전의 엄마가 하던 거랑 너무 똑같아서 나는 엉겁결에 웃어버렸다. 엄마와 이 아줌마들은 서로를 이름으로 불렀다. 누구야. 누구야. 그러다가 가끔 불량한 여고생들마냥 이년 저년 하고 칭했다.

어린 시절, 엄마는 아무리 화가 나도 우리한테 욕설은 하지 않았다. 집에서 이년 저년, 하고 불리면 밖에서도 이년 저년, 하는 취급이나 당한다고, 남을 이년 저년, 하고 부르면 자기도 이년 저년, 하고 불린다고, 엄마는 우리를 그렇게 부르지 않는 것은 물론이고, 우리도 욕설 따위 하지 못하게 했다. 그랬던 엄마가, 정작 자신은 친구들과 이년 저년, 하고 부르고 불린다는 사실을 안 건 대학을 졸업한 뒤의 일이다.

아이에게 모범이 되어야 한다는 '어머니'의 의무에서 벗어난 엄마를 나는 알지 못한다. 엄마는 나에겐 언제나 '어머니'의 얼굴을 했었다. 이 아줌마들은 내가 모르는 엄마를 알았다. 그 엄마는 이 아줌마들과의 우정이 아니라면 존재할 수 없는 엄마였다. 나는 엄마 옷들을 곁눈질했다. 엄마 옷을 친구들이 가져가겠다면야 줘야 한다는 생각이 들었다.

87일

．．．．．．．．．．

"그러게 말이다. 간병인 비용이 문제라고 요즘 뉴스에 많이 나오더라. 누가 대통령이 되든 그 문제는 해결해주겠지. 국회에서 처리를 하든가. 안 그러냐?"

'요즘 병원비가 말이지' 하는 것이 '요즘 사람이 죽을 때는 말야' 하는 것보다는 그나마 말 꺼내기 쉽다고 생각해서 서두를 그렇게 꺼냈다가 나는 그만 말문이 막혔다. 아버지는 내가 시사 잡담이라도 하자는 줄 알았는지, 금방 열을 올렸다.

"근데 선거철이니까 정치가들이 국민들 환심을 사려고 이 말 저 말 하기 때문에……."

아버지가 정치가들은 순 거짓말쟁이에 자기 잇속만 챙기는 바보 집단이라고 비난했다.

"사람을. 확 갈아치워야 해. 그래야 정신을 차리지."

아버지는 어느 당의 누가 어디 출신인데 어떻고, 어느 당의 누구는 또 어떤데, 하고 말을 이어갔다.

요즘은 뉴스를 삼십 분만 듣고 있어도, 선장이 죽어버린 난파선에 탄 채 폭풍이 닥쳐오는 망망대해를 표류하는 기분이 든다. 이렇게나 과학기술이 발달했던 시대는 없었다. 이만큼이나 되는 노인들이 살았던 사회도 존재하지 않았다. 세계의 물리적 환경은 급속도로 변화하는데, 사람들의 의식은 그걸 따라가지 못하고 정체한 채 과거의 방식을 고집하면서 갖가지 희비극이 벌어진다. 글로벌 규모로 경제가 운용되어서, 미국 주택 시장의 폭락이 우리 동네 치킨집 사장의 노후 자금을 바닥내는 상황도 역사상 처음이다. 복지를 확대하려면 강력한 국가가 필요하지만, 자본이 흘러다니며 새로 만들어내는 지구촌 풍경에서 20세기 역사의 주역이었던 국민국가의 위상은 점점 축소되고 있다. 경제가 정치적 결단을 강제하는 지금, 아버지 세대의 가장 강력한 공포가 국가 간 전쟁이었다면, 내가 노인이 될 미래엔 국가파산일지도 모르겠다. 국경을 가로지르는 기업들, 국경을 넘어오는 노동자들, 국경을 초월한 자본들로 국가의 윤곽선이 희미해지는 와중에도 오래된 적은 남아 있다. 아직 한국전쟁은 종결되지 않았다. 여전히 휴전 중으로, 끊임없는 국경분쟁이 이어진다. 중국과 러시아가 핵을 가지고 있고, 일본은 우경화하고 있다. 이미 천문학적인 액수의 국방비는 더 늘어날 것이다. 국가 차원의 복지는 축소되고, 국방비 부담은 늘어나는 미래가 저만치 어른거리고 있다고 나는 생각하지만, 이러쿵저러쿵 정치가들을 품평하던 아버지의 결론은 결국 밝기만 한 낙관으로 간다. 아버지에겐 국가의 성장을 경험했던 과거가 있으니까.

"그래도 옛날에 비해선 엄청나게 좋아진 거야. 어쩌나 저쩌나 해도 국가가 국민들을 잘 돌봐주게, 세상이 그런 방향으로 가는 거야."

아버지가 나라가 발전했다며 어려웠던 옛날 얘기를 들먹이기 시작했을 때, 나는 죽은 엄마를 처음 보던 순간을 떠올렸다. 엄마는 시트한 장 덮지 못한 채 응급실 구석에 방치되어 있었다. 하나님도 곁에 없고 아버지도 옆에 없이, 은희만 울고 있었다. 아버지의 국가는 엄마더러 죽어 재가 된 뒤에도 더 기다리란 명령이나 내렸을 뿐이다. 소희 언니가 뭐라고 하든, 나는 물어야겠다. 사전의료의향서 서식을 아버지 쪽으로 밀었다. 서식의 목적과 그것이 사용되었던 사례들을 책이며 인터넷에서 찾아 편집한 프린트도 딸려 있어서 꽤 두툼했다.

"이게 뭐냐 하면……"

간략한 설명을 들으며 서류를 휙휙 넘겨보더니, 아버지가 못마땅한 얼굴로 말했다.

"뭐, 이런 걸 꼭 써야 되겠냐?"

"아버지, 만약에 말이지, 그날 밤에 엄마가 아픈 걸 아버지가 알았다고 해봐. 그래서 병원에 옮겼다고 쳐. 심장이 멎으면 머리로 피가 안

252

가는데, 십오 분 이상 그 상태로 두면 의식이 못 돌아와. 그래서 엄마가 의식 없이 호흡기 같은 거 꽂고 누워서 숨만 쉬고 있다고 하면, 아버지는 어떡했을 거 같아? 의식이 못 돌아오니, 호흡기 떼자고 할 거야? 의식이 없어도 몸은 거기 있으니 몇 달이고 몇 년이고 그대로 둘 거야? 그런 거 결정할 수 있겠어? 근데 병원에선 그런 일이 실제로 있잖아. 그러니까……."

더 이상 말을 할 수가 없었다. 엄마 얘기가 나오자 아버지 눈에 눈물이 고였다. 그걸 참으려고 안간힘을 쓰는 게 보였다. 비정한 얼굴로 혼자서도 씩씩하게 잘 살겠다고 내내 외쳐대던 일이 거짓말인 양, 추석 제사를 지낸 뒤로 아버지는 엄마 얘기만 나오면 울먹이게 되었다. 이건 이거대로 곤란하다. 이래서야 차분하게 얘기를 할 수가 없다. 엄마 얘기를 꺼내지 말았어야 했나 좀 후회가 됐는데, 달리 무슨 말로 설명할 수 있을지, 아무리 생각해도 알 수 없었다. 아버지가 사전의료 의향서 양식이며 자료들을 전부 그러모았다.

"알겠다. 생각해보겠어."

더 자세히 들어보라고 말릴 새도 없이, 아버지는 그대로 자리를 떴다.

91일
....

달그락달그락. 희미하게 그릇 부딪치는 소리에 방문을 열어보니, 아버지가 식기세척기에서 어제저녁에 넣어둔 그릇들을 꺼내 정리하고 있다. 곧 식사 시간일 테니까. 아버지는 이제 스스로 밥상을 차린다. 밥통에서 밥을 푸고, 냉장고에서 반찬을 꺼내 데우는 정도지만, 어쨌든 밥을 차려달라고 나를 부르진 않는다.

몇 년 전에 엄마 생일 선물로 식기세척기를 주문한 적이 있었다. 내일 설치 기사가 갈 거야, 하고 전화를 했다가 무려 삼십 분이나, 전화기가 뜨거워지도록 야단을 맞았다. 멀쩡한 손 있는데 뭐 하러 그런 걸 쓰냐, 기계로 닦아서 그릇이 깨끗해질 리 있냐, 왜 묻지도 않고 멋대로 사니, 돈을 왜 그런 데다 낭비하냐, 그러니까 너란 애는……. 아버지에게 필요해서 들여놓긴 했지만, 식기세척기를 볼 때마다 그 생각이 나서 마음이 언짢다. 엄마가 죽은 뒤에도 싫어하는 일만 하는 딸이 된 것 같다. 설거지 따위 아무 재미도 없는 단순노동이 아닌가. 그저 고생만 될 뿐인데도, 엄마는 그걸 그만두려고 하지 않았다. 고통뿐인 인생, 다들 그렇게 말하지만 오래 살고 싶어 하듯이.

다시 방으로 들어가려다 나는 식탁 위에 놓인 서류를 발견했다. 아버지가 간밤에 사전의료의향서를 작성했던 모양이다. 들춰보니 아버지는 뇌사와 질병 말기 상태, 노화로 인한 죽음 임박 상태에서 의식이 없다면, 어떤 형태의 연명치료든 전부 거부한다고 선택했다. 심폐소생술이나 인공호흡을 비롯해서 영양 공급, 혈액투석, 수혈, 혈액검사, 항암제 투여도 전부 원하지 않는다는 난에 종이가 팬 게 보일 정도로 꾹꾹 눌러서 체크했다.

아버지가 나를 돌아보고 이제 깼냐, 하고 인사했다.

"나는 연명치료 같은 거 하나 필요 없다. 의식도 없는 상태가 됐을 때, 병원에 누워서 공연히 피를 뽑네, 이런저런 검사하네, 뭐 하네, 해가면서 의사들 마루타 될 필요가 없어. 그거 한다고 다시 건강해지는 것도 아닌데. 싫다. 절대 싫어."

아버지는 개운한 얼굴이었다. 힘이 실린 목소리도 단호했다. 어려운 결정, 큰 선택을 하고 난 직후의 자신감 같은 게 어려 있는 얼굴이었다. 나는 의논을 해보고 싶었던 건데, 아버지는 혼자 생각해서 결단하고 통보한다. 아버지의 결정은 사전의료의향서나 연명치료의 과정을 정말로 이해해서 나온 것일까? 사전의료의향서가 암시하는 극심한 고통들이 불러일으킬 무기력과 좌절들, 자신의 몸에 대한 통제력을 상실하는 상황들을 거부하는 게 아니고?

"생각해보니까, 내가 이런 거를 옛날부터 어디에든 써놔야 하지 않나 싶었는데, 방법을 몰랐던 거야. 잘했다. 수고했어. 이거는 내가 잘 챙겨둘 테니까……."

내 손에서 사전의료의향서를 거의 뺏다시피 받아 들고 안방으로 들어간 아버지는 그걸 자신의 보물 가방에 잘 갈무리했다. 나는 더 자세히 설명을 했어야 한다는 생각을 접었다. 얼마를 더 말하든 아버지는 사전의료의향서에 적힌 일련의 의료처치들을 정확하게 이해하지 못할 것이다. 어쨌든 아버지가 과거의 자신을 끔찍하게 사랑해서, 그것을 지키기 위해서라면 무엇이든 한다는 것만은 분명하다. 아버지에겐 아내나 자식보다, 심지어 현실의 자기 자신보다 '나라 지키는 영광에 살았던 군인'으로서의 자신이 중요하고, 소중하다. 아버지가 자신을 과거의 자신으로 인식하지 못하게 될 때가 아버지 정신의 죽음일 것이고, 아버지 몸을 마치는 일은 그때 가서 의사들에게 물으면 될 일이다.

93일

"급성 중이염입니다. 아, 해보세요."

동그랗게 입을 벌리긴 했지만, 소리는 나오지 않았다.

"목소리는 언제부터 안 나왔어요?"

나는 집게손가락 하나를 들어 올렸다. 목 안쪽으로 차고 쓴맛이 나는 액체가 쏘아졌다.

"목소리가 계속 안 나오면 성대 검사를 해봐야겠지만, 일단은 약 좀 써봅시다."

목이랑 오른쪽 귀가 파업 중이다. 지난 며칠 몸 상태가 안 좋았는데, 나는 그게 기분 문제라고 생각했다. 우울하니 몸이 처지는 거라고. 그런데 정말 몸이 아픈 거였다.

"왜 이렇게 될 때까지 병원에 안 왔어요? 푹 쉬어야 하는 건 물론이

257

고, 치료를 제대로 안 하면 만성이 되니까 나을 때까지는 병원에 부지런히 오세요."

약사가 졸릴 수도 있으니 운전은 하지 말라고 했다. 약을 먹기 전에 밥을 몇 술 떴는데, 고무찰흙 맛이 났다. 이내 잠이 왔다.

창문이 덜컹거리는 소리에 눈을 떴다. 비다. 올해는 비가 유난히 많이 온다. 엄마가 마지막에 덮었던 홑이불을 태웠던 날은 아침부터 비가 내렸는데, 어째선지 그걸 불태우는 동안만 비가 그쳤었다. 심지어 바람이 먹구름을 흩어서 반짝 해가 났다. 변덕스러운 날씨의 우연이라고 생각하면서도, 엄마가 자기는 이제 미련 없이 잘 떠난다고, 너도 그만 가보라고 등을 떠밀어주는 것처럼 느껴졌다. 세상에 정말 기이한 일이란 없고, 그저 사람 마음이 기이한 걸 간절히 바라서 기이한 일들이 보이는 걸지도 모르겠다.

윗집에서 세탁기와 진공청소기를 동시에 돌리고 있다. 위이잉. 지직. 옆집 베란다 문이 드르륵 열렸다. 내용을 알아들을 수 없는 성난 목소리가 들렸다. 부부 싸움이다. 저 집은 사흘에 한 번꼴로 싸운다. 소리들이 공기의 결을 따라 촘촘하고 치밀하게 연결되어서 왼쪽 세계가 되었다. 하지만 오른쪽엔 아무것도 없다. 완전한 고요만이 뭉텅이로 있다. 왼쪽 귀의 소란이. 환상인 양……. 나는 오른쪽 귀를 만졌다. 당연히 귀가, 아니 귀가 붙은 머리가 있었다. 귓불, 귓바퀴가 만져졌다.

귀처럼 생긴 물체, 죽은 몸은 이렇게 고요해지는 걸까? 나는 오른쪽 귀를 힘껏 비틀었다. 찌릿한 통증이 느껴졌다. 어쩐지 안심이 됐다.

95일

．．．．．．．．．

"코가 빨개. 주정뱅이 같아."

"코를 너무 풀어서 그래. 쓰라려. 그래도 이제 목소리는 나와."

꺽꺽거리는 쇳소리가 목에서 흘러나왔다. 이런저런 서류며 편지들이 어지럽게 흩어진 한가운데 앉아서, 소희 언니가 모서리가 노랗게 변한 카드를 들어 보였다.

"정리를 암만 해도 끝나질 않아. 하나하나 갈아버리자니, 시간이 너무 걸리고. 한꺼번에 쓰레기로 내다 버리자니, 너무 개인적인 거라 어쩐지 마음에 걸리고."

"편지 아냐? 누구한테 받은 건데?"

"한국에서 선생님 할 때 애들한테 받은 거야. 결혼할 때, 차마 못 버리고 여기까지 바리바리 싸 왔지. 이사할 때마다 번번이 박스째 옮기

260

느라 고생했는데, 그러면서도 그간 사는 게 바쁘니까 한 번도 안 들춰 봤어. 이제 여기 쓰인 이름들 봐도 누가 누군지 모르겠고, 선생님이 이 랬고 나는 저랬는데요, 하는 일들도 전혀 기억이 안 나. 이런 편지 한 번씩 받을 때마다 엄청 감동해서, 이 느낌 평생 잊지 못할 거야, 그랬 는데, 딱 고거만, 잊지 못할 거야, 하던 기억만 남았어. 기분은 사라지 고. 인생이 이렇게 지나가네."

언니가 편지 더미를 뒤져서 요즘에는 보기도 드문 편지지를 들어 보였다. 직사각형의 흰 종이에 검은색 줄이 쳐진 옛날 문방구 편지지 였다. 띄어쓰기도 거의 없이 볼펜으로 촘촘하게 휘갈겨 쓴 글자들이 빼곡하게 채워져 있었다. 두세 장쯤 되어 보이는 긴 편지였다.

"이거 봐. 뒤지다 보니까, 이런 것도 나온 거 있지. 내가 여기 처음 왔을 때, 아버지가 보냈던 거야. 잘 지내냐, 엄마가 너 보고 싶다고 자 꾸 운다, 아무것도 아닌 자질구레한 얘기들만 잔뜩 쓰여 있는데, 아버 지가 편지를 보낸 것도 처음이라서 받았을 때 깜짝 놀랐어. 까맣게 잊 고 있었네. 사랑하는 딸에게, 막 이렇게 쓰여 있어. 완전 닭살이야. 평 소 아버지 생각해보면, 이런 편지를 어떤 얼굴로 썼을까 싶어."

닭살이야, 하고는 있지만 언니는 뿌듯한 표정이다. 언니가 저런 편 지를 받을 때, 나는 아버지한테 컴퓨터 가르쳐주고 훈장질하는 싫은 딸이 되어야 했다. 자식들한테 편지 보내는 게 소원이라기에 3년이나 컴퓨터를 가르쳐줬는데, 아버지는 나한테 끝내 안부를 묻는 이메일

한 통 보내지 않았다.

"감기 때문에 서울에 와 있는 거야?"

"응. 아버지, 감기약 같은 것도 많이 먹으면 안 좋으니까. 공연히 옮기면 안 되지."

언니가 고개를 끄덕이고 나를 향해 미소를 지었다. 예전 집주인 아줌마가 월세 올려달라고 할 때, 꼭 저런 표정을 짓곤 했다.

"그래서 말인데, 이제 100일도 거의 다 됐잖아. 앞으론 어쩔 거니?"

"어쩌다니?"

"생각해봤는데, 이제 힘든 일은 다 끝났잖아. 청소나 빨래 같은 건 아줌마가 와서 해주고, 반찬은 배달되니까 특별히 요리 같은 거 심하게 할 필요 없고. 남은 건 아버지 병원 좀 같이 다니고 하는 거니까 니가 지금처럼 계속 원주에 있으면서……."

"뭐?"

"짜증 내지 말고 들어봐. 아버지가 저 나이에 혼자서 지낸다는 게……."

"아버지 신부전은 전문 의료진이 계속 봐줘야 되는 병이야. 내가 그 간병 못 해. 투석 때문이든 다른 병이 또 생기든 아버지가 혼자 생활 못하고 자기 몸을 감당 못 하면, 간병인 불러야 되는데 한 달에 못 줘도 200 넘게 들어갈 거야. 그것도 가족이 같이 지켜보고 교대도 해준다는 전제하에서 그만큼이지. 거기에 생활비에 병원비 보태봐. 대단한 부자라면 모를까, 그 계산서엔 답이 없어. 그러니까 생활비도 줄이고 24시간 의료조치도 가능한 장소에서 살자면 요양병원행인데…….
그거 피하려고 그동안 생난리를 친 거잖아."

말을 길게 하니, 목구멍이 타는 듯 아팠다.

"요양원 가고 그런 건 닥치면 그때 생각해서 결정하고. 우선은, 어
제도 내가 스카이프 하는데, 아버지가 힘이 하나도 없어 보이는 거야.
집은 휑하니 큰데 엄마는 없고, 얼마나 외롭고 힘들겠냐. 나도 니 맘
다 알아. 아버지가 어디 쉬운 사람이니, 까다롭고 힘든 사람이지. 그치
만 아버지 살아온 인생을 생각해보면 저럴 수밖에 없겠다, 그렇게 이
해를 하고……."

뭐라고 대꾸해야 좋을지 모르겠다. 언니 얼굴엔 한 점 악의도 없다.
말도 선량하고 착하기만 하다. 언니는 아버지를 지금보다 더 잘 모셔
야 한다는 말을 하고 있는 거니까. 자기 말이 완전히 옳고 바르다는
확신을 갖고 있겠지. 권하는 말을 하면 할수록 효녀가 되는 좋은 입장
이다. 하지만 나는 뭐란 말인가? 저 말에 무슨 이유를 붙여서 싫다고
대답한들, 결론적으로는 아버지를 같이 살 수 없는 사람이라고 비난
하는 악역이다. 언니 핸드폰에 삐릭, 하고 문자가 도착했다.

"그이 차에 무슨 문제 생겼나 봐. 픽업하러 오란다. 저기, 열린 마음
으로 생각 좀 해봐. 자세한 건 나 한국 들어가면 의논하기로 하고. 아
무튼 아버지는 혼자 있으면 안 돼. 누가 옆에 있어야지. 내가 한국에
있으면 챙기는데, 그럴 수가 없으니까. 니가 애를 써줘야지, 어떡하겠

니. 내일부터는 좀 바빠서 통화 못 할 것 같아. 공항에서 출발하면서 연락할게."

언니가 한국에서 살았으면 우리 대화는 달라졌을까? 언니가 장녀니까 혼자된 아버지 모셔야 하지 않아? 내가 그렇게 말하면 언니는 즉각 알겠다고 했을까?

장례식에는 형부도 왔었다.

형부가 고등학교를 졸업했을 때, 가족 전체가 호주로 이민을 갔다. 형부는 대학부터 거기서 나왔는데, 대학을 졸업하던 해에 한국의 친지들을 방문했다. 가까운 친척이 언니의 직장 동료여서 여차여차 안면을 트고는 바로 연애에 돌입했다. 제한된 만남과 장거리전화, 국제우편을 통해서 이루어진 둘 사이의 연애는 먼 거리를 극복할 만큼 열렬했다. 연애 시절엔 직접 만날 수 있는 시간이 적어서 형부가 한국에 들어오면 가능한 한 둘만의 시간을 보내길 원했기 때문에 결혼 직전까지 나나 은희가 형부와 시간을 보내는 일은 거의 없었다. 결혼식에서 봤고, 결혼하고 1년쯤 뒤에 형부가 한국에 왔었다. 그 뒤에는 언니를 만나러 호주로 가족 여행을 갔을 때와 아버지 회갑 때 만났다. 이렇게 손에 꼽을 수 있을 정도로밖에 만나지 못했으니, 형부는 가족이라고 불리는 타인이다. 가족다운 친밀감은 없이 의무로 묶인 데서 오는 껄끄러움을 예의의 가면과 꾸며낸 미소로 가리는 사이였다. 적어도 나와 형부는 그런 냉담한 관계였다. 엄마와 형부 사이에는 뭔가 다른 게 더 있었을까?

형부와 엄마는 다른 사람이었다. 나이, 키, 얼굴, 성별, 종교, 학력, 거주지, 취미, 경제력, 가치관까지 온통 다른 것투성이였다. 공통점이라면 두 사람이 동양인이고, 언니를 안다는 정도. 엄마에게 언니가 딸이면, 형부에게 언니는 아내였는데, 이 두 역할 간의 괴리는 크고도 깊어서 공통점은 분쟁의 원인이 되기도 했다.

엄마와 아버지가 결혼 초 언니네 집에 가서 며칠 머물다 온 적이 있다. 잘난 딸을 낳아서 비행기를 타본다고, 엄마가 신이 났었다. 그 무렵엔 형부가 아직 형편이 어려웠다. 번듯한 집이 없어, 원룸 스튜디오에서 살림을 꾸리고 있었다. 전화로 그런 얘기를 들을 때는 젊어 고생은 사서도 한다던 엄마가 막상 거기 도착해서 힘든 살림살이를 보고, 이 도적놈이 내 딸을 데려다 고생시킨다고 울고불고 화를 내다 못해 머리를 싸매고 드러누웠다. 형부는 죄인 아닌 죄인이 되어 앞으로 잘해보겠다고 무릎까지 꿇고 빌어야 했다. 언니는 그 뒤로 엄마에겐 형부에 관한 한 그 어떤 결점이나 흉도 말하지 않게 됐다. 형부의 사업이 안정되기 시작했고, 언니도 직장을 잡았다. 언니는 엄마한테 생활비도 보태고, 원주 집에 가구도 들여주고, 아버지 차도 바꿔줬다. 엄마는 우리 사위가 세계 제일이라고 하면서, 형부 생일이나 명절이면 옷이나 간식거리 같은 걸 보내곤 했다. 우리 줄 찬거리 만들 야채를 살 때도 싱싱한 거 찾아야 한다며 마트란 마트를 다 다녔던 엄마는, 형부

선물을 살 때도 일주일이고 2주일이고 온 시내를 다 돌아다니며 마음에 드는 물건을 골라냈다. 엄마가 보낸 물건들은 성의는 넘쳤지만, 언니 내외가 원주에 보탠 것에 값으로 비할 바가 아니었고, 딱히 긴요한 물건들도 아니었으니, 형부가 그런 선물들을 얼마나 마음에 들어 했을진 모르겠다. 아무튼 형부는 고맙다는 인사를 빼먹진 않았다.

전통 장례에서 혈연관계에 있는 유족들은 장례 절차를 계획한다거나 진행한다거나 부조금을 접수하는 등등의 일은 하지 않는다. 장례의 실무는 충분히 가까워서 유족들의 심정을 헤아릴 수 있지만, 유족처럼 깊은 슬픔에 빠지지 않는 가까운 가족이나 친지가 맡았다. 이를테면, 가족 중에서 혈연이 아닌 맏사위.

빈소에 도착한 형부는 열 시간의 비행과 두 시간의 버스 여행으로 지친 얼굴을 한 채 조문을 마친 뒤에 자신은 가족의 장례를 치러본 적이 없고, 이런 일에 아무런 경험이 없는 데다 배운 적도 없다는 말부터 했다. 그런 얘길 하면서, 형부가 나를 '처제'라고 부르지 않고 '최석희 씨' 하고 정중하게 타인인 양 불렀다. 그러다 의전관이 와서 입관 준비가 다 됐다고 알리자, 언니는 엄마를 보겠다며 바람처럼 달려 내려갔다. 형부는 뒤에 남아 주저했다. 입관에 참석하고 싶지 않다는 거였다. 빈소에서 부조금 접수대를 지키겠다고 했다. 형부가 그러자 아버지는 갑자기 자신이 접수대를 지키겠다고 나섰다. 그게 말이나 되는 소리냐고 화를 내고서야 겨우 아버지와 형부를 입관실로 데려갈 수 있었다.

입관이 끝난 뒤에 형부는 빈소로 돌아와 문득 언니의 음식 솜씨에 대한 농담을 했다. 아버지 회갑 때 형부는 똑같은 얘기를 해서 엄마를 웃게 했었지만, 이번엔 아무도 웃는 사람이 없었다. 형부는 고지식한 성격이라서 농담을 재치 있게 하는 편도 아니고, 애초에 말수가 그리 많지도 않았다. 그런데 빈소에서 형부는 침묵을 견디지 못했다. 잠시라도 입을 다물었다간, 침묵에 깔려 죽기라도 할 것처럼 계속해서 이런저런 화제를 꺼냈다. 형부가 인터넷에서 본 유머를 인용하고, 껄껄 억지웃음을 웃어댔다. 빈소에서 웃음소리를 내는 건, 당연하게도 부적절하기 짝이 없는 행동이다. 내가 형부를 노려보자, 언니가 형부에게 그만하라고 눈치를 줬다. 아주 잠깐 조용하던 형부가 아버지를 향해서 호주로 오시면 어떻겠냐고 물었다. 모시겠다는 말은 아니었다. 아파트를 사드릴 테니 혼자 지내시면, 이라는 거였다. 아버지의 건강도, 나이도, 상황도 전혀 고려하지 않은 말이었는데, 아버지는 그건 힘들 것 같다고 대답하고는 미소를 지었다. 무슨 기업 이미지 광고의 한 장면 같았다. 모두가 '노'라고 말할 때, 유일하게 '예스'라고 말해주는 당신! 이틀 내내, 43년 해로한 아내가 죽었으니 따라 죽게 생겼다는 말을 듣던 아버지에게 형부만이 새 출발이 가능하다고, 심지어 바다 건너 타국에서의 새 인생도 생각해보라고 제의했던 거다.

그 뒤로도 형부는 분위기를 밝게 하고, 상심한 아내의 기운을 북돋

아주고, 힘든 처가 식구들을 도우려는 노력을 계속했다. 그 절정은 엄마를 화구에서 꺼냈을 때였다. 재가 흩날려 내 머리에, 어깨에 내려앉았다. 울고 있는데 누가 어깨를 쳐서 돌아보니, 형부가 그걸 털어내고 있었다. 나한테는 그 재가 엄마였는데, 형부한테는 엄마가 이미 재였다. 무생물에서 생물이 발생해서 인간으로 진화하기까지 걸렸다는 45억년, 그만큼의 거리가 형부와 나 사이에 있었다. 우리는 남이었다.

장례가 끝난 뒤에 아버지가 엄마는 형부한테 늘 옷을 사줬다며, 나보고 형부 옷을 사러 가자고 했다. 기가 막혀서, 지금 저런 형부한테 선물 사주고 싶겠냐고 분통을 터뜨렸더니, 아버지가 사위는 원래 그런 거라고 했다.

"사위는 옛날부터 백년손님이야. 그렇게 정해져 있어. 혈육이 아니니까 우리하고 똑같을 순 없어. 우리가 이해해야지. 사위는 다 저렇게 엉뚱하게 행동하는 거야. 나도 젊어서 저랬어. 그래도 정 서방이 있으니까 소희가 덜 울잖냐. 다들 슬퍼만 하고 있으면 어떡하니? 기운 내야지. 우리가 정 서방한테 잘해야 돼. 딸을 맡겨둔 사람이니까."

내가 형부 장모로 보이느냐고 묻는 걸로, 옷을 사라느니 하는 요구에 대한 대답을 대신했었다.

언니는 장례식이 끝난 후에 돌아간 호주에서 형부의 명랑을 옮겨받았을까?

사람들은 감정이 옮는다고 생각한다. 형부는 계속 그런 식으로 행동했다. 언니나 우리들의 슬픔에 공감이라도 했다간 죽음이 불러일으키는 공포와 허무에 전염이라도 될 것처럼, 죽음에 닿아 정말 죽기라도 할 것처럼 거리를 두려고 필사적이었다. 바보 같은 생각이다. 형부는 언니 옆에 딱 달라붙어 있었지만, 언니가 표하던 슬픔의 만분의 일도 공감하지 못했다. 나도 그렇다. 나는 언니 옆에 있는 형부를 봐도, 언니가 가진 형부에 대한 애정이 한 조각도 옮아오지 않는다. 어째서 언니가 형부를 따라 호주까지 가야 했는지, 처음부터 지금까지 이해도 공감도 할 수 없다. 형부에 대한 사랑은 언니 인생에서 가장 크고 중요한 사건이었지만, 바로 그 지점에서 나는 언니와 남이 되었다. 엄마도 생판 남이었던 아버지를 따라 부모형제와 이별했다. 살아가느라 다른 사람이 되어서, 자신의 부모가 죽었을 때 슬피 울었지만, 그대로 계속 살아갔다.

삶을 지속한다는 건 끊임없이 낯설어지고, 새로워지고, 고독해지는 일이다. 형제도 자라서 타인이 되고, 타인이 만나서 가족이 되고, 그 가족은 다시 서로를 헤아리지 못하는 타인으로 변해 헤어진다. 만난 사람은 헤어진다. 40년이나 알아온 엄마와 나도 이제 헤어졌다. 이별만이 인생이다.

96일
....

은희가 죽과 샐러드를 가지고 왔다.

"나도 소희 언니하고 같은 생각이야. 아버지 혼자 두기가 좀 그렇잖아. 먹는 것도 그렇고, 살림 모양새도 그렇고, 병원도 쭉 다녀야 하고. 저 상태로 고정된 게 아니라, 언제 나빠질지 알 수도 없고. 언니 글 쓰는 거는 장소에 매인 게 아니잖아. 원주에서 해도 되지 않아?"

나는 수저를 내려놨다. 장례식 이후에 악화된 은희와 아버지 사이는 아직 회복되지 않았다. 은희는 여전히 화가 나 있고, 아버지는 은희가 화가 나 있다는 사실도 모르는 것처럼 사랑하는 딸이니, 감기를 조심하라느니 하는 문자를 보내는 것으로 대처하고 있다.

"아버지가 어떤 사람이다, 성격이 어떻다, 이런저런 거 다 빼고. 아버지는 아버지니까. 할 도리는 해야 되잖아."

우리가 아버지를 비롯한 세상의 온갖 것에 대한 태도나 감정을 엄마에게서 배웠다면, 아버지는 자식들에 대한 감정이나 태도를 엄마로부터 빌렸다. 아버지는 엄마에게 들은 그대로 자식들에 대한 평가를 정했다. 엄마는 말년에 박사 딸을 키웠다는 걸 대단한 자랑거리로 삼았는데, 그건 아버지도 똑같았다. 박사 학위는 아버지가 복종해도 될 만한 권위의 상징이었다. 집안일이든 세상일이든 은희가 말하면 어린 자식의 말이 아니고, 높은 공부 한 전문가, 박사의 식견이 되었다. 은희는 귀여운 막내에서 존중받는 딸이 되었기 때문에 장례 전엔 아버지한테 그다지 맺힌 바가 없었다. 은희도 실은 아버지에게 계속 화내고 싶지 않은 거다. 하지만 지금 화를 삭이는 일은 은희가 조절할 수 없다. 자신이 아버지에게 냉대를 당했다면 스스로 납득하면 풀 수 있겠지만, 장례식에서 푸대접을 당한 것은 은희가 아니라 죽은 엄마였다. 화를 내야 할 사람은 엄마인데, 엄마가 못 하니 은희가 대신하고 있다. 엄마가 그만 됐다고 화를 풀라고 해주면 좋을 텐데, 엄마는 말이 없다. 그러니 누군가 아버지 곁에서 지내면서 아버지 속내는 사실 그렇지 않다고 감싸주면, 아버지는 왜 그러냐고 불평하면서도 못 이긴 척 거기에 맞춰주고 싶은 거겠지. 엄마가 살아 있을 때처럼.

　"아버지 옆에 누가 있어야지."

　아버지도 그럴 거다. 자기 옆에 누가 있어야 한다고. 일상을 하나하나 돌봐주고, 자식들과 소통할 수 있게 해주는 사람이 꼭 필요하다고.

문제는 처음부터 아버지를 어쩐다 하는 게 아니었다. 엄마가 없으니까, 엄마 자리가 비어 있으니까 모두들 그 자리에 엄마처럼 행동하고, 엄마처럼 말하고, 엄마처럼 느끼게 해줄 사람이 필요한 거다. 우리 모두 엄마가 그립다.

지금 전지전능한 힘을 가진 초월적인 존재가 나타나 소원을 들어주겠다며 엄마를 되돌려준다고 한다면, 우리 모두 기뻐할 거다. 그런데 소원이 공짜는 아니어서 한 목숨을 돌려주는 대신에 다른 목숨을 내달라고 하면, 가족 중에 누군가 한 명을 바쳐서 엄마로 만들라고 하면, 아버지는 누굴 선택할까? 소희 언니나 은희는 어떻게 할까? 나는? 나는 누구를 엄마와 바꾸면 좋을까? 만약에 저승에서 엄마가 그런 제안을 받는다면 뭐라고 할까? 엄마는 내가 원주에 남아서 엄마가 했던 것처럼 아버지를 돌보고, 엄마 친구들과 친구가 되고, 엄마가 다니던 교회에 다니고, 그런 식으로 엄마의 망령처럼 살기를 바랄까? 엄마가 그리우니 나는 나를 학살해서 엄마가 되어야 하는 걸까?

"싫어. 그렇게는 못 하지."

97일

....

주말이라 롯데마트는 성황이었다. 카트에 이것저것 실은 사람들이 통로를 꽉꽉 메우고 있었다. 아버지가 두부와 콩나물이 쌓여 있는 코너에 섰다. 초록색 앞치마를 두른 판촉사원이 고객님, 세일이에요, 하고 말을 걸었다. 두부만 해도 유기농과 일반이 있고, 서너 가지나 되는 브랜드가 진열되어 있다. 국산 콩과 중국산 콩을 사용한 두부는 값이 다르다. 사이즈에 따라 무게가 다르고, 국거리용과 부침용은 경도가 다르다. 그걸로 어떤 요리를 할 건지를 미리 생각해야 하고, 유통기한을 확인해야 한다. 쇼핑도 노동이다. 상품의 종류를 선택하고, 가격이 적당한지 판단하고, 품질이 적절한지 알아볼 수 있는 지식과 경험, 안목, 그리고 체력이 필요한 노동. 자꾸 해서 단련되어야 하는 노동. 아버지가 두부를 이것저것 만졌다 내려놓으면서 판촉사원하고 마치 국회 예산심의라도 하는 양 진지한 대화를 거듭했다.

나는 참견하지 않았다. 내가 말하기 시작하면, 아버지는 카트를 밀고 멀찍이 떨어져서 자기 일이 아닌 것처럼 멀뚱하게 서 있으려고 하니까. 엄마가 있던 시절에 늘 그랬던 것처럼. 아버지는 결국 4등분으로 나뉘어 포장된 두부를 골라냈다. 카트를 밀며 아버지가 움직였다. 나도 따라갔다. 우유와 야채, 샴푸, 속옷, 비누, 몇 가지 간식거리들. 하나하나 고를 때마다 신중을 기해서 골라냈다.

카운터에서 계산원이 물었다. 포인트 카드 있으세요? 아버지는 계산이 다 끝난 짐을 다시 카트에 싣느라 미처 듣지 못했다. 아버지, 포인트 카드, 카드 있어? 내가 다시 묻고 아버지가 지갑을 뒤졌다. 아버지가 집에다 놔두고 온 모양이라고 말했다. 그러면 거기에 주민번호를 찍어주세요. 아버지가 펜을 쥐고 단말기 위에 놓인 숫자들을 찍기 시작했다. 꾹꾹 누르다 손이 떨려서 숫자 하나가 빗나갔다. 에이, 뭐이래. 아버지는 다시 찍기 시작했다. 주민번호는 열세 자리. 패드는 작고, 숫자판은 더 작고, 전자펜은 짧았다. 아버지는 이번에도 숫자들을 끝까지 찍을 수가 없었다. 내가 찍겠다고 하자, 아버지가 짜증을 냈다. 됐다, 내가 할 수 있어! 아버지가 다시 시작했다. 뒤쪽으로는 줄이 밀리고, 계산원이 어르신, 하고 길게 불렀다. 그러면 주민번호를 불러주세요. 여기서 입력할게요. 아버지가 큰 소리로 주민번호를 불렀다. 겨우 결제가 끝났다.

"다음부턴 포인트 카드를 꼭 가지고 와야겠네. 그게 없으니 불편하구먼. 여기 처음 생기면서 엄마랑 같이 왔을 때 만들었어. 엄마가 내내 썼어도 내 정보로 들어가 있거든. 그러니까 내가 여기 오래된 회원이야. 계속 회원이었지."

집으로 돌아와 장 본 물건들을 정리하고, 나는 아버지에게 오래 별러온 얘기를 꺼냈다. 아버지의 반응은 내가 예상했던 것 이상으로 좋지 않았다.

"석희야! 니가 왜 이딴 걸 신경 쓰냐!"

아버지의 턱이 부들부들 떨렸다.

"무슨 당장 큰일 날 것처럼…… 집 잡히고, 뭐 하고. 왜 그렇게 해? 아무 일 없어! 왜 니가 이런 것까지 참견을 하는 거냐? 어?"

아버지가 평생 모은 재산의 대개는 이 아파트다. 엄마와 아버지는 사치도 낭비도 없이 아끼고 살았지만, 대기업 신입사원 연봉만큼도 안 되는 아버지 연금으로는 그저 생활비나 가릴 뿐, 목돈은 만들 수 없었다. 아버지 퇴직 후에 은희 공부 마저 시키고, 서울에 내 전세방이라도 얻어주고, 소희 언니 결혼시키면서 빚을 내지 않았던 건, 엄마가 떡장사를 했던 덕분이었다. 아버지 최후의 나날들이 병원에서 어느 정도 소모되는지에 따라서 달라지겠지만, 지방 도시의 오래된 중형 아파트를 처분해봐야 병원비와 장례 비용을 정산하고 나면 그다지 남을 것도 없을 성싶다. 아버지 최후에 수술 일정이 몇 끼어든다면 모자랄지도 모르겠다. 제일 합리적인 방법은 아버지 혼자 지내기에 넓어진 이 집을 처분하고, 생활 규모를 줄이는 것으로 의료비 대책을 얼마간이라도 세워두는 거겠지만, 엄마도 없는데 70도 넘은 아버지더러 이사 같은 스트레스 넘치는 일을 하고 새 생활을 시작하랄 수도 없다. 역모기지가 최선이다.

"아버지, 이건 집을 잡힌다기보다는……. 내가 지금 일반은행에서 집 담보로 대출받자는 게 아니고, 주택금융공사에서 하는 역모기지를 신청해서……."

"아니긴 뭐가 아냐! 나도 다 알아. 역모기지든 뭐든, 집 잡히고 대출받는 일이 뻔한 거야. 뭐 하러 그런 걸 해? 내가 평생 누구한테도 빚지고 산 적이 없어."

"아버지! 아버지! 그렇게 흥분하시지 말고 들어봐. 일반은행에서는 수익이 안 나니까 역모기지도 이런 형태로 안 해요. 이건 주택금융공사에서 하는 거니까 복지 제도라고. 집 가치를 평가해서 대출액을 정하고, 그걸 연금으로 계속 받을지, 일시금으로 꺼낼 수 있게 설정해둘지, 그걸 정할 수가 있어요. 급하게 병원에 입원한다거나 할 때……."

"그런 일 있으면 그때 가서 해결하면 돼. 은행 가봐라. 대출받는다고 하면 금방 돈 내줘. 눈 깜빡할 새야. 그걸 왜 미리 해?"

"그게 말이나 되는 소리야? 아버지! 똑바로 생각을 해보세요. 집 담보로 대출을 받을 정도로 큰돈이 필요한 상황이면, 아버지는 병원에 입원해 있는 상태예요. 아버지가 치료하다 말고 은행 가서 대출 서류 꾸밀 거야? 아니면, 그런 경황없는 와중에 나나 은희가 그걸 해?"

"나도 다 생각해봤어. 내가 지금처럼 이렇게 건강 잘 관리하면서 지내다가 나중에 한 사나흘이나 앓다가…… 저기 뭐시냐, 거시기, 저번에 니가 준 그거, 사전의료, 그것도 작성했으니까, 연명치료 같은 거 하지 말고 하늘나라 가면, 집은 나중에 너희들이 알아서 처분해. 너희들도 나 죽고 난 다음에 돈 좀 만져야지. 부모가 아무것도 남긴 게 없다고 안 하게."

나는 순간 내 귀를 의심했다. 아버지 얼굴은 진지했다. 농담이 아닌 거였다. 아버지가 그리는 최후는 더할 나위 없는 호상(好喪)이다. 천수를 누리고 아무런 고통 없이 편안한 죽음을 맞이하는데, 유산까지 남겨서 자식들에게 좋은 부모 노릇을 한다. 아버지 상상 속에서 자신은 죽어서도 시혜자다. 아버지의 성난 눈초리가 매서웠다. 아버지에게 나는 죽지도 않은 아버지 재산이나 처분하고 싶어 하는, 면식범 강도 같은 딸로 보이려나?

소희 언니가 우리 셋 중에 경제적 여력이 제일 좋지만, 그렇다고 언니한테만 아버지 의료비를 감당하랄 수도 없다. 의료비가 증가할수록 어떤 비율로 누가 그 비용을 감당해야 할지를 두고 계속 알력이 생겨날 터다. 그걸 최소화하려면 우선 아버지가 가진 것을 쓰고 그러고도 부족한 돈을 우리들이 나눠 보태는 방향으로 가야 한다. 사람 사이에 불화가 생기는 건 꼭 누군가에게 악의가 있어서가 아니다. 상황이 벌어지고 입장이 달라지면, 그냥 꼬인다. 입장 따라 이해가 다르고, 이해 따라 마음이 갈라지는 거니까. 이 집으로 역모기지를 신청해놓으면 필요할 때 쓰고, 마지막엔 은행에서 소유권을 가져가니 비교적 간단한 처리 절차가 남는다. 하지만 아버지 사후에 우리가 직접 처분해야 한다면, 지금까지도 원주 집에 음으로 양으로 많이 보탰고, 의료비용을 어쨌든 제일 많이 부담할 언니가 (그런 게 존재하기나 한다면) 유산을 가져가는 게 맞다. 그렇지만 언니는 한국에서 집이나 팔고 있을 시간이 없고, 엄마 장례식 때나 마찬가지로 결국엔 나나 은희가 뒤처리를 해야 할 거다. 아버지 장례 치르고, 황폐한 심경으로, 일도 친구도 부모도 없을 원주에서, 오로지 집을 팔 목적으로 묶여서 부동산 드나들고 집 보러 오는 사람을 맞이하는 그런 일이 좋을 리 없다. 집이 오늘 내놓으면 내일 팔리는 쉬운 물건도 아니다. 운이 나쁘면 몇 달이나 걸릴지도 모른다. 내 시간은 시간이 아니고 똥이라서, 그렇게 썩혀도 아무렇지 않을까? 그런 일을 처리하면서 불화와 언쟁이 심해지면, 우리 형제들을 묶어주는 공통된 과거로서의 부모도 없을 그즈음에 다시 돌이켜 화해할 기약도 없다. 아버지 방식대로 하면, 유산은 얼마 되지도 않을 돈이 아니고 형제간 불화가 될 거다. 아니, 이런 건 둘째 치고 돈을 좀 만진다는 저 발상은 뭐란 말인가?

"아버지, 지금 아버지한테 죽고 나서 남기고 그럴 만한 재산이랄 게 있어? 어휴."

　아버지 안색이 급격하게 어두워지는 바람에 나는 잠깐 입을 다물고 말을 골랐다. 이 아파트는 아버지가 전 생애에 걸쳐서 이룬 성과 중에 최후로 남은 사물이다. 단순히 물건이 아니라, 자신의 삶이나 다름없는 거다. 깎아내리면 기분 나쁘겠지.

　"아버지, 이 아파트에서 거의 20년 가까이 살았잖아. 집이 낡았어요. 낡아지는 물건이 한없이 가격이 올라간다는 건 말도 안 되는 일이고. 경기도 불황이니까 앞으로 집값이 떨어져요. 주택금융공사에서 하는 이거는 집값 평가액도 어쨌든 물가 상승분만큼 오른다는 조건으로 설정이 돼서, 가입자한테 유리해. 다달이 연금 형태로 받든 목돈으로 받든, 전부 아버지가 받아서 아버지 필요한 데다 다 쓰세요. 우리한테 뭘 남겨주네 마네, 할 것 없이……. 아무튼 필요할 때 금방 쓸 수 있도록 자산을 유동화시켜야지."

　아버지가 팔짱을 꼈다.

　"그래. 경기가 침체했지. 살다 보면 불황이 있어. 왔다가도 가는 게 불황이고, 불황이 아무리 와도 집값이 아주 떨어지는 일은 없어. 지금이야 한창 경제가 어려우니까 집값이 오르지는 않겠지. 그렇지만 떨어지지도 않아. 이대로 유지될 거야. 집 살 사람들은 항상 있어."

　"아버지, 병원에 입원이라도 하게 되면, 어쩌실 거야?"

　"그런 일은 없어야지."

"없어야지 한다고 안 일어나나? 아버지 나이하고 건강 상태를 생각해보셔. 앞으로 입원할 일이 생겨요."

"그런 일은 없어야지. 없을 거야."

아버지가 선심이라도 쓰듯이 덧붙였다.

"내가 죽거든 너희 형제들끼리 잘 의논해서 나눠 갖는데, 소희야 자기 집도 있고 하니 큰 욕심 내겠냐. 은희하고 너, 둘이 쪼개면 될 거야. 그러면 돼."

유산. 생각도 안 해본 유산. 그런 걸 받고 싶으면, 이렇게 행동하면 안 된다. 아버지의 장수는 아파트 가격 하락과 병원비 상승 외에 다른 경제 효과라곤 없다. 원주 오가느라 길에다 뿌린 시간이며 돈은 또 얼마인가. 내 부모 돌보는 일로 누가 나한테 상을 줄 것도 아니다. 그러니 내 이득만 생각하면, 최초에 아버지가 주장했던 것처럼 3개월에 한번 혼자서 병원에 다니게 했어야 한다. 맛없다고 불평이 끊이질 않는 저염 반찬 같은 거 배달시켜줄 필요도 없다. 먹고 싶은 대로 먹게 놔두고 하고 싶은 대로 하게 하면, 아버지는 금방 쇠약해지겠지만 싫은 소리를 듣지 않으니 지금의 백배는 더 나를 좋아하겠지. 우리는 다정한 부녀가 되고, 아버지는 자연사한다. 장례 치르고, 아파트 처분하고, 부조금이며 위로를 그러모은다. 끔찍한 행동도, 교활한 계획도 필요 없다. 그냥 아무것도 하지 않고 있으면 저절로 그 방향으로 굴러갔을 거다. 그야말로 쉽고 간단한 길이 아닌가?

미친 사람같이 웃음이 터졌다. 아버지가 어리둥절한 얼굴을 했다.

"왜 웃냐?"

웃음이 그치기까지 시간이 좀 걸렸다. 맥이 풀리고 이번엔 엉엉 울고 싶어졌다. 아버지와의 이런 갈등도 나중엔 아버지가 끝까지 살고 싶어 했던 사람이라고 회고하는 일화가 될까?

"알겠어요, 아버지. 아버지가 그렇게 싫으면, 일단 이 얘기는 접는데, 이 일은 중요한 거니까, 좀 시간을 두고 생각해보세요. 다음에 또 얘기해."

이제 100일이 다 되었다. 나는 어느새 갈등으로 짜 맞춰진 평범한 일상의 한가운데 있었다.

99일

·············

"오늘도 같은 문구로 써드려요?"

꽃집 아줌마가 리본을 잘라 들고 물었다. 사랑하는 엄마, 보고 싶어요. 지금까지 서른두 번 그렇게 썼지만, 오늘은 다르게 써야 한다.

"사랑하는 엄마, 편히 쉬세요, 라고 써주세요."

프린터기가 삐직삐직 소리를 내며 금테를 두른 분홍색 리본을 뱉어냈다. 백합과 소국으로 꾸며진 오늘의 꽃바구니는 평소보다 컸다. 줄기가 중간에서 잘린 채 물 먹인 오아시스에 꽂힌 백합은 생생하기 짝이 없다. 창에서 비쳐 든 햇살을 받아 활짝 벌어진 백합의 꽃잎은 거의 투명해 보일 정도로 깨끗한 흰빛을 뿜어낸다. 영원히 그렇게 피어 있었던 것처럼, 피어 있을 것처럼, 우아하고 향기롭다. 백합은 자신의 삶이 이미 끝났다는 걸 모르니까 짧은 생을 슬퍼하지 않고 이미 닥친

긴 죽음도 두려워하지 않는다. 백합은 꿈꾸지 않을 테니 사연 또한 없다. 사연도, 꿈도, 고통도, 슬픔도 없는 백합이 아름답다는 건 얼마나 다행한 일인가? 백합에게 꿈이 없듯이, 엄마의 영면에도 아무런 꿈도 없기를 나는 진심으로 소망했다.

끝

278일
....

새벽 5시 7분. 전화벨이 울렸다. 아버지였다.

"배가 아픈데, 어떻게 해야 좋을지 모르겠다."

어느 쪽 배가 아프냐, 언제부터 아팠냐, 어떻게 아프냐 물었다. 전날 아무런 이상 없이 저녁까지 다 잘 먹었는데, 밤 9시나 10시 무렵부터 아프기 시작해서 밤새 한잠도 못 잤다고 했다. 설사나 구토는 없었고, 열도 나지 않는다고. 결석 때문이라는 생각이 들었다. 작년에 아버지는 신장에서 직경 8밀리미터쯤 되는 결석을 발견했다. 세 차례 쇄석을 받았지만, 돌은 깨지지 않았다. 비뇨기과 의사가 신부전이 있으니 수술은 권할 수 없고, 통증을 느끼면 오라고 소견서를 써줬다.

8시가 안 되어 원주에 도착했다.

아버지는 관찰실에 있었다. 안색이 검푸른 빛이었다. 특히나 눈 밑

284

에는 누가 붓으로 먹물을 떨어뜨린 것처럼 검은 얼룩 같은 것이 번져 있었다. 구취가 심하게 났다. 두 치수 정도 커 보이는 환자복은 검사의 편의를 위해 쉽게 벗을 수 있도록 앞부분을 끈으로 묶는 형태라서 당장에라도 벗겨질 것 같았다.

"무슨 검사를 그렇게나 많이 하는지……. 의사며 간호사며, 껀껀이 와서 같은 말을 묻고 또 묻고, 피를 뽑고, 여기저기 사진을 찍고. 아이고."

"의사 소견서는? 그건 제대로 보여줬어?"

"어? 어. 그건 들어올 때 줬어. 그 편지가 요긴했지."

곧 아버지는 응급실 중앙부로 옮겨졌다. 여덟 개의 병상이 있었고, 간호사들과 의사들이 분주하게 오갔다. 간호사인지 의사인지 알 수 없는 남자가 빠르게 설명했다.

"……때문이고, 그게 왼쪽 신장에서…… 내려오는…… 막아서…… 기능이 급속도로…… 산화…… 당장……, 제가 큰 혈관을 하나 잡아서……."

제대로 문장이 되지 않는 말들은 분주한 동작을 따라 일렁거렸다. 별로 내가 알아듣길 기대하는 것 같지 않았다. 큰 혈관을 잡는다는 게 뭘까 생각하며, 나는 급하게 물었다.

"그럼 지금 응급으로 투석에 들어간다는 말씀이세요?"

그 사람이 나를 똑바로 쳐다봤다. 말이 느려지고, 정확해졌다.

"아, 투석은 아니고요. 지금 이걸 하면, 투석은 좀 미룰 수 있을 거예요. 몸이 산화된 정도가 심해서, 그걸 우선적으로 처리하고, 다음 조치에 들어갑니다. 비뇨기과랑 내과가 협의해서 어떻게 할지를 결정할 거예요."

여자 간호사가 링거대에 수액이 담긴 봉투를 걸어서 가져왔다. 아버지 오른쪽 목 중간에 네모난 구멍이 뚫린 녹색 천을 가져다 댔다. 얼굴이 천으로 절반 덮이고, 관이 삽입될 혈관이 존재하는 살거죽만 사물처럼 도드라졌다. 녹색 천으로 피가 조금 흘러내렸다. 은색 실이 꿰어진 바늘이 날렵하게 움직여 살거죽을 두 바늘쯤 꿰맸다. 녹색 천을 거두고, 그 사람은 바쁜 듯이 사라졌다. 다른 간호사들이 차례로 왔다. 아버지 오른쪽 팔에 혈압계를 감았다. 왼쪽 무명지엔 맥박산소계 측기가 연결되었다. 한 간호사가 아버지 팔에 뭔가를 문지르고, 사인펜으로 엑스 자를 그렸다. 그게 뭔지 물었더니, 항생제 알레르기 반응 조사라고 했다. 혈액검사를 다시 해야겠다면서, 주사기 하나 분량만큼 피를 뽑아갔다. 얼마쯤 지나자 다른 사람이 와서 이번엔 배에서 피를 뽑아갔다.

아버지의 오른쪽 병상에는 아버지만큼 늙은 남자가 뇌경색으로 실려와 있었다. 뇌가 반이 날아갔대. 중환자실 가도 못 살아. 소곤소곤 그런 말들을 주고받는 문병객들이 주변을 에워싸고 있었다. 아버지의 왼쪽 병상에는 백 살은 돼 보이는 호호 할머니가 산소통에 연결된 채 누워 있었다. 할머니 옆 병상은 그보다 심각한 상황이었다. 기관지 삽관 하고 인공호흡기를 연결한 남자가 있었다. 그 시술을 하는 과정의 고통은 악명 높아서 의식이 없어도 결사적으로 몸부림치기 때문에 환자의 팔다리를 결박하는 것부터 시작한다고, 책에서 읽은 적은 있지만 직접 본 것은 처음이었다. 사지가 침대 난간에 묶인 데다 얼굴의 반과 목, 가슴에 이르기까지 호흡기를 고정하는 지지대를 칭칭 감아둔 채라서 만들다가 실패한 사이보그처럼 보였다. 맞은편에도 역시 네 개의 침상이 있었는데, 맨 가장자리 남자는 성인용 기저귀를 찬 채로 링거에 연결되어 있었다. 의식은 있었지만 자기가 누구인지, 거기가 어디인지 모르는 듯했다. 간호사들이 여기가 어디예요, 이름이 뭐예요, 하고 소리쳐 물었고, 그 옆에서 포니테일 머리를 한 여자가 아버지, 아버지, 나야 순미, 아버지 딸내미, 하고 말을 걸었다. 그러면 남자는 씨발년아, 씨발년아, 나 똥 싸야겠어, 하고 외쳐댔다. 그 옆 침상은 비어 있었다. 그 옆에는 갓난쟁이 아기가 아버지만큼이나 온갖 줄에 감겨 있었는데, 부부로 보이는 남녀가 들러붙어 있었다.

아비규환.

응급실은 혼잡하오니, 보호자는 병상당 한 분만 남아주세요.

공지 방송이 주기적으로 흘러나왔다.

아버지 오른쪽 침상에 누운 뇌경색 환자 주변으로 단체 문병객들이 왔다. 교회 사람들인지 손에 성경책을 들고 있는 사람들이 더러 있었다. 몇 사람은 소리 내서 기도했다. 기적을 일으키는 하나님, 김 집사님을 도와주셔서 당장 자리 털고 일어나게 해주세요. 말들의 사이로 약간씩 침묵이 있었다. 환자가 눈을 뜨는 기적이 일어나는지 틈틈이 확인이라도 하는 것처럼. 그 사람들 때문에 나는 어중간하게 아버지 발치 아래쯤에서 서성거렸다. 집을 나설 때, 무작정 현관에 있던 외출용 신발을 신었다. 15센티미터쯤 되는 통굽의 샌들이었다. 그래도 잠깐 걷는 정도로 발이 아픈 적은 없었는데, 족쇄라도 걸린 듯 발목 관절이 아프기 시작했다.

아마도 오전 9시나 10시를 전후로 해서, 응급실의 야간 팀과 주간 팀의 교체가 있었다. 그랬던 것 같다. 오가는 간호사들이며 의사들의 얼굴이 달라지는가 싶더니 문진이 다시 시작됐다.

어디가 아프냐, 언제부터 아팠냐, 어떻게 아프냐, 무슨 약을 먹고 있냐. 비뇨기과 의사가 오고, 신부전이 기저질환이니 내과 의사가 질문했다. 응급실 의사라는 사람도 와서 아버지가 언제 도착했고, 어디가 얼마만큼 아픈지를 물어댔다. 간호사들도 질문을 해댔다. 심지어 당뇨가 언제 시작되었느냐, 30년 전에 주량이 얼마고 흡연은 언제까지 했느냐, 흡연량은 보통 얼마였느냐 하는, 현재 상태와는 하등 상관도 없는 질문까지 있었다. 간호사들이 혈압이나 맥박을 체크하고 혹시나 심장이 심하게 두근거리지 않는지, 숨이 차지 않는지 계속 물어봤다. 아버지는 깜빡깜빡 잠들었다가 깨어나기를 반복했다. 비뇨기과 의사가 와서 돌을 깨야 하지만 당장 불가능하니 다른 방법을 써야 할 텐데, 내과와 더 상의해봐야 한다고 말하고 갔다. 간호사가 소변량을 체크해야겠다며, 소변기를 내밀었다.

"환자분하고 관계가 어떻게 되세요?"

딸인데요, 하고 대답하면서 소변기를 받아 들고 나는 당황했다. 아버지와 나는 평소에 손도 잡지 않는 사이다. 내가 아버지 소변을 받아줘야 하는 걸까? 배가 아프다고 허리를 기역 자로 꼬부리고 있던 아버지가 소변기를 보곤 몸을 일으켰다. 팔을 뻗는다.

"내가 눌란다. 혼자 할 수 있어."

아버지 침상 주변으로 커튼을 둘러 가림막을 쳤다. 잠시 뒤에 다른 간호사가 바쁘게 지나치다 말고 커튼을 획 제쳤다. 가려두시면 안 돼요, 하고 말하다가 아아, 하고는 다시 쳤다. 그런 일이 한 번 더 반복되었다. 소변을 본 뒤에 아버지는 완전히 깨어났다. 아버지는 팔에 감긴 혈압계를 떼버리고 싶어 했다.

"필요할 때마다 재면 될걸 간호사들이 자기들 편하려고 이렇게 감아놓은 거 아니냐?"

아버지는 편집증적인 의심을 해댔다. 물을 달라고 해서 금식 팻말이 발치에 달려 있다고 했더니, 정말이냐고 몇 번이나 물었다. 너도 이 사람들하고 한패가 되어 날 괴롭히는 거 아니냐는 식으로. 환자복도 너무 크다고, 갈아입고 싶다고 자꾸만 보챘다. 꼴이 이게 뭐냐, 환장하겠네. 아버지가 그렇게 중얼거렸다. 나는 잠을 좀 자보라고 했다. 숫자

를 세, 백부터 거꾸로 세면 잠을 잘 수 있을지도 몰라. 그렇게 말하자
아버지가 짜증을 냈다.

"알았다, 알았어. 시끄러워."

삼십 분 정도 지나서, 초록색 유니폼을 입은 남자가 왔다. 20대 후
반이나 30대 초반쯤 돼 보였는데, 의사인지 간호사인지 구분할 수 없
었다. 결석이 왼쪽 신장에서 요도로 이어지는 길을 막아, 지금 그쪽 콩
팥의 기능이 정지했으므로 소변이 나올 수 있도록 길을 내야 한다고
했다. 도뇨관을 넣자는 거냐고 물었더니, 도뇨관보다 더 깊이, 콩팥까
지 직접 관을 끼워 넣는 거라고 했다. 혈뇨가 나올 수 있고, 시술이 잘
되지 않는 경우에 옆구리에서 신장으로 직접 관을 끼워야 할 수도 있
다면서, 3개월 안에 쇄석을 하든 저절로 빠지든 돌이 모두 몸 밖으로
빠져나간 뒤에 관도 제거할 거라고 했다. 전체 설명에 일 분 삼십 초
쯤 걸렸다. 당장 동의해야 오후에 시술을 받을 수 있다면서, 동의서와
볼펜을 아버지에게 내밀었다. 동의서는 깨알 같은 글씨들과 인체모형
그림으로 이루어져 있었다. 아버지는 안경을 쓰지 않아서, 글자가 하
나도 안 보일 터였다. 보여도 전문 용어나 시술의 실체를 아버지가 이
해할 수는 없을 것이었다. 그런데도 아버지는 이 시술을 받다가 잘못
되면 최소한 3개월, 인공 요도가 옆구리에 생겨서, 소변이 줄줄 새는
채로 살게 될지도 모른다는 사실만큼은 용케 이해했다.

"그걸 꼭 해야 되는 거요?"

"이걸 하지 않으시면, 신장 상태가 점점 더 나빠져서 투석을 해야할지도 모르고요. 어쨌든 원인 치료를 하지 않는 이상 다른 조치들은 무의미하니까……."

"뭐라? 그럼 당신들은 지금 나한테 의미도 없는 치료를 하고 있다, 이 말이요?"

"그게 아니고요, 어르신. 왼쪽 콩팥이 기능을 안 해서 거기서 소변이 안 나오기 때문에……."

"소변이 뭐? 아까도 봤구먼. 잘 나와. 소변 잘 본다고!"

녹색 옷의 남자가 답답하다는 듯이 목소리를 높였다.

"그거야 오른쪽은 아직 작동을 하니까 그렇죠. 왼쪽이 문제예요."

녹색 옷의 남자가 다시 시술의 절차와 목적을 설명했다. 나도 아버지에게 이 시술을 받아야 한다고 말했다. 아버지는 잠깐 침묵했다가 "내가 이 병원에 다닌 게 벌써 몇 년인데……" 하고 말을 꺼냈다. 처음에 왔을 때 신장내과의 누구 교수를 만났고, 그다음엔 다른 누구한테 넘어가서 또 누구를 만났고, 작년에는 결석이라고 그래서 비뇨기과의 김 교수를 봤고……. 그런 말들을 계속했다. 녹색 옷의 남자가 어리둥절한 표정을 지었다. 나는 한숨을 쉬었다. 아버지는 자신이 아는 의사를 데려오라는 요구를 하고 있는 거였다.

'충분한 설명을 통한 환자의 동의'는 병원에서 침습적이고 불편한 의료조치가 진행되는 경우에 꼭 필요한 윤리적 지침이다. 하지만 아버지는 과연 어떤 설명을 들어야 이 상황을 이성적으로 이해해서, 자발적으로 동의할 수 있을까? 다 아버지 위해서 하는 일이야! 시키는 대로 좀 해! 그렇게 고함칠 수 있다면 얼마나 속 시원할까? 그렇지만 그렇게 강요해서 시술했다가 옆구리에 요도라도 만들어야 하는 상황이 되거나 투석으로 이어진다면, 본인이 납득하지 못한 채 겪을 고통에 대한 분노와 원망은 누가 받나? 나?

"죄송해요. 삼십 분만 시간을 주세요. 제가 아버지하고 얘기를 좀 해볼게요."

녹색 옷의 남자가 떨떠름한 얼굴로 가버리고, 잠시 후에 흰 가운을 입은 내과 의사가 왔다. 왜 동의서를 작성하지 않느냐고 물었다. 외과 의사들도 바쁘니까, 빨리 동의서를 내야 시술할 때를 놓치지 않을 수 있다는 거였다. 지체할수록 신장 상태는 나빠진다.

"아버지가 이 병원에서 진료를 오래 받으셨거든요. 오늘이 월요일이니 담당 교수님도 출근을 하셨을 테고, 그쪽에다 진료 예약을 넣어서 어떻게든 잠시라도 의논을 하고 결정할 수는 없나요? 아버지 상태가 위험해지기 전까지 얼마나 시간이 있나요?"

의사는 내 질문과 동떨어진 대꾸를 했다.

"그게 무슨 소립니까? 이 시술 결정은요, 내과랑 비뇨기과 의료진들이 다 제대로 상의해서 나온 겁니다. 여기도 다 전문의고요. 다른 선생님들한테 물어봐야 똑같아요."

응급실 의사도 의사란 건 나도 알고 있다. 문제는 응급실의 이 어수선한 상황이다. 오전에 수십 명이나 되는 의료진이 아버지에게 뭔가를 했다. 이름도 알 수 없는 낯선 사람들이 달려들어 찌르고, 째고, 피를 뽑고, 몸을 구속했다. 그러니 아버지는 평소에 믿었던 권위자를 만나서 '이 괴로운 조치가 당신에게 득이 되는 일이다'라는 확언을 듣고 싶은 것이다.

의사는 나보다 키가 작았고 동그란 얼굴이었는데, 시선을 약간 비켜서 내 코쯤을 쳐다보고 얘길 했다. 말하는 도중에 뺨이 부풀어 올랐다. 어린애들이 심통을 부릴 때 나오는 심술보다. 눈매 주위가 치켜 올라가고 상대적으로 볼 근육이 처지면서 생겨난 그 일련의 얼굴 근육은 누구든 골난 어린애처럼 보이게 한다. 문득 이 의사는 나보다 몇 살인가 어리겠다는 생각이 들었다. 의대를 가려고 죽기 살기로 공부해서 수험 지옥을 통과했을 테고, 의대에 가서도 힘들게 공부했을 테니 의료 지식이 자기 밥벌이요, 자부심이요, 긍지의 원천일 텐데……. 이런 젊은 의사에겐 나이 지긋한 특진 '교수님'을 찾는 내 태도가 일반인에게는 역시 권위가 최고라는 식의 생각을 하게 만드는 걸지도 모르겠단 생각이 들었다.

"죄송해요. 아버지가 고집이 있으셔서 어쩔 수가 없네요."

의사가 가고 난 뒤에 아버지는 어쩔 줄 몰라 하는 얼굴로 나를 쳐다봤다.

"내가 저쪽 신장내과에 가서 물어보고 오면, 하자는 대로 할 거야?"

아버지가 반색을 하고 고개를 끄덕였다.

"그래라. 얼른 가봐."

아버지를 담당하는 주치의는 오후 1시부터 진료 시작이었다. 나를 본 신장내과 간호사가 깜짝 놀란 얼굴을 했다. 작년에만 열일곱 번, 한 달에 많게는 두 번, 적게는 한 번 여길 들락거렸던 탓에 간호사와 낯이 익어서 말을 꺼내는 건 어렵지 않았다. 아버지가 이만저만해서 응급실에서 하자는 시술을 받아야 하는데 싫다고 고집을 부린다고 하자, 어머, 어머, 하고 들어주던 간호사가 그거 빨리 해야 하는데, 안 그러면 투석까지 가요, 하고 말을 거들었다.

"그래서 말인데요. 교수님 월요일은 1시부터 진료하시잖아요. 예약 안 하면 못 뵈는 건 아는데요. 지금 급하게라도, 1시에 딱 맞춰서, 잠깐만, 오 분이라도, 아버지가 이쪽으로 오셔서 상담받고 가시면 안 될까요? 교수님 말씀은 들으시니까 안심을 하실 수 있을 것 같은데."

간호사가 곤란한 표정을 지었다.

"그러면 이중 진료가 돼요. 그렇게는 안 되는데……."

그런 대화를 하는 참에 교수님이 대기실로 들어와 자기 사무실로 향하는 거였다. 나는 재빨리 교수님을 붙들고 간호사에게 했던 말을 다시 했다. 이미 간호사의 말을 들은 뒤라 아버지를 진찰해달라거나 하는 말은 하지 않았다. 교수님도 당장 가서 동의서를 내라고 했다. 응

294

급실을 향해서 뛰어가다가 엎어져서, 화장실에 들러 오 분쯤 지체했다. 그런데 응급실엔 조금 전에 헤어졌던 교수님이 와 있었다. 지옥에서 지장보살을 만나면 이런 기분일까 싶게 고마웠다. 아버지 차트를 살펴본 교수님이 녹색 옷의 남자가 했던 말을 똑같이 반복했다. 아버지의 반응은 백팔십도 달라졌다.

"교수님이 말씀하시니까 금방 알아듣겠네요. 그럼 해야지요. 당연히 해야지요."

나도 그 옆에서 보리새우처럼 허리를 90도로 접으며 감사합니다, 감사합니다, 하고 거듭 인사했다.

시술은 한 시간쯤 걸렸다. 옆구리로 관을 빼거나 하는 일 없이 무사히 끝났다. 시술을 마치고 응급실에 돌아왔을 때, 기관지 삽관을 했던 환자 주변에 한 중년 여자가 보였다. 침상에 묶인 환자의 팔다리를 손수건으로 닦아주며 울고 있었다. 어어어, 어이, 어이, 하는 그 울음소리는 곡이었다. 모르는 여자였는데도, 통곡 소리가 칼날처럼 배 속을 쑤셔왔다. 드라마에서 사람이 병원에서 죽을 때면, 흔히 1인실이거나 특실이다. 엄숙한 분위기 속에서 가족이며 친지들이 차례로 방문하면, 죽음에 임박한 사람은 자애로운 유언을 남기거나 한다. 정말로 그렇게 죽는 사람은 몇이나 될까?

아버지 핸드폰으로 입원실 배정이 끝났으니 수속을 밟으라는 문자가 왔다. 원무과 입원 수속처로 갔더니, 서류를 한 장 줬다. 환자 이름을 쓰고, 보증인 두 명의 이름과 주소, 주민번호를 써야 했다. 두 명의 보증인이 없는 환자, 대신 핸드폰 문자를 확인하고 원무과에 들러서 서류를 작성할 가족이 없는 환자들은 어떻게 입원하는지 모르겠다.

응급실에는 회사에서 조퇴하고 온 은희가 도착해 있었다. 은희가 입원 생활에 필요한 짐을 꾸리러 집에 가고, 나는 아버지를 일반 병실로 옮겼다. 마침 시간이 비어서 대기 중이었다던 간병인이 바로 병실로 왔다. 24시간 간병은 하루 7만 원이었다.

"우리 아버지, 성미가 좀 까다로우신데, 잘 좀 부탁드려요."

간병인 아줌마가 네, 네, 하면서 웃었다. 아버지가 말했다.

"내가 뭐가 까다롭냐. 시키는 대로, 너 하자는 대로 꾹 참고 다 하고 있는데. 엄마는 까다롭다느니, 뭐라느니 아무 말 안 했어. 엄마가 나를 좋아했거든."

아버지가 중요한 사실인 것처럼 엄마가 나를 좋아했어, 하고 반복해서 말했다. 아버지는 이제 군대 얘기보다 엄마 얘기를 더 많이 하게 되었다. 내가 건강하지 않으면 엄마가 싫어할 거야, 엄마는 내가 행복하길 바랄 거야, 엄마는 내가 집에서 처져 있는 거 싫어해. 아버지가 말하는 엄마는 오로지 아버지의 행복과 건강과 안위만을 위해 살았던 수호천사 같은 사람이었다. 그런 엄마와 살았던 과거는 나날이 더 빛나게 되었다. 가공의 영역에서 이상화된 상실한 과거는 현실의 좌절을 보상하거나 치유해주는 일 없이, 고통과 슬픔만을 더욱 깊고 어둡

게 만드는 역할을 한다. 엄마 얘길 하는 아버지는 고독해 보였다. 세상 모든 군대의 위력을 동원해도, 아버지를 그 깊은 고독에서 구할 순 없을 것 같았다.

간병인이 있다곤 해도 의사를 만나야 하니 아침 회진을 돌 즈음엔 와야 했다. 새벽 5시에 일어나 원주에 갔다가 9시에 오는 의사를 만나고 서울로 돌아오는 나날이 시작되었다. 당연하게도 아버지는 병원을 싫어했다. 알 수 없는 의료용어들이 난무하는지라 바보가 된 기분이 들고, 행동의 자유도 제약받고, 밥도 맛이 없고, 자신이 약자인 환자라는 사실을 계속 상기해야 하고, 몸의 통제력을 뺏긴 객체가 되어, 고통스러운 지시에 계속 복종해야 하는 장소니까 말이다. 니가 수고하네, 고생이구나, 하는 말은 첫날 하루에 끝났다. 이틀째부터는 내가 아버지를 거기에 가두기라도 한 양, 내 얼굴만 보면 자동으로 갖가지 불평불만이 쏟아졌다. 아버지는 휠체어에 앉아서 옮겨지는 것도 싫고, 아침마다 주삿바늘에 찔리는 것도 싫고, 약을 먹으면 속이 불편해서 싫고, 외출을 못 하니 답답해서 싫다고 했다.

"피 검사를 하는데, 바늘로 몇 번을 찌르는 건지. 원 세상에, 봐라. 손등에 멍이 들었어."

"설명을 제대로 해줘야 할 거 아냐. 알아들을 때까지, 친절하게. 병원에 근무하는 사람들이, 환자 마음을 살펴야지."

"노인을 공경해야지. 젊은 사람들 태도가 글러먹었어."

아버지는 자신이 존경받아 마땅한 어른이고, 매사를 독립적으로 판단할 힘이 있다는 사실을 증명하기 위해 무던히도 애를 썼다. 판단할 수 없는 것을 결정하고, 자신에게 가해지는 의료조치에 일일이 설명을 요구하고, 설명을 이해할 수 없으면 불친절하다고 비난하고, 그러다 화가 치밀면 의료조치를 거부하는 방식으로.

의사들이 저녁 회진을 돌고 나면, 그날그날 상태에 따라 몇 가지 검사나 약물이 처방되곤 했다. 자연히 아주 밤늦은 시간이나 새벽에 간호조무사가 처방된 검사를 실시하러 왔다. 신장의 기능이 나빠지면 연쇄적으로 심장이나 폐에도 문제가 생길 수 있어, 점검을 위한 시티나 엑스레이 촬영 같은 게 있었다. 안과에서 먹던 녹내장 약은 혈관을 확장시켜 내출혈을 유발할 수 있기 때문에 끊은 상태라, 눈 검사도 해야 했다. 그러나 환자를 휠체어에 앉혀서 검사실로 옮겨주는 조무사나 검사를 실시하는 기사가 그런 행위의 정확한 목적을 알 리 없다. 그냥 의사가 내린 오더가 있으니 하는 거다. 아버지는 그런 사람들한테 이걸 누가 왜 하라고 시켰는지, 어떤 효과인지 일일이 묻고, 상대가 '존경하는 교수님'도 아니니 멋대로 반박을 해보고, 설명이 충분하지 않다며 안 하는 것이었다.

"밤 11시에, 아무 설명도 없어. 내가 막 잠이 들었는데, 와서 깨우는 거야. 내가 한번 깨면 잠을 못 잔다고. 사람 성질나게 하고, 무턱대고 안과 가서 사진 찍자는 게 말이 돼? 내가 신장 때문에 입원했지, 눈 때문에 온 것도 아닌데. 그래서 안 갔어. 그딴 거 필요 없다고. 병원에서 돈을 벌려고, 환자가 있으면 무단히 검사를 시켜."

퇴원하는 날 아침에 갔더니, 아버지가 간밤 자신의 승리를 의기양양하게 묘사했다.

"아버지! 그러지 말라고 몇 번을 말했어? 신장이 나빠지면, 신장만 문제가 아니고 전신에 영향을 미쳐서……."

"니 설명은 다 들었어. 다 들었는데! 그건 니 생각이고. 나도 바보 멍청이가 아니니까 상황을 판단할 수 있다 이거야. 약이야 신장내과 교수가 해주겠지."

"바보가 아니면, 뭐가 이득이고 손해인지 제대로 판단을 하셨어야지! 안과 약은 안과에서 줘야지! 아버지 녹내장 때문에 먹는 약을 지금 끊고 있잖아. 퇴원하면서 처방이 나와야 약을 바로 받아가는데…… 아우, 미치겠네, 진짜. 여기 있는 김에 검사받는다 생각하고, 좀 하면 그만일걸!"

내가 목소리를 높이자 간병인이 끼어들어 아버지 편을 들었다.

"그 사람들이 정말로 한밤중에 와가지고요. 그 이후에 어르신이 잠을 못 주무셨어. 사람이 딱 잠들 때 깨우면 얼마나 짜증이 나. 짜증이 나시니까 그런 거야. 안 가요, 그러시면서 버티시더라고."

다른 환자들도 안 듣는 척하면서 아버지와 나 사이에 오가는 말을 귀 기울여 듣고 있었다. 삽시간에, 아파서 입원까지 한 늙은 아버지한테 큰소리 내는 젊은 딸년이 된 걸 깨닫고 나는 입을 다물었다. 퇴원 절차를 밟고 집에 돌아와서, 아버지에게 말했다.

"아버지, 내가 아버지 하라고 하는 건 필요하니까 하는 거겠지? 무단히 이래? 병원도 마찬가지고. 거기서 환자한테 일부러 해코지하겠어? 거기서 하라는 대로 해도 아버지한테 손해가 아니에요. 아버지가 공연히 고집부려서 남는 게 뭐야? 아버지도 안과 약 없이 며칠 지내야 하고, 나도 그것 때문에 또 여기 내려와야 되게 생겼잖아. 안 그래도 이번 주 내내 원주까지 오락가락하느라고 나도 힘들어."

아버지가 억울한 기색이 가득한 어조로 말했다.

"그래. 니가 나 때문에 힘들었다, 이거지? 자식한테 부담 주는 아버지가 돼서, 미안하네."

"내가 지금 나 힘들다고 생색내자는 게 아니고……."

아버지가 고함쳤다.

"내가 그렇게 귀찮고 너한테 짐만 되고, 그러면 아주 살아 있을 필요가 없네. 그치? 너도 그렇게 생각하지? 너는 내가 죽었으면 좋겠지?"

한겨울에 얼음물을 뒤집어써도 그보단 따뜻했을 거다.

서울로 돌아오는 길에 문자가 왔다.

내가 말이 심했다. 화가 나다 보니 그랬다. 사랑한다. 딸♡♡♡

같은 내용이 연달아 세 번 왔다. 마지막 문자엔 이해하고 참으라는 말이 덧붙여져 있었다.

304일

전화벨이 울렸다. 아버지였다. 지난달에 입원했다가 퇴원할 때 크게 언쟁을 한 이후로 나는 아버지 전화도 받지 않고, 문자에도 답하지 않았다. 하지만 밤 11시였다. 아버지는 잠들었어야 할 시간이었다.

"서억히이야……. 내가, 내가 머리가 휑하니 아프고오, 눈이 가물가물하고 어지러운데, 속이 미시이이익, 미시이이식한 게……."

이상할 정도로 어눌한 아버지 어조에 가슴이 덜컹했다. 혹시 뇌에 뭔가 문제가 생긴 걸까? 병원에 가라고 했더니 아버지는 벌써 병원이 문을 닫았다느니, 너를 집에서 기다리겠다느니 하는 소리들을 해댔다. 지난달 퇴원할 때, 통원 치료 일정이 길게 뽑혀 있었다. 신장내과는 물론이고 비뇨기과에도 일정이 있었고 안과도 가야 했으니, 일주일에 한두 번씩 병원엘 갔을 터였다. 어지간히 아프니 나한테 전화를 건 걸 텐데도 병원은 가기 싫으니 투정이었다.

"간다고 해도오…… 무슨 과를 가겠냐아아……."

"무슨 과는 무슨 과야! 응급실로 가야지!"

내가 헐레벌떡 병원에 도착한 것은 12시 40분경. 아버지는 위세척을 하고 있었다. 아마도 내장 기관 어디선가 출혈이 있는 것 같은데, 그 피가 위에 고여서 말라붙었고, 그게 구토를 유발하기 때문에 세척 중이라고 했다. 아버지는 불길한 얼굴을 하고 있었다. 피부 거죽은 회색빛으로 창백하게 가라앉았는데, 눈 주위로부터 먹구름처럼 검은 기운이 번져 나와 주름을 타고 온 얼굴에 번지고 있었다. 입술은 타들어 가는 것처럼 바짝 마른 채로 꺼멓게 변색했다. 간호사나 의사들이 지난번과 똑같이 아버지의 기존 병력에 대한 질문들을 퍼부어대는 틈새에 나는 아버지 말투가 평소와 다르다고 말했다. 그러자 간호사가 아버지에게 여기가 어딘지, 옆에 있는 이 사람이 누군지, 질문들을 해댔다. 아버지가 나를 딸이라고 하기까진 거의 일 분쯤 걸렸다. 뇌 사진을 찍자고 해서, 아버지 병상을 밀고 절반쯤 소등해서 어두침침한 미로 같은 복도를 지나 촬영실로 갔다. 촬영이 끝나고 돌아오면서부터 아버지는 와들와들 떨기 시작했다. 오한이 나는 건가 싶어서 담요를 덮어주었는데, 간호사가 추워서가 아니라 전해질 수치에 이상이 와서 몸에 경련이 이는 거라고 했다. 아버지가 머리가 아프고 숨이 가쁘다고 하자, 산소통을 매달아주었다.

간호사들이 혈액검사를 위해 몇 번인가 채혈을 하다가, 동맥혈을 주삿바늘로 계속 찌르면 너무 고통스러우니까 차라리 허벅지 대퇴부 동맥에 관을 연결해서, 거기서 바로 채혈하고 체크하겠다고 했다. 혈관을 째고, 관을 연결하는 시술이 이어졌다. 움직이지 마세요, 움직이면 안 돼요, 하는 의료진의 목청 높은 명령이 떨어지고, 간호사들이 아버지의 팔다리를 꽉 잡았다. 아버지는 어어, 어이쿠, 하는 비명을 질러댔다.

간호사가 혈액검사 결과가 나쁘다고 했다. 신장 기능이 거의 정지했으니 응급 투석을 하게 될 텐데, 당장은 그보다 빈혈이 급하다고도 했다. 혈색소 수치가 떨어져서 수혈을 하지 않으면, 쇼크사의 가능성이 있다는 거였다. 수혈을 위해서는 동의가 필요했다. 타인의 피를 넣을 거라 알레르기 반응이 있을 수 있고, 혹시나 에이즈라든가 기타 다른 병에 감염될 위험도 있는데, 그걸 감수하고 수혈받겠다는 동의서에 사인하자 수혈이 시작됐다. 아버지는 구역질을 하기 시작했다. 어지럽다고 하고, 목마르다고 물을 달라고 했다. 내시경을 할 예정이라 물은 금지였다. 나는 편의점으로 뛰어가 물병과 가제를 사 왔다. 가제에 물을 적셔 아버지 입술에 물려줬다가 떼기를 반복했다.

째깍째깍, 시간이 흘러갔다.

한 시간을 넘기고, 두 시간을 넘기고, 세 시간째에 접어들어서도 아버지 상태는 호전되지 않았다. 내출혈이 지속되고 있어서 출혈 부위를 찾지 못하면 수혈도 소용없겠다는 말을 들었다. 그렇지만 한밤이라 소화기내과 의사도 없고, 내시경 장비도 돌릴 수 없어 해줄 수 있는 일이 없다고 했다.

집에 강도가 들어서 나를 꽁꽁 묶어놓고 아버지를 두들겨 패는 걸 보면, 이와 비슷한 심정이 되지 않을까? 내가 남의 고통을 나의 즐거움으로 삼는 사디스트거나, 다른 사람의 고통이나 감정에 전혀 반응하지 않는 사이코패스였다면 이런 일도 괜찮을까? 나는 평범한 사람이다. 고통이 무섭고, 죽음은 더욱 끔찍하다. 죽음이 나를 빤히 쳐다봤다. 어디로든 도망치고 싶었다. 문득 이대로 아버지가 죽으면 우리의 마지막 대화는 "너는 내가 죽기를 바라냐"는 아버지의 고함이 되겠다고 생각했다. 당직 의사가 나를 불러, 간호사가 했던 말을 반복했다.

"요독 수치가 높아서 지혈이 안 돼요. 아시겠어요? 그래서 수혈을 해도 소용이 없는데, 여기선 더는 해줄 수 있는 게 없어요. 중환자실로 가세요."

나는 알겠다고 했다. 그런데도 의사는 나를 보내주지 않고, 목소리를 높여 또 말했다.

"피가 어디서 나는지 알 수가 없어요. 위장인지, 대장인지……. 혈관은 몸 전체에 흩어져 있으니까, 어쩌면 뇌에서 팍하니 터진 걸 수도 있고. 지금 그러니까 속에서 난 피가 위에도 고이고, 밑으로도 나오는데 저대로 두면 피똥 싸다가 죽을 수도 있어요."

피곤한 기색이 역력했던 당직 의사는 어째선지 화를 내고 있었다. 내가 울며불며 우리 아버지 살려내라고 나뒹굴고 있기라도 한 것처럼. 그런 사람에게 해줄 수 있는 일이 없다고 냉정하게 내쳐야 하는 악역이라도 맡은 것처럼. 나는 알겠습니다, 하고 조금 큰 목소리로 반복했다.

내시경을 해야 할 거라면서, 중환자실로 가기 전에 미리 동의서를 쓰라고 했다. 위내시경과 대장내시경 동의서를 쓰고, 중환자실 입원 서류를 썼다. 담당 주치의를 지정하고, 아버지 옷가지를 돌려받았다. 중환자실 앞까지 아버지 병상을 따라갔는데, 환자 이외에는 들어갈 수 없다고 했다. 준비되면 부르겠다며 문 앞에서 대기하라기에, 나는 아버지 옷 봉투를 든 채로 문 앞에 남겨졌다. 대략 이십 분쯤 지나서 간호사가 나타나 나를 불렀다. 아버지는 발가벗은 채 기저귀를 차고, 피와 수액, 진통제 같은 것들이 늘어진 링거대와 온갖 기계들에 연결되어 있었다. 중환자실로 옮기기 직전에 진통제를 맞아서 의식이 없었다.

"기저귀는 일단 저희가 가지고 있는 여분으로 쓰게 해드렸는데, 앞으로 필요한 건 이따가 면회 시간에 가져다주세요."

간호사는 아버지가 언제부터 아팠는지, 응급실엔 몇 시에 왔는지, 평소에 어떤 약을 복용하고, 기저질환은 뭐가 있고, 알레르기가 있는 약은 없는지, 나이는 몇 살이고, 학력은 어떻게 되며, 거주지와 직업,

종교, 결혼 여부가 어떻게 되는지 물었다. 그런 다음, 병실 사용법을 적은 안내문 위에다 '육체적 구속에 관한 동의서'를 얹어 내밀었다.

"치료를 하다 보면 위급할 때, 환자가 몸부림치지 못하도록 묶을 수가 있어요. 그걸 보호자가 보면 놀라니까, 미리 말씀드리는 거예요."

손이 떨려서 글자가 제대로 써지지 않아서 왼손으로 오른손을 눌러야 했다. 간호사가 성인용 기저귀에서 살균 장갑과 티슈에 이르기까지 열세 가지 소모품이 적힌 쇼핑 리스트를 줬다. 병원 내 의료용품 판매점에서 사 오면 되고, 담당의의 회진은 오전 8시부터 9시 반 사이에 이루어지니까 그 시간에 복도에서 대기하고 있으면 볼 수 있을 거라고 설명했다.

중환자실에서 나와 시계를 보니 4시를 넘기고 있었다. 은희와 소희 언니를 비롯해서 몇 군데 연락해야 할 곳이 떠올랐지만, 적어도 5시까지 기다렸다가 해야겠다고 생각했다. 집으로 돌아와서도 마음이 진정되지 않아서 온 집 안을 빙빙 맴돌다가, 옷장을 뒤져서 사전의료의향서를 꺼냈다. 신체구속동의서에 서명할 때, 지난번 응급실에서 봤던 기관지 삽관을 한 환자가 떠올라 무서웠다. 얼굴도 알아볼 수 없고, 고통을 표현하는 비명조차 낼 수 없을 정도로 억눌리고 제지당해서, 인간다운 그 어떤 정신이나 감정의 증표도 나타낼 수 없도록 사물화된 그 모습은 죽음보다 더 죽음 같았다. 사전의료의향서를 들여다보고 있자니, 마음이 조금 차분해졌다. 우리 아버지는 그렇게는 되지 않을 거다.

아버지 자신이 그렇게 되지 않기로 결정했으니까. 5시부터 여기저기 전화를 걸고, 7시에 병원으로 향했다. 8시가 되었을 때, 신장내과 교수님이 굳은 얼굴을 하고 달려왔다.

"내시경을 해봐야지, 지금은 말해줄 수 있는 게 없네."

응급실 의사와 똑같은 말이긴 했지만, 어조가 침착했다. 뭣보다 이 교수님은 아버지의 상태나 병력에 대해서 나에게 아무것도 묻지 않은 첫 번째 의료진이었다. 아버지의 병에 대해서 나보다 훨씬 더 많이 아는 사람이었다. 나는 허리를 반으로 접어, 코가 땅에 닿도록 인사를 했다. 잘 부탁드립니다, 하고 몇 번이나 말했다.

병원 커피숍에서 샷을 두 개나 추가한 블랙커피를 마시고, 간호사가 넘겨준 쇼핑 리스트에 적힌 물품들을 샀다. 대형 병원 중환자실에서 소모품 비용을 환자 보호자들에게 떠넘기는 행태에 대해 신랄하게 비판하는 글을 몇 번인가 읽었던 기억이 났는데, 기억났다 한들 뭘 어쩔 수는 없었다. 나는 간호사들에게 줄 간식거리를 사서 짐 꾸러미에 보탰다. 중환자실에 갔더니, 아버지는 이미 내시경을 하러 출발했다며 소화기내과 앞으로 가라고 했다. 내시경 결과를 봐서 개복을 해야 한다면, 수술 동의서를 써야 할지 모르니 대기하라는 거였다.

아버지는 출혈성 십이지장궤양이었다. 궤양으로 천공이 생겼는데, 신부전이 있으니 요독 때문에 피가 멎지 않아 위험해진 거였다. 내시경으로 출혈 부위를 확정하고, 소작하는 걸로 위기를 넘기자 아버지는 급속도로 안정되었다. 상태가 어떤지 보려고 오후에 다시 내시경을 하고, 다음 날도 내시경을 했다. 수면 내시경으로 했는데도 도중에 심하게 몸부림을 치고 입안에 들어가는 호스를 빼내려고 해서, 마취제를 두 번 더 투여했다. 그 바람에 아버지는 다음 날까지 깨어나질 못했다.

소희 언니는 오지 못했고, 은희는 아버지의 두 번째 내시경 직전에 왔다가 돌아갔기 때문에, 아버지가 눈을 떴을 때는 나밖에 없었다. 아버지가 손을 뻗어 내 팔을 꽉 잡았다. 아버지 손은 자신의 의지와 상관없이 덜덜 떨리고 있었는데, 얼음처럼 차가웠다. 잡힌 팔이 뼈까지 시려왔다. 아버지 손의 진동을 따라 내 팔도 덜덜 떨렸다. 아버지는 그간 지속된 식이요법으로 체중이 줄었다. 게다가 사흘간 밥을 전혀 먹지 못했으니 더욱 홀쭉했다. 팔에는 뼈와 가죽뿐이었는데도, 손아귀 힘이 무시무시했다. 빼려고도 안 하는데, 물에 빠진 사람이 지푸라기라도 움켜쥐는 양 아버지는 필사적으로 내 팔을 자꾸만 잡아당겼다.

"여기서는 사람이 아니게 된다. 무섭다, 무서워. 내가 살겠냐, 죽겠냐."

"그게 무슨 소리야, 아버지. 이제 고비는 다 넘겼어. 살아났지. 살아야지."

그러냐, 그러냐, 살 수 있구나, 살 수 있어, 하던 아버지가 길게 한숨을 쉬었다.

"……엄마한테 가는 길이 멀기도 머네."

아버지는 나흘간 중환자실에 있다가, 일반 병실로 옮겨 이레를 더 지냈다.

중환자실은 24시간 불이 꺼지지 않고, 의료장비들이 계속 돌아간다. 창문도 없고, 텔레비전도 없다. 핸드폰 사용도 금지고, 라디오도 없다. 전부 중환자들뿐이니 잡담을 나눌 상대도 없다. 면회는 하루에 두 번, 한 번에 삼십 분씩이라서 딱 한 시간밖에는 되지 않는다. 종일 누운 채로 바쁜 의료진과 차가운 기계들, 약과 주삿바늘이 자극의 전부가 된다. 의식이 없는 상태라면 몰라도 깨어나면 견디기 어려운 감금이다. 일단 정신이 깬 후에 아버지는 하루에 두 번 돌아오는 면회 시간을 학수고대했다. 아버지 상태가 나날이 달라지니, 교수 회진 시간에 맞춰서 기다렸다가 얘기를 들어야 했다. 아침 8시, 오전 10시, 오후 7시. 그렇게 하루 세 번 병원을 오가야 했고, 면회 시간에 맞춰서 아버지 친구들이며 교회 사람들, 목사가 오니 인사를 해야 했다.

내 일상이 완전히 초토화된 건 말할 것도 없다. 원고 데드라인을 넘기고, 여행 계획을 취소하느라고 위약금을 물어야 했다. 일반 병실로 옮기면서는 간병인을 구했지만, 아버지 입원 생활에 필요한 신발, 겉옷, 속옷, 샴푸, 수건 따위의 생필품을 가져오는 것부터 병원비 정산과 퇴원 수속을 밟은 뒤에 가져갔던 짐들을 다시 챙기는 과정까지 전부 내 일이었다.

병원의 의사 결정 시스템은 환자에게 가족이 있고, 그 가족 중에 누군가가 아무러한 생업에 종사하지 않은 채 오로지 병간호만 한다는 전제하에 작동하고 있었다. 의식이 없는 와중에 밀어닥칠 수많은 서류들에 사인하는 걸로 살겠다고, 살고 싶다고 답해줄 대리인이 없다면, 고독사가 기다린다. 가족이 있더라도 삶을 완전히 정지시키는 죽음과 병을 견뎌낼 수 있는 한계는 어디까지일까? 아버지는 퇴원했지만, 완쾌가 아니다. 궤양 같은 작은 병으로도 저승을 엿보고 오니, 어느 날은 바람을 타고 날아온 먼지가 일으킨 기침이, 또 어느 날은 그저 유통기한을 넘긴 재료를 쓴 한 끼의 외식이 아버지를 사지로 몰고 갈지 모른다. 타이머가 고장 난 시한폭탄 등에 매달려 째깍거리는 기분이다. 이런 예측할 수 없는 긴박한 입퇴원을 몇 번이나 반복하게 되는 걸까?

퇴원한 뒤, 엄마의 100일 탈상 직전에 아버지와 마무리 짓지 못한 대화를 마저 해보려고 시도했다. 이번 일을 겪어보니 알겠지만 병원비가 말이지, 하고 말을 꺼냈는데, 아버지는 응급실에서 중환자실로 옮겨지던 당시의 일들을 기억하지 못했다.

"정신없었지, 뭐. 응급실 앞에서 택시 내리면서 거스름돈 200원을 받았어. 거기까지 기억나지. 그다음은 잘 모르겠어."

아버지는 웃으며 그때와 똑같은 말을 덧붙였다.

"이젠 그런 일 없을 거야. 앞으론 입원 안 해야지."

죽음의 그날까지도, 어쩌면 죽고 나서도 아버지는 생의 한가운데에 서 있을 것이다. 시작도 끝도 아닌 한중간. 그렇게 닥쳐올 미래의 순간들은 이미 지나버린 과거로만 이루어지게 될 터였다. 아버지의 찰나생(刹那生)은 이제 찰나멸(刹那滅)로만 이루어졌다.

찰나생 찰나멸. 그러니 할 수 없나? 고작해야 찰나뿐이니, 힘껏 살아가는 수밖에.

계속

작가의 말

....

　3월 말 한겨레문학상 투고 마감일에 우체국에서 원고를 부치고 돌아와 거울을 보니, 오른쪽 관자놀이 부근 머리카락이 하얗게 세어 있었다. 내 안에 있던 뭔가가 이 글을 쓰면서 완전히 휘발되어 사라졌다. 이 글을 쓰기 이전의 나와 쓰고 난 뒤의 내가 완전히 다른 사람처럼 느껴졌는데, 과거의 나는 거의 기억도 나지 않을 만큼 희미했다. 아무튼 피곤했다. 그 뒤로 하루 열다섯 시간도 자고 열 시간도 자고, 아무튼 내내 잤다.

　어째선지 나는 심사가 한 달 이내에 끝날 거라고, 근거도 없이 굳게 믿고 있었다. 4월 말까지는 자는 와중에도 기다렸다. 이 소설을 쓰는 데 1년이 좀 넘게 걸렸다. 초고까지 전부 합해보면 대략 6,000매를 썼는데, 그중 5,000매쯤을 버려서 지금의 형태가 되었다. 그러느라 내 키보드 자판들이 반질반질 닳아서 글자들이 사라지고 까맣게 되었다. 그렇게나 공을 들였으니 잘되지 않을까 기대했지만, 연락이 없기에 떨어졌다고 생각했다. 노력이 전부 보상받는다면 세상은 세상이 아니고 유토피아나 천국이라 불렸으리란 걸 나는 예전부터 알고 있었다. 게다가 열심히 했어도, 쓰고자 했던 주제가 워낙 어려워서 나는 그중에 쓸 수 있는 걸 쓸 수 있는 만큼만 써야 했다. 쓰고 싶은 것과 쓸 수 있는 것 사이의 간극이 넓어, 나는 거듭 타협했었다. 그것들을 떠올리고, 나는 실패를 시인했다. 낙선했다고 확신하자 마음이 가벼워졌다. 책이 되지 못한다고 해도, 이 글이 완결된 것으로 애초에 쓰기 시작했던 목적의 절반은 달성한 셈이기도 했다. 나는 앞으론 완전히 새로운 뭔가를 하면서 살아야겠다고 결심했다.

5월 말에 당선 소식을 처음 들었을 땐, 기쁘기보다 당혹스러웠다. 또다시 이 원고를 들여다보면서 글자들과 씨름해야 하는 퇴고의 진흙탕이 기다린다 생각하니 잠이 싹 달아났다.

원래 나는 이 글을 2년 전에 겪은 어머니의 죽음이 불러일으킨 마음의 혼란을 벗어나보고자 쓰기 시작했다. 내 어머니는 평범한 사람이었다. 사회나 국가에 혹은 역사나 공공의 영역에 휘황찬란하게 기록될 만한 업적이나 이렇다 할 이름을 갖지 못하고, 그저 가족들을 사랑하고 가까운 친구들과 어울리며 한평생을 보낸 뒤에, 그 어떤 사회적 상징이나 의미를 지닌 사건에도 휘말리지 않고 자연스러운 이유로 돌아가셨다. 수년이 지나면 가족들 외에는 아무도 어머니를 뚜렷하게 기억하지 못하게 될 것이다. 실제로 장례식장에서부터 이미 생전의 어머니 대신에 비인간적으로 미화된 가면의 어머니가 돌아다니고 있었다.

몸의 부패보다 빠른 게 정신의 망각이다. 죽은 사람들은 잊힌다. 장례를 치르면서 나를 가장 괴롭혔던 것은 그래서 고독이었다. 잊힌 사람은 혼자가 되니까. 나는 그러한 고독을 극복해보고자, 산 자와 죽은 자 사이에 어떤 식으로든 연결 고리를 찾고자 무척 애를 썼다.

대다수 사람들은 우리 어머니마냥 평범하지 않을까? 언론 매체를 들썩이게 하는 거대한 사명을 위해 내던져진 위대한 죽음, 영화나 드라마에서 자주 보이는 기이하거나 끔찍한 죽음이야말로 사실은 예외다. 병으로 죽을 확률이 십중팔구라면, 연쇄 살인마를 만나 죽을 확률이 집 안에서 번개 맞을 확률과 비슷한 것처럼. 어찌 생각하면 그런 예외들만을 선별해서 반복하는 온갖 픽션들이 보통 사람이 보통의 삶에서 겪는 보통의 죽음, 막대하고도 흔한 진짜 죽음, 평범한 죽음을 은폐하는 역할을 하는 건지도 모른다는 생각이 들었다. 세상의 다수는 평범한 사람이니, 평범한 죽음 또한 공유할 수 있는 이야기로서 소설이 될 수 있겠다 싶었다. 그러한 이유로도 썼다.

　나처럼 평범하게 누군가를 상실한 경험이 있는 독자가 이 책을 읽고 마음의 위안을 얻는다면, 그래서 그랬다고 말해준다면 내게는 큰 기쁨과 보람이 되겠다.

푸른 말의 해 7월에,

최지월

개정판 작가의 말

....

출간 직후에 사람을 만나면 이 책을 한 권씩 주곤 했다. 그러면 어김없이 "실화야?"라는 질문이 돌아오곤 했다. 자전적인 소설이지만, 소설이다. 교정은 100번쯤 봤다. 모든 문장과 에피소드는 가공된 것이다. "소설입니다" 하고 대답할 수밖에 없다. 그러면 커다란 짐을 떠맡은 듯한 표정을 보게 된다. 사람들은 원치 않는 소설을 읽는 걸 질색한다. 솔직히 말하면 나도 그렇다.

요즘엔 포털 뉴스를 열면 도처에 "기자가 소설 쓴다"라는 댓글이 있다. 이런 의견에 따르면 소설은 남을 조종하려는 교만한 바보의 거짓말이다.

허구라고 노골적으로 공표하는 이야기를 읽거나 써야 하는 이유는 뭘까?

우리는 모두 진리와 진실을, 행복을 추구한다. 인생은 짧고 시간은 금이다. 진실하고 유익한 것만을 읽고 써야 하지 않을까? 이를테면, 경전과 교과서, 해피 엔딩이 보장된 교훈성 미담. 신의 계시와 유용한 지식으로만 이루어진 '진리인 책들'이 도서관과 서점마다 넘쳐 나는데.

책이 진리라면 독서는 복종이다. 저자의 뜻을 한 치의 오차도 없이 헤아리고 외워서 그에 부합하게 행동해야 할 테니까. 진리인 책들은 독자에게 "너는 책이 되라" 하고 명령한다. 경전을 많이 읽은 사람들은 신의 눈으로 타인을 심판하고 교과서를 많이 읽은 사람들은 유용성의 관점으로 남을 재단한다. 활자에 미치지 못하는 타인은 죄인이거나 야만인이 아니면 야수다. 고로 돌을 던지고 채찍으로 치고 목도 매달고, 그게 아니면 시험을 봐서 우열을 결정한 뒤 위계의 근거로 삼는다.

그런데 소설은 소설이다. 픽션, 만들어진 현실. 여기엔 경전으로 계시하는 신도 없고, 신이 나와도 신이 아니고, 외워야 할 지식도 없다. 독자는 복종하지 않을 자유와 비판할 권리가 있다. 소설이 평등을 이상으로 삼는 근현대의 예술 양식인 데는 이유가 있다. 살인자가 나오는 소설을 읽는다고 살인자가 되는 건 아니고, 장례식을 묘사하는 소설을 읽는다고 반드시 울어야 하는 것은 아니다. 책 속의 새를 본다고 하늘을 날 수 있게 되는 건 아니니까. 책은 책, 나는 나, 사람은 활자가 아니라서, 쓰기는 존재하려는 투쟁이다.

예전에 나는 활자 중독이어서 경전과 교과서를 많이 읽었다. 죽음에 대한 글도 물론 포함되어 있었다. 《주자가례》에서 《성경》《코란》《티벳 사자의 서》까지, 꽤 많았다.

지옥과 천국, 죄와 벌, 육도윤회, 빛과 어둠. 그렇게 묘사되는 죽음은 다른 삶이었다.

나는 사람이 죽는다는 사실을 안다고 생각했었지만, 실은 사람이 정말은 죽지 않는다고 믿고 있었다. 그러다 갑자기 모친상을 당해 죽음이 있는 현실로 내쳐졌다. 그 현실은 이정표 없는 황무지였다. 절대적인 무력감과 고립감을 느꼈는데, 사람이 죽어도 산다고 쓰인 책들은 아무런 도움이 안 됐다. 죽음 없는 아름다운 세계가 사람이 죽는 현실을 삭제하는데, 내가 그 삭제당하는 현실이었다. 나는 현실의 죽음이 존재하는 픽션의 영토가 꼭 필요했다. 그래서 썼다.

이 책이 실화냐고 물었던 사람들 중에 몇몇은 나중에 돌아와 자신의 경험담을 들려주었다. 드문드문 올라오는 온라인의 리뷰 중에서도 더러 그런 응답을 발견했다. 타인의 이야기에서 자신의 삶을 발견하는 독자들의 말 속에 내가 살아가는 진행형의 현실이 있었다. 지금도 이 글을 쓴 보람은 그런 현실 속에 머물러 있다.

나의 내면과 타인의 외부 현실이 만나는 장소, 타인의 체험이 나의 정신에 스미는 시간, 나이면서 너인 우리를 위해 만들어진 현실. 내게는 그런 것이 소설이었다.

픽션의 리얼리티는 독자에게 달려 있어서 책은 작가보다 먼저 죽기도 하고 오래 살기도 하지만 독자보다 먼저 죽거나 길게 사는 책은 없다. 그래서 책은 늘 독자를 갈망한다.

부족한 원고를 책으로 잘 다듬어준 초판 편집자의 수고 덕분에 꽤 시간이 흘렀지만 재판을 찍게 됐다. 그분은 이제 한겨레출판에 근무하지 않는데, 책은 새 편집자를 만나 표지도 바뀌고 새 독자들을 만나러 간다. 나는 초판이 나오던 날처럼 이 책을 읽을 다른 독자들의 감상이 정말 궁금하다.

2022년 4월

최지월

추천의 말

....

  이 소설은 죽음의 이야기, 죽음으로 마주한 가족의 이야기, 그리고 죽음으로 다가가는 노년의 이야기다. 제대로 다루지 못하면 공백의 상흔이 되어버리는 상실에 맞서, 삶의 기억으로 죽음을 애도한다. 날로 경조부박해지는 세상에서 소설은 어떻게 무게중심을 잡을 것인가? 오직 진정성만이 균형의 무게 추가 될 수 있음을, 《상실의 시간들》은 낮지만 또렷한 목소리로 웅변한다. _김별아(소설가)

  세상에서 가장 소중한 사람을 잃은 마음은 어떻게 말할 수 있을까. 슬픔이란 말은 너무 작다. 특히나 엄마를 잃었을 때는. 그것은 내 생 전체와 맞먹는 아픔이거나 그것보다 더한 것일 터이다. 작가는 과장하지 않고, 숨기지 않고, 날것 그대로 아파하고 분노하고 원망하고, 운다. 신인 작가만이 보여줄 수 있는 날카로운 상실의 고백이다. 엄마를 잃었는데 무슨 절제가 필요한가. 세상의 모든 책, 모든 페이지를 다 채운다 해도 부족할 내 엄마의 이야기인데. _김인숙(소설가)

물샐틈없이, 꼼꼼한 바느질 솜씨다. 작가의 진정성에 깊은 신뢰감을 느낀다. 튀는 소재를 기획적인 전략으로 버무려내는 응모작들이 많은 요즘의 경향에 비추어볼 때 매우 귀중한 덕목이 아닐 수 없다. 죽음을 둘러싸고 벌어지는 인물들의 내면적 갈등도 클래식하고 사려 깊다. 우리의 지리멸렬한 생활 속에 은닉된 '죽음'을 이처럼 핍진하게 드러내는 건 쉽지 않은 일이다. 나지막하지만 힘이 있는 작품이다.

_박범신(소설가)

소설은 허구의 이야기다. 그럼에도 불구하고 삶을 벗어나지 못한다. 좋은 소설은 허구와 실제적 삶 사이의 간극을 어떻게 줄이는가에 있을 것이다. 《상실의 시간들》은 그 물음에 성공적이다. 죽음을 이야기하지만 외치지 않는다. 모래 위에 남아 있는 새의 발자국처럼 담담한 흔적만 남긴다. 소리는 금세 사라지지만 이 담담한 흔적은 여운이 꽤 짙다. 짙은 여운이 지워지지 않는 얼룩처럼 읽는 내내 남는다.

_박성원(소설가)

최지월의《상실의 시간들》은 망자에 대한 애도의 과정을 서술하고 있다. 인간의 죽음에 주목하지 않는 작가가 어디 있겠느냐마는 이 소설은 이를 장례에 대한 다양한 문화적 의례와 사회적 절차의 과정으로 서사화하고 있다는 점이 남다르다. 21세기 한국에서 죽음은 더 이상 개인적인 기억의 종언만을 의미하지는 않는다. 그것은 가족이 새롭게 만들어지는 과정이며, 국민 자격이 말소되는 행정적 단계이고, 상조보험의 만기일, 다양한 종교 단체의 비즈니스가 전개되는 영업장이기도 하다. 이를 통해 작가는 살아가는 것 자체가 사실은 거대하고 지난한 장례의 과정에 불과하다는 것을 말하고 있다. _서희원(문학평론가)

이 소설은 우리에게 죽음을 기억하라고 요구한다. 죽음을 기억하는 일이란 애도의 실패에 관한 체험이면서 또한 삶 속에 내재한 현재진행형의 죽음을 감각하는 행위이다. 달리 말하자면 그것은 죽은 자의 살아 있는 목소리를 듣는 일이고, 산 자의 죽어가는 목소리를 보살피는 일이다.《상실의 시간들》은 두 목소리를 정갈하게 받아 적은 이야기이다. 죽음을 둘러싼 삶의 세목에 관한 묘사는 생생하여 자주 마음이 헛헛해진다. 또한 죽음과 관련된 한국 사회의 다양한 문화적 관습들에 대한 기록은 꼼꼼하고 사려 깊어 독자의 이목을 끌기 충분하다. _송종원(문학평론가)

이 소설 속 만가로부터 자유로운 사람이 있을까. 이야기를 읽는 동안 나는 어떤 주체가 아니라 객체가 되고 있었다. 내가 읽을 수 있는 만큼만 보기는 불가능한 이야기, 이미 시작된 하나의 노래. 나는 그저 울고 싶은 마음이 된 채로 이 곡조를 따라갈 수밖에 없었다. _윤고은(소설가)

사람은 누구나 죽는다. 하지만 이것보다 더 분명한 사실은 사람이라면 누구나 가까운 사람의 죽음을 맞닥뜨린다는 것이다. 우리는 누구나 예외 없이 사랑하는 사람을 잃을 것이다. 부모. 애인. 친구. 그리고 자식. 순서 없이, 급작스럽게, 그렇게. 이때의 상실은, 이때의 이별은, 우리가 아는 단어를 넘어선다. 이것은 치유되지 않는다. 이 소설이 어머니의 사십구재에서 시작된다는 점은 의미심장하다. 사십구일이 지났기 때문에 여기엔 감상이 끼어들 틈이 없다. 감상은 제거된 채 상실은 깊어진다. 그리고 그 공간으로 현실이 밀고 들어온다. 어떤 현실은 지나치게 사소해서, 어떤 현실은 다른 대안이 없어서, 어떤 현실은 너무 속물적이어서, 이 책을 읽는 동안 나는 속수무책이 된다. 아버지가 응급실에 갈 때, 정신을 잃어가면서도 택시 기사에게 200원 거스름을 받는 것을 보고 나는 이렇게 생각했다. 이놈의 징글맞은 생이라니!
_윤성희(소설가)

나는 이 작가의 대책 없는 진지함이 좋다. 문학을 둘러싼 어떤 뜬소문에도 놀라지 않을 것 같은, 그저 '나의 문학'이라는 길을 묵묵히 걸어가는 한 작가가 피워 올리는 열정의 횃불이 작품을 읽는 내내 독자의 가슴을 따뜻하게 밝혀준다. 이 작품은 엄마의 죽음을 제대로 슬퍼할 겨를도 없이, '죽음의 복잡다단한 프로세스'의 결정권을 행사해야만 하는 자식의 마음속에서 일어나는 온갖 감정의 소용돌이를 가감 없이 그려낸다. 이 이야기는 죽음의 풍속을 그려냄으로써 삶의 진실을 복원해내는 경이로운 음각화다. _정여울(문학평론가)

죽음은 단 한 번의 끔찍한 사건도 아니고, 이미 확정된 사실도 아니다. 그것은 죽음을 둘러싼 일상, 가령 분노와 절망, 사망신고와 보험처리, 상조와 장례, 그리고 기나긴 애도와 죽은 자를 잊어야 하는 의무의 수락에 의해 겨우 승인되는 시작일 뿐이다.

《상실의 시간들》은 죽음이 이끄는 이 소란한 일상을 냉정한 다큐의 시선으로 재현할 뿐이다. 그 속에서 우리는 우리 삶과 꼭 닮아 있는 죽음의 모습을 목격하게 된다. 죽음은, '기독교와 불교'를 싸우게 하고 우거짓국과 갈비탕을 갈등케 하며, 붓다 만 상조비와 조문객과 가족의 불화, 연민, 고인에 대한 추억을 한꺼번에 불러 모은다. 현실적인, 너무나도 현실적인 이 자질구레한 과정에서 죽음은 망각되나 역설적으로 현재화되고 확정된다.

이 소설이 들려주는 이 무겁고 슬픈 가락은 나날의 일상에 들러붙어 있는 죽음의 편재를 보여주지만, 더 중요한 것은 이 만가에 흐르는 간절한 배음이다. 나치에 쫓겨 자살로 생을 마감한 유대인 작가 슈테판 츠바이크는 "체념의 그늘에서만 진심으로 삶을 사랑할 수 있네"라고 쓴 바 있다. 《상실의 시간들》은 세월호 참사 이후 아직 다 못 한 국민들의 곡소리를 대신한 통곡이다. 그리고 그 통곡과 분노는 '비로소 생을 처음 보았노라'는 만시지탄이 아니던가. _정은경(문학평론가)

　순정이 살아 있다는 것, 작가란 최소한 이런 자세를 갖추어야 한다는 것, 등장인물들의 숨결을 유지시키는 진정성, 바느질처럼 꼼꼼한 묘사, 죽음을 통해 삶의 본질을 집요하게 파고드는 노력, 이게 돋보였다. 다음에는 어떤 소설을 쓸 건가에 대한 의문을 남긴 채, 당선자에게 축하를 보낸다. _한창훈(소설가)

상실의 시간들

제19회 한겨레문학상 수상작

ⓒ 최지월 2022

초판 1쇄 발행 2014년 7월 11일
초판 5쇄 발행 2016년 3월 29일
개정판 1쇄 인쇄 2022년 5월 2일
개정판 1쇄 발행 2022년 5월 13일

지은이 최지월
펴낸이 이상훈
편집인 김수영
본부장 정진항
문학팀 최해경 김다인 하상민
마케팅 김한성 조재성 박신영 조은별 김효진 임은비
사업지원 정혜진 엄세영

펴낸곳 (주)한겨레엔 www.hanibook.co.kr
등록 2006년 1월 4일 제313-2006-00003호
주소 서울시 마포구 창전로 70(신수동) 화수목빌딩 5층
전화 02-6383-1602~3 **팩스** 02-6383-1610
대표메일 munhak@hanien.co.kr

ISBN 979-11-6040-807-2 03810